Danielle Steel

Fünf Tage in Paris

Danielle Steel

Fünf Tage in Paris

Roman

Deutsch von Ingrid Rothmann

Blanvalet

Die Originalausgabe erschien unter dem Titel
»Five Days in Paris« bei Delacorte Press,
Bantam Doubleday Dell Publishing Group, Inc., New York.

Umwelthinweis
Dieses Buch und der Schutzumschlag wurden auf
chlorfrei gebleichtem Papier gedruckt.
Die Einschrumpffolie (zum Schutz vor Verschmutzung) ist aus
umweltschonender und recyclingfähiger PE-Folie.

Der Blanvalet Verlag
ist ein Unternehmen der Verlagsgruppe Bertelsmann

1. Auflage

Satz: Uhl & Massopust, Aalen
Druck: Presse-Druck, Augsburg
Bindung: Großbuchbinderei Monheim
Printed in Germany
ISBN 3-7645-0017-4

Gib niemals die Hoffnung auf,
und wenn Du kannst,
wage den Schritt zu neuer Liebe.

D.S.

Fünf Minuten … fünf Tage …
und ein ganzes Leben ändert sich
in einem einzigen Moment.

Erstes Kapitel

Als Peter Haskells Maschine auf dem Flughafen Charles de Gaulle landete, war es in Paris ungewöhnlich warm. Das Flugzeug rollte exakt bis zum Gate, und Minuten später durchschritt Peter, den Aktenkoffer in der Hand, das Flughafengebäude. Trotz der Tageshitze und der schier endlosen Warteschlange vor dem Zoll lag die Andeutung eines Lächelns auf seinem Gesicht. Peter Haskell liebte Paris.

Für gewöhnlich kam er vier- oder fünfmal im Jahr nach Europa. Zu dem Pharmakonzern, an dessen Spitze er stand, gehörten Forschungszentren in Deutschland, in der Schweiz und in Frankreich sowie große Labors und Produktionsbetriebe in England. Für ihn war es daher immer interessant, nach Europa zu kommen und sich mit den wissenschaftlichen Teams auszutauschen oder neue Marketingstrategien zu erkunden, ein Gebiet, das seine eigentliche Stärke war. Aber diesmal ging es um mehr, um viel mehr als nur um einen kurzen Forschungstrip oder um die Präsentation eines neuen Produkts. Es ging um die Geburt »seines Babys«: um Vicotec. Um den Traum seines Lebens.

Vicotec war ein Präparat, das das Leben und die Heilungsaussichten von Krebspatienten entscheidend verbessern würde, da es eine dramatische Veränderung der Behandlungsformen, insbesondere der Chemotherapie, ermöglichte. Es würde Peters einzige, aber um so bedeutendere Leistung zum Wohle der Menschheit sein. Von seiner Familie abgesehen, hatte die Entwicklung von Vicotec in den vergangenen vier Jahren seinen Lebensinhalt ausgemacht. Das neue Produkt würde der Firma Wilson-Donovan Millionengewinne bringen. Die Prognosen für die ersten fünf Jahre sagten sogar weit über eine Milliarde Dollar voraus. Aber für Peter war das nicht der Punkt. Entscheidend für ihn war das Leben der Krebskranken und die Qualität dieser Leben, die, wiewohl schwer getrübt, flackernden Kerzen gleich in der dunklen Nacht des Leidens leuchteten. Vicotec würde diesen Menschen große Erleichterung verschaffen. Am Anfang der Entwicklung hatte ein idealistischer Traum gestanden, nun aber war der endgültige Sieg in Reichweite, und wenn Peter an die künftige Entwicklung dachte, erfaßte ihn freudige Erregung.

Die jüngsten Testergebnisse waren nahezu perfekt ausgefallen, die Gespräche in Deutschland und in der Schweiz glatt verlaufen, obwohl bei den Prüfverfahren in den dortigen Labors noch strengere Maßstäbe galten als in den Staaten. Alle Beteiligten waren sich einig, daß das Präparat ungefährlich war. Nun würde die erste

Phase klinischer Versuche beginnen, sobald die *Food and Drug Administration*, die für Nahrungs- und Arzneimittelzulassung zuständige Abteilung der Gesundheitsbehörde, einer Freigabe zustimmte und man eine ausgesuchte Gruppe freiwilliger und gutinformierter Patienten in geringen Dosierungen mit dem Medikament behandeln konnte.

Die Firma Wilson-Donovan hatte bereits im Januar, vor Monaten also, bei der FDA um Zulassung angesucht, und angesichts der jüngsten Informationen konnte man nun darauf dringen, Vicotec auf der »Überholspur« zu testen, um sodann unverzüglich mit klinischen Versuchen des Präparates zu beginnen. Sobald die Behörde seine Unschädlichkeit aufgrund der von Wilson-Donovan gelieferten Unterlagen attestiert hatte, konnte man es auf den Markt bringen. Ein Präparat wurde immer dann auf der »Überholspur« getestet, wenn es sich um ein Medikament zur Behandlung einer lebensbedrohenden Krankheit handelte und daher eine Beschleunigung der verschiedenen, zur Zulassung nötigen Schritte geboten schien. Sobald die FDA grünes Licht gegeben hatte, konnte man mit einer Gruppe von hundert Patienten beginnen, die mit ihren Unterschriften unter der Einverständniserklärung bestätigten, daß sie über alle möglichen Gefahren und Risiken der Behandlung aufgeklärt worden waren. Patienten, die sich für Versuche dieser Art zur Verfügung stellten, waren dankbar für jede ihnen zugänglich gemachte Hilfe.

Da Wilson-Donovan möglichst rasch mit den klinischen Versuchen beginnen wollte, war es sehr wichtig, bis zu der für September anberaumten Anhörung vor der FDA die Unschädlichkeit von Vicotec durch Labortests zu erhärten. Dann konnte man die Freigabe auf der »Überholspur« erreichen. Peter war sich sicher, daß die von Paul-Louis Suchard, dem Leiter des Pariser Labors, durchgeführten Tests die guten Berichte, die er eben in Genf erhalten hatte, bestätigen würden.

»Urlaub oder Geschäftsreise, Monsieur?« Der Zollbeamte stempelte mit ausdrucksloser Miene Peters Paß ab. Er hob kaum den Blick, nachdem er das Paßbild überprüft hatte. Peter Haskell, blauäugig und dunkelhaarig, wirkte jünger als vierundvierzig. Dank seiner Größe und seiner ansprechenden Züge galt er allgemein als gutaussehend.

»Geschäftsreise«, antwortete er mit einem gewissen Stolz. Vicotec. Sieg. Rettung für jeden Menschen, der mit den Qualen und Schmerzen von Chemotherapie und Krebs zu kämpfen hatte.

Der Beamte gab ihm den Paß zurück. Peter griff nach seiner Reisetasche und ging ins Freie, um sich ein Taxi zu suchen. Es war ein strahlender sonniger Junitag. Da Peter in Genf nichts mehr zu tun gehabt hatte, war er einen Tag früher als geplant nach Paris geflogen. Er liebte diese Stadt über alles, und es würde ihm nicht schwerfallen, sich hier angenehme Abwechslung zu verschaffen, und sei es nur ein langer Spaziergang an der Seine. Aber vielleicht wäre Suchard auch bereit, die Besprechung vorzuverlegen, obwohl es Sonntag war. Im Moment war es noch zu früh am Morgen, um ihn anzurufen, und außerdem hatte Peter noch keine Zeit dazu gehabt. Obwohl Suchard sehr französisch, sehr ernsthaft und ziemlich steif war, gedachte Peter ihn vom Hotel aus zu kontaktieren und zu fragen, ob er Zeit hatte und bereit war, den Termin zu ändern.

Im Laufe der Jahre hatte Peter sich einige Französischkenntnisse angeeignet, führte aber seine Besprechungen mit Suchard trotzdem auf englisch. Seit seiner Zeit im Mittleren Westen hatte Peter Haskell überhaupt sehr viel gelernt. Nicht einmal dem Zollbeamten am Flughafen konnte entgangen sein, daß Peter Haskell ein bedeutender Mann war, ein Mann von hoher Intelligenz und Bildung. Gelassen, ruhig und willensstark, war er von einer Aura der Selbstsicherheit umgeben. Mit vierundvierzig war er Präsident eines der größten Pharmakonzerne der Welt, obwohl von der Ausbildung her nicht Naturwissenschaftler, sondern Marketingexperte wie Frank Donovan, der Vorstandsvorsitzende. Und der Zufall hatte es gewollt, daß Peter Haskell vor achtzehn Jahren Franks Tochter geheiratet hatte, von seiner Seite keineswegs ein sogenannter »kluger Schritt« oder gar ein berechnender. In Peters Augen war es wirklich ein Zufall, eine Laune des Schicksals, eine, gegen die er die ersten sechs Jahre ihrer Bekanntschaft angekämpft hatte.

Peter wollte Kate Donovan zuerst nicht heiraten. Als sie einander an der University of Michigan begegnet waren, hatte er gar nicht gewußt, wer sie war. Damals war sie neunzehn und er zwanzig gewesen. Anfangs war sie für ihn nur eine hübsche Blondine im zweiten Studienjahr, die er bei einer studentischen Veranstaltung kennengelernt hatte, aber nach zwei Verabredungen war er ganz verrückt nach ihr. Sie waren fünf Monate lang zusammen ausgegangen, ehe sich jemand eine bissige Bemerkung erlaubte und Peter einen verdammt schlauen Kerl nannte, weil er sich mit der hübschen kleinen Katie verabredete. Und dann war die Erklärung nachgefolgt: Katie war Universalerbin von Wilson-Donovan, des größten Pharmakonzerns des Landes. Peter, der Katie daraufhin wutentbrannt zur Rede stellte, hatte mit dem Ungestüm und der Naivität eines Zwanzigjährigen vor allem deshalb getobt, weil sie es ihm verschwiegen hatte.

»Wie *konntest* du nur? Warum hast du mir nichts gesagt?« hatte er sie angebrüllt.

»Was hätte ich sagen sollen? Hätte ich dich warnen sollen, wer mein Vater ist? Ich hätte nicht gedacht, daß es dir etwas ausmachen würde.« Sein Angriff kränkte sie tief und weckte in ihr große Angst, daß er sie stehenlassen würde. Sie kannte seinen Stolz und wußte, wie arm seine Eltern waren. Er hatte ihr anvertraut, daß sie erst vor kurzem endlich die Milchfarm hatten kaufen können, auf der sein Vater sein Leben lang gearbeitet hatte. Der Besitz war bis unter das Dach mit Hypotheken belastet, und Peter litt unter ständiger Angst vor dem Ruin, weil er wußte, daß er dann sein Studium aufgeben, nach Wisconsin gehen und zu Hause aushelfen müßte.

»Du hast sehr genau gewußt, daß es mir etwas ausmacht. Was soll ich jetzt machen?« Er wußte selbst am besten, daß er in ihrer Welt nicht mithalten konnte, daß er nicht zu ihr gehörte und nie zu ihr gehören würde und daß Katie nie auf einer Farm in Wisconsin leben konnte. Sie hatte zu viel von der Welt gesehen und war viel zu anspruchsvoll, auch wenn sie selbst es nicht zu merken schien. Das echte Problem bestand allerdings darin, daß auch er die meiste Zeit das Gefühl hatte, nicht in seine eigene Welt zu gehören. Mochte er sich zu Hause auch noch so anstrengen, »einer von ihnen« zu sein, er hatte immer etwas anderes, etwas Großstädtisches an sich gehabt. Als Kind hatte er das Leben auf der Farm gehaßt und davon geträumt, nach Chicago oder New York zu gehen und Geschäftsmann zu werden. Er haßte das Melken, das Stapeln von Heuballen und das endlose Ausmisten der Ställe. Jahrelang hatte er seinem Vater auf der Farm geholfen, was bedeutete: Nach dem College würde er nach Hause zurückkehren und ihnen helfen müssen.

Sosehr er dies fürchtete, war er dennoch nicht gewillt, sich davor zu drücken. Zu seinen Grundsätzen gehörte, zu tun, was man tun mußte, seiner Verantwortung nachzukommen und nicht den Weg des geringsten Widerstands einzuschlagen. Seine Mutter hatte ihn immer einen braven Jungen genannt, auch wenn das bedeutete, daß er alles auf die harte Weise tun mußte. Er war gewillt, sich die Erfüllung aller seiner Wünsche hart zu erarbeiten.

Kaum aber hatte Peter erfahren, wer Katie war, erschien es ihm unrecht, die Beziehung fortzusetzen. Mochten seine Gefühle noch so aufrichtig sein, nach außen mußte es wie ein leichter Ausweg, eine Schnellstraße an die Spitze, eine Abkürzung wirken. Mochte sie auch noch so hübsch sein und er sich noch so sehr einbilden, in sie verliebt zu sein, er wußte, daß es nichts daran ändern würde. Er blieb unerschütterlich dabei, keinen Vorteil aus der Beziehung ziehen zu wollen, so daß sie sich zwei Wochen, nachdem er herausgefunden hatte, wer sie war, trennten. Keiner ihrer Einwände konnte ihn davon abbringen. Kate war völlig außer sich, und auch ihn traf der Verlust schwerer, als er ihr gegenüber je zugegeben hätte. Er war in seinem vorletzten Studienjahr, und im Juni fuhr er heim nach Wisconsin, um seinem Vater zu helfen. Gegen Ende des Sommers beschloß er, ein Jahr mit dem Studium auszusetzen, um den Betrieb richtig flottzumachen. Im Jahr zuvor hatten sie einen harten Winter gehabt, und Peter war überzeugt, mit ein paar neuen Ideen und Plänen, die er vom College mitgebracht hatte, das Steuer herumwerfen zu können.

Er hätte es auch geschafft, wäre er nicht einberufen und nach Vietnam geschickt worden. Er verbrachte ein Jahr unweit von Da Nang, und als er sich für eine zweite Dienstperiode meldete, wurde er nach Saigon zum Nachrichtendienst versetzt. Für ihn war es eine unruhige und verwirrende Zeit. Als er Vietnam verließ, war er zweiundzwanzig, und er hatte keine der Antworten gefunden, die er suchte. Was er mit dem Rest seines Lebens anfangen wollte, wußte er nicht. Auf die väterliche Farm zog es ihn nicht, er hielt es aber für seine Pflicht zurückzukehren. Seine Mutter war gestorben, während er in Vietnam war, und er wußte, wie schwer sein Vater unter dem Verlust litt.

Ihm verblieb noch ein Studienjahr, doch wollte er nicht wieder auf die University of Michigan. Irgendwie hatte er das Gefühl, er sei darüber hinausgewachsen. Dazu kam, daß Vietnam in ihm einen inneren Konflikt ausgelöst hatte. Er liebte das Land, das er eigentlich hassen sollte, weil er hier so gelitten hatte, doch als er es verlassen mußte, empfand er Bedauern. Er hatte dort eine Reihe kürzerer Romanzen erlebt, meist mit Amerikanerinnen, Militärangehörigen und eine mit einer schönen jungen Vietnamesin, aber alles war so kompliziert, und die Beziehungen litten unweigerlich darunter, daß kein

Mensch wußte, ob er den übernächsten Tag noch erleben würde. Mit Katie Donovan hatte er nie wieder Kontakt aufgenommen, obwohl ihn eine Weihnachtskarte von ihr erreichte, die ihm von Wisconsin aus nachgeschickt worden war. Anfangs hatte er in Da Nang viel an sie gedacht, doch war es ihm besser erschienen, ihr nicht zu schreiben. Was hätte er ihr auch sagen sollen? »Tut mir leid, daß du so reich bist und ich arm ... amüsier dich schön in Connecticut, ich werde den Rest meines Lebens eine Milchfarm ausmisten ... bis dann ...«

Nach seiner Heimkehr nach Wisconsin merkte seine Familie jedoch rasch, daß er nicht mehr zu ihnen paßte. Sogar sein Vater drängte ihn, sich in Chicago nach Arbeit umzusehen. Er fand auch sofort einen Job bei einem Marketingunternehmen, erwarb daneben in einem Abendstudium seinen Abschluß und hatte eben seine erste Stelle angetreten, als er auf einer Party, die ein alter Freund aus Michigan veranstaltete, Katie über den Weg lief. Sie hatte die Uni gewechselt, lebte nun in Chicago und stand kurz vor ihrem Abschluß an der Northwestern University. Als er sie zum ersten Mal wiedersah, raubte sie ihm den Atem, da sie hübscher war als je zuvor. Es war fast drei Jahre her, seit er sie zuletzt gesehen hatte. Und schockiert merkte er, daß auch nach drei Jahren, in denen er sich gezwungen hatte, zu ihr auf Distanz zu gehen, allein ihr Anblick genügte, um ihn innerlich erbeben zu lassen.

»Was machst du denn hier?« fragte er nervös, als billige er ihr einzig und allein zu, in seinen Erinnerungen an die Studienzeit zu existieren. Noch Monate nach seinem Abgang vom College hatte sie ihn gedanklich verfolgt, ganz besonders in der ersten Zeit seines Militärdienstes. Aber seither hatte er sie schon längst der Vergangenheit überantwortet, und er wollte, daß sie dort blieb. Das plötzliche Wiedersehen aber katapultierte sie direkt in die Gegenwart.

»Ich beende mein Studium«, sagte sie, während sie ihn mit angehaltenem Atem betrachtete. Er wirkte größer und schmaler, seine Augen waren blauer und sein Haar noch dunkler, als sie es in Erinnerung hatte. Alles an ihm erschien ihr markanter und aufregender als in ihrer Erinnerung. Ihn zu vergessen, hatte sie nie geschafft. Er war der einzige Mann, der sie je verlassen hatte, weil sie war, wer sie war, und weil er glaubte, ihr nie das geben zu können, was sie brauchte. »Ich hörte, du warst in Vietnam«, sagte sie leise, und er nickte. »Es muß schrecklich gewesen sein.« Sie stand große Angst aus, ihn durch einen falschen Schritt wieder zu verscheuchen, da sie wußte, wie stolz er war. Und seine ganze Haltung verriet ihr, daß er sich ihr nie von sich aus nähern würde. Aber auch er beobachtete sie. Er fragte sich, was aus ihr geworden war und was sie von ihm wollte. Doch sie kam ihm so unschuldig und harmlos vor, trotz ihres scheinbar beängstigenden Hintergrunds und der Bedrohung, die er in sie hineininterpretiert hatte. In seinen Augen war sie eine Bedrohung seiner Integrität gewesen und eine unhaltbare Verbindung zwischen einer Vergangenheit, die er nicht mehr leben konnte, und einer Zukunft, die er anstrebte, ohne zu wissen, wie er sie erreichen sollte. Seit ihrer letzten Begegnung hatte er jedoch so viel von der Welt gesehen, daß er sich jetzt, als er sie so vor sich sah, kaum mehr daran erinnern konnte, was ihm damals so viel Furcht eingeflößt hatte. Sie erschien ihm lange nicht mehr so einschüchternd, sondern sehr jung und naiv und von unwiderstehlicher Anziehungskraft.

An jenem Abend sprachen sie stundenlang miteinander, und schließlich brachte er sie nach Hause. Und dann rief er sie an, obwohl er wußte, daß er es nicht hätte tun sollen. Anfangs kam es ihm so leicht vor, er redete sich sogar ein, daß sie nur Freunde sein könnten, was keiner von beiden ernsthaft glaubte. Er wußte nur, daß er ihre Nähe suchte. Sie war gescheit und amüsant, und sie hatte Verständnis für seine Gefühle, die völlig durcheinandergeraten waren, da er nirgends mehr hinpaßte und nicht wußte, was er mit seinem Leben anfangen wollte. In ganz weiter Ferne, ganz am Ende des Weges wollte er die Welt verändern oder zumindest den Anstoß zu einer Veränderung geben. Zu jener Zeit war sie der einzige Mensch in seinem Leben gewesen, der das verstand. Damals hatte er so viele Träume gehabt, so viele gute Absichten. Und jetzt, zwanzig Jahre später, brachte Vicotec ihn seinem Ziel näher.

Peter Haskell winkte ein Taxi herbei, und der Fahrer verstaute seine Reisetasche im Kofferraum und nickte, als Peter ihm das Fahrtziel nannte. Alles an Peter Haskell ließ erkennen, daß er ein Mann war, der es gewohnt war, Anweisungen zu geben, ein Mann von hohem Status. Doch wenn man ihm in die Augen sah, dann las man darin Güte und Kraft, Integrität, Warmherzigkeit und Sinn für Humor. Peter Haskell zeichnete mehr aus als nur seine gutgeschnittenen Anzüge, das gestärkte weiße Hemd samt Hermès-Krawatte und der teure Aktenkoffer.

»Heiß, nicht?« bemerkte Peter auf der Fahrt in die Stadt, worauf der Fahrer nickte. Das akzentbehaftete Französisch verriet den Amerikaner, doch Peter sprach es so ausreichend, daß der Fahrer auf französisch antwortete, ganz langsam, damit Peter ihn verstehen konnte.

»Seit einer Woche ist es so schön. Sie kommen aus Amerika?« fragte der Taxifahrer voller Interesse. Die Menschen reagierten auf Peter immer auf diese Weise, sie fühlten sich zu ihm hingezogen, auch wenn sie sonst nicht dazu neigten. Doch die Tatsache, daß Peter französisch mit ihm sprach, beeindruckte den Fahrer.

»Ich komme gerade aus Genf«, verriet Peter und versank in Schweigen, während er vor sich hinlächelnd an

Katie dachte. Immer schon hatte er sich gewünscht, sie würde ihn auf seinen Reisen begleiten, doch sie tat es nie. Anfangs waren die Kinder zu klein, später ging sie in ihrer eigenen Welt und in ihren zahlreichen Verpflichtungen auf. Im Laufe der Jahre hatte sie nur zwei Geschäftsreisen mit ihm unternommen, einmal nach London, das zweite Mal in die Schweiz, niemals aber nach Paris.

Paris war für ihn etwas Besonderes, die Erfüllung all dessen, was er sich immer erträumt hatte und von dem er nie gewußt hatte, daß er es sich wünschte. Für alles, was er erreicht hatte, hatte er viele Jahre hart gearbeitet, auch wenn es so aussah, als sei ihm einiges zugeflogen. Er wußte besser als jeder andere, daß dies nicht der Fall war. In seinem Leben gab es nichts umsonst. Man arbeitete für das Erreichte, oder man ging mit leeren Händen aus.

Zwei Jahre lang war er mit Katie ausgegangen, nachdem er sie wiedergefunden hatte. Nach ihrem Studienabschluß blieb sie in Chicago und arbeitete in einer Kunstgalerie, nur damit sie in Peters Nähe bleiben konnte. Sie war verrückt nach ihm, er aber blieb eisern dabei, daß sie nie heiraten würden. Und er beharrte darauf, daß sie schließlich Schluß machen müßten, daß Katie zurück nach New York gehen und sich mit anderen Männern verabreden sollte. Aber nie brachte er es über sich, mit ihr zu brechen. Inzwischen war ihre Beziehung schon sehr eng geworden, und sogar Katie wußte, daß er sie wirklich liebte. Und zu guter Letzt griff ihr Vater ein, der ein kluger Mann war. Er sprach zu Peter nur vom Geschäft und nicht über seine Beziehung zu Katie. Instinktiv spürte er, daß dies der einzige Weg war, Peter dazu zu bringen, seine Wachsamkeit fallenzulassen. Frank Donovan wollte Peter haben, weil er seine Tochter wieder in New York haben wollte, und er tat alles in seiner Macht Stehende, um Katie zu helfen, Peter dorthin zu locken.

Wie Peter war auch Frank Donovan ein Marketingmann, und zwar ein großartiger. Er redete mit Peter über seine berufliche Laufbahn, seinen Lebensplan, seine Zukunft, und da ihm zusagte, was er zu hören bekam, bot er ihm eine Stellung bei Wilson-Donovan an. Von Katie wurde nicht gesprochen. Tatsächlich beharrte Donovan darauf, daß die Arbeit mit ihr nicht das geringste zu tun hätte. Er machte Peter klar, daß ein Job bei Wilson-Donovan wahre Wunder für seine berufliche Laufbahn bewirken könne, und er beruhigte ihn, daß niemand auf die Idee kommen würde, es hätte mit Katie zu tun. Wollte man Frank glauben, so stand ihre Beziehung auf einem ganz anderen Blatt. Es war ein Job, über den es sich nachzudenken lohnte, und das wußte Peter. Trotz all seiner Befürchtungen, die er damals hatte, war eine Anstellung bei einem großen New Yorker Konzern genau das, was er wollte – und Katie.

Er zermarterte sich den Kopf, führte endlose Debatten, und sogar sein Vater hielt es für einen guten Schritt, als Peter ihn anrief, um die Sache mit ihm zu erörtern. An einem Wochenende fuhr Peter nach Wisconsin, um die Sache ausführlich mit ihm zu besprechen. Sein Vater ermutigte ihn dazu, Frank Donovans Angebot anzunehmen, und gab ihm seine besten Wünsche mit auf den Weg. Er sah in Peter etwas, das sogar Peter selbst noch nicht erkannt hatte. Er besaß Führungsqualitäten, wie sie nur wenigen Menschen zu eigen sind, eine stille Kraft und dazu ungewöhnlichen Mut. Sein Vater wußte, daß Peter gut sein würde, was immer er auch anpackte. Und er spürte, daß der Job bei Wilson-Donovan erst der Anfang war. Als Peter noch klein gewesen war, hatte er vor seiner Frau im Scherz des öfteren behauptet, der Junge würde es eines Tages zum Präsidenten oder zumindest bis zum Gouverneur von Wisconsin bringen. Und manchmal hatte sie ihm geglaubt. Es war nicht schwer, von Peter große Dinge zu erwarten.

Auch seine Schwester Muriel hatte ähnliche Prophezeiungen gewagt. Für sie war Peter immer schon ein Held gewesen, lange vor Chicago oder Vietnam und auch lange, ehe er aufs College ging. Er hatte etwas Besonderes an sich; das spürte jeder. Und sie sagte ihm dasselbe wie ihr Vater: Geh nach New York und greif nach den Sternen. Sie fragte ihn sogar, ob er Katie heiraten würde, doch er verneinte vehement, und sie schien das zu bedauern. Nach allem, was sie von Katie hörte, mußte diese elegant und aufregend sein, und auf den Fotos, die Peter bei sich hatte, fand Muriel Katie sehr hübsch.

Sein Vater hatte ihn schon längst dazu aufgefordert, sie doch einmal mitzubringen, aber Peter wich nicht davon ab, daß er ihr keine falschen Zukunftshoffnungen machen wolle. Vermutlich würde sie sich hier sofort häuslich einrichten und von Muriel melken lernen, und was dann? Mehr hatte er ihr nicht zu bieten, und er wollte Katie nicht in das harte Leben hineinziehen, in dem er aufgewachsen war, nicht um alles in der Welt. Denn er war überzeugt, daß es seine Mutter getötet hatte. Sie war an Krebs gestorben, ohne entsprechende medizinische Behandlung, da kein Geld dafür vorhanden war. Sein Vater besaß nicht einmal eine Versicherung. Peter war der Meinung, seine Mutter sei an Armut und Erschöpfung und den vielen Härten ihres Lebens gestorben. Trotz Katies Geld als Sicherheit im Hintergrund liebte er sie zu sehr, um ihr dieses Leben zuzumuten oder ihr darauf einen Blick aus der Nähe zu gestatten. Seine Schwester sah mit ihren zweiundzwanzig Jahren schon abgerackert aus. Er war in Vietnam gewesen, als sie gleich nach der Schule ihren High-School-Schwarm heiratete, mit dem sie dann in drei Jahren drei Kinder in die Welt gesetzt hatte. Schon mit einundzwanzig hatte sie abgeschlafft und müde gewirkt. Auch für sie hätte er sich so viel mehr gewünscht, doch er brauchte sie nur anzusehen, um zu wissen, daß sich seine Hoffnungen nie erfüllen würden. Aus dieser Umgebung würde sie nie herauskommen. Muriel hatte nicht einmal ein College besucht. Und jetzt saß sie in der Falle. Peter wußte genausogut wie seine Schwester, daß sie und ihr Mann ihr Leben lang auf der Farm ihres Vaters arbeiten würden, es sei denn, er verlor die Farm oder sie starben. Einen anderen Ausweg gab es aus dieser Situation nicht. Anders bei Peter. Und Muriel schien es ihm nicht einmal übelzunehmen. Sie freute sich für ihn. Vor Peter hatte sich das Meer auf wundersame Weise geteilt, er brauchte jetzt nur den Weg zu verfolgen, den Frank Donovan ihm eröffnet hatte.

»Tu es, Peter«, flüsterte Muriel ihm zu, als er nach Hause kam, um sich mit ihnen auszusprechen. »Geh nach New York. Papa möchte es«, sagte sie selbstlos. »Wir alle möchten es.« Es war, als wollten ihm alle sagen, er solle sich in Sicherheit bringen, solle es versuchen und sich von einem Leben freischwimmen, das ihn andernfalls ertränken würde. Sie wollten, daß er nach New York ging und etwas Großes erreichte.

Als er an jenem Wochenende die Farm verließ und losfuhr, spürte er einen riesengroßen Kloß in der Kehle. Sein Vater und Muriel winkten ihm nach, bis der Wagen außer Sicht war, als wüßten alle, daß es ein wichtiger Augenblick in seinem Leben war. Wichtiger als das College. Wichtiger als Vietnam. In seinem Herzen, in seiner Seele durchschnitt er seine Bindung an die Farm.

Wieder in Chicago, verbrachte er die Nacht allein. Katie rief er nicht an, doch am nächsten Morgen meldete er sich telefonisch bei ihrem Vater und nahm dessen Angebot an, während er mit zitternden Händen den Hörer festhielt.

Zwei Wochen später fing Peter bei Wilson-Donovan an. In New York angekommen, sollte er fortan allmorgendlich mit dem Gefühl erwachen, er hätte das Kentucky Derby gewonnen.

Katie, die in einer Kunstgalerie in Chicago als Empfangsdame gearbeitet hatte, kündigte am selben Tag wie er und ging zurück nach New York, um zu ihrem Vater zu ziehen. Frank Donovans Freude kannte keine Grenzen. Sein Plan hatte geklappt. Sein kleines Mädchen war wieder bei ihm. Und er hatte bei dem Handel einen brillanten neuen Marketing-Fachmann gewonnen. Es war eine für alle Beteiligten sehr günstige Lösung.

In den nächsten Monaten konzentrierte Peter sich mehr auf seine Arbeit als auf seine Beziehung. Das verdroß Katie anfangs, doch als sie sich darüber bei ihrem Vater beklagte, riet er ihr klugerweise zur Geduld. Und mit der Zeit gewann Peter eine gewisse Gelassenheit und ließ sich von unerledigten Arbeiten in seinem Büro nicht mehr unter Druck setzen, obschon er Perfektion anstrebte, um Franks Vertrauen zu rechtfertigen und ihm zu zeigen, wie dankbar er war, in seinem Unternehmen mitarbeiten zu können.

Aus Zeitmangel fuhr er auch nie mehr nach Wisconsin, aber schließlich konnte er sich zu Katies Erleichterung in seinem Terminkalender mehr Platz für Freizeitunternehmungen schaffen. Sie besuchten Partys und gingen ins Theater, und nachdem sie ihn in ihren Freundeskreis eingeführt hatte, stellte Peter mit Erstaunen fest, wie sympathisch er alle fand und wie unbefangen er sich in Katies Leben fühlte.

Und Schritt für Schritt schwand im Laufe der nächsten Monate alles, was ihn an Katie eingeschüchtert hatte. Beruflich machte er sich hervorragend, und zu seiner Verwunderung nahm niemand Anstoß an seiner Stellung oder hinterfragte, wie er dorthin gelangt war. Tatsächlich schien ihn jeder zu mögen und zu akzeptieren. Von einer Woge guter Gefühle getragen, verlobte er sich vor Ablauf eines Jahres mit Katie, was niemanden, außer vielleicht Peter selbst, überraschte. Aber er kannte sie lange genug und hatte sich inzwischen in ihrer Welt so eingelebt, daß er das Gefühl hatte, dorthin zu gehören. Frank Donovan erklärte, daß es Bestimmung sei, und Katie lächelte dazu. Sie hatte keinen Moment daran gezweifelt, daß Peter für sie der Richtige sei. Sie hatte es immer schon gewußt und war absolut sicher, daß sie seine Frau werden wollte.

Peters Schwester Muriel freute sich sehr für ihn, als er anrief, um ihr die Neuigkeit mitzuteilen. Zu Peters großer Enttäuschung war sein Vater der einzige, der sich gegen die Verbindung aussprach. Sosehr sein Vater ihm zugeredet hatte, den Job bei Wilson-Donovan als große Chance anzunehmen, sosehr stemmte er sich nun gegen die Heirat. Er war fest davon überzeugt, daß Peter es sein Leben lang bereuen würde.

»Auch wenn du sie heiratest, wirst du für sie immer nur der Angestellte bleiben, mein Sohn. Das ist nicht richtig und nicht fair, aber so ist es nun mal. Immer wenn sie dich ansehen, werden sie daran denken, wer du am Anfang warst, und nicht wer du jetzt bist.« Aber das wollte Peter nicht glauben. Er war in ihre Welt hineingewachsen, hatte sie sich angeeignet. Seine ehemalige Welt schien nun Teil eines anderen Lebens, sie gehörte nicht mehr zu ihm und war ihm völlig fremd, ganz so, als sei er nur zufällig in Wisconsin aufgewachsen, oder als hätte es sich um einen anderen gehandelt, und er selbst sei nie richtig dort gewesen. Sogar Vietnam erschien ihm nun realer als seine Zeit auf der Farm in Wisconsin. Manchmal kam es ihm nahezu unglaublich vor, daß er über zwanzig Jahre dort gelebt hatte. In wenig mehr als einem Jahr war aus Peter ein Geschäftsmann geworden, ein Mann von Welt, ein Bürger der Stadt New York. Seine Familie war ihm noch immer lieb und teuer und würde es immer bleiben, doch die Vorstellung, sein Leben als Farmer verbringen zu müssen, war für ihn nach wie vor ein Alptraum. Aber sosehr er sich auch bemühte, seinen Vater davon zu überzeugen, daß er mit seiner Heirat das Richtige tat, er schaffte es nicht. Haskell senior blieb stur bei seiner Ablehnung, wiewohl er sich schließlich bereit erklärte, zur Hochzeit zu kommen. Vermutlich hatten ihn Peters Argumente, der seinen Vater von der Richtigkeit seines Schrittes überzeugen wollte, mürbe gemacht.

Als sein Vater dann doch nicht zur Hochzeit kommen konnte, war Peter am Boden zerstört. Nach einem Traktorunfall in der Woche vor der Hochzeit war er mit einer Rückenverletzung und einem Armbruch ans Bett gefesselt. Muriel stand vor ihrer vierten Entbindung, und Jack, ihr Mann, wollte sie nicht allein lassen, um nach New York zu fliegen. Zunächst hatte Peter ein tiefes Gefühl des Verlustes empfunden, dann aber ließ er sich wie so oft in seinem Leben von dem Wirbel der Aktivitäten um sich herum mitreißen.

Ihre Flitterwochen verbrachten sie in Europa, und noch Monate danach hatten sie keine Zeit, nach Wisconsin zu fahren, um seine Familie auf der Farm zu besuchen. Immer hatten Katie oder Frank andere Pläne. Aber Peter hatte seinem Vater versprochen, Weihnachten zu Hause zu verbringen, und diesmal würde er sich durch nichts davon abhalten lassen. Nicht einmal Katie wußte von seinem Vorhaben, da er sie überraschen wollte. Allmählich wurde er den Verdacht nicht los, dies sei die einzige Möglichkeit, doch noch nach Wisconsin zu kommen.

Doch als sein Vater kurz vor Thanksgiving nach einem Herzanfall starb, wurde Peter von Schuldgefühlen, Trauer und Reue überwältigt, weil er es trotz bester Vorsätze versäumt hatte, Kontakt zu halten. So war es gekommen, daß Kate seinen Vater nie kennengelernt hatte.

Zur Beerdigung nahm Peter sie mit. Es war eine trübsinnige Angelegenheit im strömenden Regen. Sie und der sichtlich niedergeschlagene Peter standen mit steinernen Mienen auf der einen Seite, während Muriel ein gutes Stück von ihm entfernt schluchzend neben Mann und Kindern stand. Der Gegensatz zwischen Farmersleuten und Städtern hätte nicht deutlicher zum Ausdruck kommen können. Nun erst ging Peter auf, wie sehr er sich mittlerweile von ihnen unterschied, wie weit er es gebracht hatte, seitdem er fortgegangen war, und wie wenig sie gemeinsam hatten. Katie fühlte sich befangen in ihrer Mitte, und das gab sie Peter auch zu verstehen, nicht zuletzt, weil sich Muriel ihr gegenüber erstaunlich kühl benahm, was sonst gar nicht ihre Art war. Als Peter Muriel darauf ansprach, murmelte diese peinlich berührt, daß Katie hier fehl am Platz sei. Obwohl sie Peters Frau war, hätte sie seinen Vater nicht mal kennengelernt. Sie war teuer gekleidet, in einen schwarzen Mantel mit Pelzmütze, und sie wirkte, als sei sie ungern hier, und das sprach Muriel nun sehr zu Peters Bedauern aus. Auf ihre spitze Bemerkung hin entspann sich ein Streit, der auf beiden Seiten bald von Tränen gefolgt wurde. Die Testamentseröffnung sollte Grund für noch mehr Mißstimmung liefern. Kaum hatte Kate gehört, was der Anwalt sagte, regte sie sich auf, weil Muriel und Jack als Erben der Farm eingesetzt worden waren.

»Wie konnte dein Vater das nur tun?« tobte sie, als sie in seinem alten Zimmer auf der Farm allein waren. Den Boden bedeckte Linoleum mit Ziegelmuster, der alte braune Wandanstrich war rissig und blätterte ab. Welten trennten diesen Raum von dem Haus, das Frank ihnen in Greenwich gekauft hatte. »Er hat dich enterbt!« schäumte Kate. Peter versuchte, es ihr zu erklären. Er verstand es viel besser als seine Frau.

»Kate, es ist das einzige, was sie besitzen. Dieses jämmerliche gottverlassene Fleckchen Erde. Das ist ihr ganzes Leben. Ich habe einen Beruf, eine gute Position, ein Leben mit dir. Ich brauche dies hier nicht. Ich möchte es nicht einmal, und das wußte Dad.« Für Peter war es keine Beleidigung oder Ungerechtigkeit. Es war in seinem Sinn, daß Muriel den Besitz bekam. Für die beiden bedeutete die Farm ihr ein und alles.

»Ihr hättet die Farm verkaufen und das Geld teilen können. Die beiden hätten sich etwas Besseres kaufen können«, sagte sie in vernünftigem Ton, aber das zeigte Peter nur, daß sie nichts verstanden hatte.

»Kate, das würden sie nicht wollen, und ein Verkauf war vermutlich genau das, was Dad befürchtete. Er wollte verhindern, daß die Farm verkauft wird. Er hat sein ganzes Leben gearbeitet, um sie kaufen zu können.« Sie verkniff sich die Bemerkung, daß der Besitz in ihren Augen eine Katastrophe war, doch er konnte es ihr ansehen, und er spürte es auch an dem Schweigen, das sich zwischen sie legte. Was Kate betraf, war die Farm noch viel ärger, als sie nach Peters auf dem College gelieferten Schilderungen vermutet hatte. Sie war äußerst erleichtert, daß sie nie wieder herkommen mußten. Zumindest würde sie nie wieder kommen. Und wenn sie in dieser Sache etwas zu sagen hatte, würde auch Peter nicht mehr herkommen, nachdem sein Vater ihn enterbt hatte. Für sie gehörte Wisconsin nun der fernen Vergangenheit an. Und ihr lag daran, daß Peter den Blick vorwärts richtete.

Als sie losfuhren, hatte Muriel sich noch immer nicht beruhigt, und Peter wurde das unbehagliche Gefühl nicht los, daß es auch ein endgültiger Abschied von ihr und nicht nur von seinem Vater war. Ihm war, als sei es auch das, was Kate wünschte, obwohl sie es nie aussprach. Er glaubte zu spüren, daß sie wollte, er solle nur an sie gebunden sein, und seine Wurzeln, seine Zuwendung, seine Zuneigung sollten ausschließlich ihr gelten. Fast hatte er den Eindruck, als sei Kate auf Muriel eifersüchtig, auf sie und den Teil seines Lebens und seiner

Geschichte, den sie verkörperte. Die Tatsache, daß er seinen Anteil an der Farm nicht bekommen hatte, war für sie ein Vorwand, ein für allemal einen Schlußstrich unter seine Vergangenheit zu ziehen.

»Du hattest recht, schon vor Jahren fortzugehen«, sagte Kate leise, als sie losfuhren. Daß Peter weinte, schien sie nicht zu bemerken. Sie wollte nichts als zurück nach New York, und zwar rasch. »Peter, du gehörst nicht hierher«, sagte sie mit Nachdruck. Er wollte ihr widersprechen, ihr sagen, daß sie in einem Irrtum befangen sei, wollte aus purer Loyalität für seine Familie eintreten, nur wußte er, daß sie recht hatte, und deshalb litt er unter Schuldgefühlen. Er gehörte nicht hierher, hatte nie hierhergehört.

Und als sie in Chicago an Bord ihres Flugzeuges gingen, spürte er, wie ihn Erleichterung überkam. Wieder war er davongekommen. Insgeheim hatte er befürchtet, sein Vater würde ihm die Farm überlassen in der Erwartung, er würde sie bewirtschaften. Aber sein Vater war klüger gewesen und hatte Peter besser gekannt. Peter hatte jetzt mit der Farm nichts mehr zu tun. Sie gehörte ihm nicht, und sie konnte ihn nicht verschlingen, wie er befürchtet hatte. Endlich war er frei. Die Farm war jetzt Jacks und Muriels Problem.

Und als die Maschine abhob und Kurs auf den Kennedy Airport nahm, wußte er, daß er die Farm und alles, was sie für ihn darstellte, endgültig hinter sich gelassen hatte. Er konnte nur hoffen, daß er nicht gleichzeitig seine Schwester verloren hatte.

Auf dem Rückflug war er still, und in den nächsten Wochen trauerte er stumm um seinen Vater. Mit Kate sprach er wenig darüber, weil er das Gefühl hatte, sie wollte es nicht hören. Er rief Muriel noch einige Male an, aber sie war immer mit den Kindern beschäftigt oder in Eile, weil sie Jack bei der Milchwirtschaft helfen mußte. Nie hatte sie Zeit, um mit ihm zu sprechen, und wenn sie es tat, gefielen Peter ihre Bemerkungen über Katie nicht. Ihre unverblümte Kritik an seiner Frau schuf eine unübersehbare Kluft zwischen ihnen, und nach einer Weile stellte er seine Anrufe ein. Er stürzte sich in seine Arbeit und fand Trost in seinem Büro und in seiner Tätigkeit. Dort fühlte er sich völlig zu Hause. Alles in allem kam ihm sein Leben in New York perfekt vor. Er fügte sich überall tadellos ein, in der Firma, bei Freunden, im geselligen Kreis, den Kate für beide geschaffen hatte. Fast war es, als sei er in dieses Leben hineingeboren worden und hätte vorher nie ein anderes geführt.

Für seine Freunde in New York war Peter einer von ihnen, gewandt und gebildet, und wenn er sagte, er sei auf einer Farm aufgewachsen, erregte das allgemeine Heiterkeit. Meist stieß er mit seiner Behauptung auf Unglauben, da er mehr danach aussah, als käme er aus Boston oder New York. Seine Gutmütigkeit erleichterte es ihm, den Erwartungen und Vorstellungen der Donovans entgegenzukommen. Frank hatte darauf bestanden, daß sie, wie er, Greenwich in Connecticut zu ihrem Wohnort machten. Er wollte »seine Kleine« in der Nähe haben, und ihr wiederum sagte es zu, weil sie es gewohnt war, nicht weit von ihrem Vater zu leben. Die Konzernleitung von Wilson-Donovan residierte in New York, wo sie auch ein Apartment besaßen, aber die Donovans hatten immer in Greenwich gelebt, das eine Autostunde von New York entfernt lag. Die Strecke war leicht zu bewältigen, und Peter legte sie täglich zusammen mit Frank im Zug zurück. Peter gefiel das Leben in Greenwich. Ihm gefiel auch ihr Haus, und vor allem gefiel es ihm, mit Katie verheiratet zu sein. Meist kamen sie hervorragend miteinander aus, und ihr einziger größerer Streitpunkt war der Umstand, daß sie der Meinung war, er hätte die Farm erben und sie dann verkaufen sollen. Doch aus Rücksicht auf die konträre Meinung des anderen stritten sie sich deshalb schon lange nicht mehr.

Daneben störte Peter nur noch, daß Frank ihnen ihr erstes Haus gekauft hatte. Peter hatte versucht, sich zu widersetzen, wollte aber Katie nicht gegen sich aufbringen. Und sie hatte ihn eindringlich gebeten, ihrem Vater seinen Willen zu lassen. Peter hatte zwar heftig dagegen protestiert, aber am Ende hatte sie den Sieg davongetragen. Katie wollte ein großes Haus, damit sie rasch eine Familie gründen konnten, und für Peter war zu dem Zeitpunkt ein Haus, wie sie es gewohnt war und wie ihr Vater es sich für sie wünschte, unerschwinglich. Es waren genau die Probleme, die Peter befürchtet hatte. Aber die Donovans brachten alles sehr taktvoll über die Bühne. Das hübsche, im Tudor-Stil gehaltene Haus, das ihr Vater als »Hochzeitsgeschenk« deklarierte, war in Peters Augen ein richtiges Landhaus. Es bot Raum für drei bis vier Kinder, verfügte über eine schöne Terrasse, ein Eßzimmer, ein Wohnzimmer, fünf Schlafzimmer, einen großen Arbeitsraum für ihn, ein Familienzimmer und eine rustikal eingerichtete Traumküche. Von dem desolaten alten Farmhaus, das sein Vater in Wisconsin seiner Schwester vermacht hatte, war es Welten entfernt. Und Peter mußte zugeben, daß ihm das Haus gefiel.

Katies Vater wollte auch jemanden zum Saubermachen und Kochen einstellen, aber hier war für Peter die Grenze. Notfalls würde er die Kocherei selbst übernehmen, kündigte er an, aber keinesfalls würde er zulassen, daß Frank eine Haushaltshilfe bezahle. Schließlich lernte Katie kochen, für kurze Zeit jedenfalls. Aber zu Weihnachten litt sie so heftig unter Morgenübelkeit, daß sie nichts mehr tun konnte und Peter den größten Teil der Hausarbeit erledigen mußte. Doch das machte ihm überhaupt nichts aus, da die Aussicht auf ein Baby ihn entzückte. Fast erschien es ihm als mystischer Austausch, als spezieller Trost für den Verlust seines Vaters, der ihn mehr schmerzte, als er je aussprach.

Es war für sie der Anfang von achtzehn glücklichen,

fruchtbringenden Jahren. In den ersten vier Jahren bekamen sie drei Söhne, und seither war Katies Leben erfüllt von Wohltätigkeitsausschüssen, Elternversammlungen und Fahrgemeinschaften; ein Leben, wie sie es liebte. Auch die Jungen betätigten sich auf vielfache Weise. Sie spielten Fußball und Baseball und gingen schwimmen. Erst vor kurzem hatte Katie sich entschlossen, für den Schulbeirat von Greenwich zu kandidieren. Sie war in ihrem Heimatort voll integriert, engagierte sich für Umweltprobleme und viele andere Bereiche, für die auch Peter Interesse hätte zeigen sollen, es aber nicht tat. Er zog sich gern mit der Bemerkung aus der Affäre, daß Katie globale Probleme für sie beide löste. Er selbst bemühe sich nur, bei der Arbeit den Kopf über Wasser zu halten.

Aber auch über seine Tätigkeit war sie sehr gut informiert. Katies Mutter war gestorben, als sie drei war, so daß sie als ständige Begleiterin ihres Vaters aufgewachsen war. Im Laufe der Zeit hatte Katie sich eingehende Kenntnisse über seine Firma angeeignet, und ihr Interesse erlosch auch nicht, nachdem sie Peter geheiratet hatte. Manchmal wußte sie Dinge, lange ehe Peter sie erfuhr. Und wenn er ihr eine Neuigkeit erzählen wollte, mußte er oft erstaunt feststellen, daß es für sie keine Neuigkeit mehr war. Mit den Jahren wurde dies Ursache einiger Probleme, aber Peter war willens, Franks Stellung in ihrem Zusammenleben zu akzeptieren. Katies

Vaterbindung war viel stärker, als Peter erwartet hatte, doch das schadete nicht. Frank war ein Mann mit ausgeprägtem Gerechtigkeitssinn und bewies stets ein gutes Urteilsvermögen, wie weit er mit seinen Meinungsäußerungen gehen konnte. Zumindest war Peter dieser Ansicht, bis Frank ihnen sagte, in welche Vorschule sie ihren Sohn schicken sollten. Diesmal reagierte Peter sehr energisch und hielt es bis zur High-School so, jedenfalls versuchte er es. Doch gab es Zeiten, da Katies Vater sich sehr beharrlich zeigte, und es regte Peter um so mehr auf, wenn Katie die Partei ihres Vaters ergriff, obwohl sie die Meinung ihres Vaters meist sehr diplomatisch formulierte, wenn sie sie wiedergab.

Aber trotz ihrer Diplomatie blieben die Bindungen Katies zu ihrem Vater im Laufe der Jahre unverändert eng, und sie stimmte mit ihm häufiger überein, als es Peter recht sein konnte – für ihn der einzige Wermutstropfen in einer ansonsten glücklichen Ehe. Und sein Leben barg so viele Vorteile, daß er das Gefühl hatte, sich über die gelegentlichen Machtkämpfe mit Frank nicht beklagen zu dürfen. Wenn er sein Leben einer genauen Betrachtung unterzog, kam er zu dem Schluß, daß die Vorteile die Schmerzen oder Belastungen bei weitem überwogen.

Die einzige echte Kümmernis in seinem Leben war der Tod seiner Schwester, die wie ihre Mutter an Krebs starb, obschon mit neunundzwanzig in viel jüngeren

Jahren. Und wie seine Mutter hatte seine Schwester sich eine anständige ärztliche Behandlung nicht leisten können. Sie und ihr Mann besaßen so viel Stolz, daß sie ihn nie angerufen und ihm ihr Leid geklagt hatten. Als Jack dann schließlich anrief, war es kurz vor ihrem Ende. Peter brach fast das Herz, als er nach Wisconsin flog und sie besuchte. Wenige Tage später war sie tot. In weniger als einem Jahr hatte Jack die Farm verkauft, wieder geheiratet und war nach Montana gezogen. Jahrelang wußte Peter nicht, wohin es ihn verschlagen hatte oder was aus den Kindern seiner Schwester geworden war. Und als er schließlich wieder etwas von Jack hörte, viele Jahre nach Muriels Tod, sagte Kate, es sei zuviel Zeit vergangen, und er solle die Sache auf sich beruhen lassen und vergessen. Peter hatte Jack das Geld geschickt, um das ihn dieser bei seinem Anruf gebeten hatte, aber er war nie nach Montana gefahren, um Muriels Kinder zu besuchen, da er wußte, daß sie ihn nicht mehr erkannt hätten. Sie hatten inzwischen eine neue Mutter, eine neue Familie, und Peter wußte, daß Jack ihn nur angerufen hatte, weil er Geld brauchte. Er brachte dem Bruder seiner verstorbenen Frau keine echten Gefühle entgegen, und umgekehrt verhielt es sich ebenso, obwohl Peter gern seine Neffen und Nichten wiedergesehen hätte. Aber er war zu beschäftigt, um nach Montana zu fliegen und sie zu besuchen, und in gewisser Weise gehörten sie einem anderen Leben an. Irgendwie war es einfacher, Kates Rat zu befolgen und alles auf sich beruhen zu lassen, obwohl sich sein schlechtes Gewissen regte, wann immer er daran dachte.

Peter führte sein eigenes Leben, mußte an seine eigene Familie denken, für seine eigenen Kinder sorgen und kämpfen. Vier Jahre zuvor, als Mike, ihr Ältester, auf die High-School sollte, entbrannte ein Kampf, der buchstäblich bis aufs Messer geführt wurde. Offenbar war seit Menschengedenken jeder Donovan nach Andover gegangen, und Frank drängte, auch Mike solle dorthin gehen. Katie pflichtete ihm bei. Nicht aber Peter. Er wollte Mike nicht fortschicken, er wollte vielmehr, daß der Junge bis zur Collegezeit zu Hause blieb. Aber diesmal errang Frank einen glatten Sieg, und es war Mikes Stimme, die den Ausschlag gab. Mutter und Großvater hatten ihn davon überzeugt, daß er nie auf ein anständiges College käme, wenn er nicht vorher in Andover gewesen wäre, ganz zu schweigen von einer Wirtschaftsuniversität. Ohne Andover würde er sich später alle Chancen für einen guten Job verderben, weil er es versäumt hätte, auf der Schule wertvolle Kontakte zu knüpfen. Peter kam dies lächerlich vor, und er hob gebührend hervor, daß er die Universität in Michigan besucht hätte, seinen Abschluß in Abendkursen in Chicago gemacht, nie ein Wirtschaftsstudium absolviert und in seiner Jugend von Andover nie etwas gehört hätte. »Und ich habe es trotzdem zu etwas gebracht«, sagte er mit einem

Lächeln. Er stand an der Spitze eines der bedeutendsten Konzerne des Landes. Mikes Antwort traf ihn um so härter und unerwarteter.

»Ja, aber du hast es dir erheiratet, Dad. Das ist etwas anderes.« Einen ärgeren Schlag hätte der Junge ihm nicht versetzen können. Etwas in Peters Blick mußte Mike wohl zu erkennen gegeben haben, wie sehr ihn seine Bemerkung getroffen hatte, denn er beeilte sich zu erklären, es wäre nicht so gemeint gewesen, wie es sich angehört hätte, und daß zwei Jahrzehnte zuvor noch alles »anders« gewesen sei. Aber beide wußten, daß dies nicht der Fall war. Und schließlich war Mike nach Andover gegangen, und kommenden Herbst wollte er wie sein Großvater nach Princeton. Auch Paul war jetzt in Andover, und nur Patrick, der Jüngste, sprach davon, daß er die High-School in Greenwich absolvieren oder aber vielleicht nach Exeter gehen wollte, nur um etwas anders zu machen als seine Brüder. Aber er konnte es sich noch ein Jahr überlegen und dachte eventuell auch an ein Internat in Kalifornien. Das war etwas, das Peter gern geändert hätte, er wußte aber, daß es nicht ging. Die High-School außerhalb des Heimatortes zu absolvieren gehörte zu den Traditionen der Donovans, an denen nicht zu rütteln war. Sogar Kate hatte trotz des besonders engen Verhältnisses zu ihrem Vater Miss Porters Institut besucht. Peter hätte seine Kinder lieber bei sich gehabt, aber für ihn war es nur ein kleiner Kompromiß, wie er sagte, daß er auf ihre Gesellschaft einige Monate im Jahr verzichten mußte, sie aber dafür eine großartige Ausbildung erhielten. Denn dies stand unbestritten fest, und Frank behauptete immer, dort würden sie wichtige Freundschaften fürs ganze Leben schließen. Dagegen ließ sich nur schwer etwas einwenden, deshalb unterließ Peter es. Doch wenn seine Söhne alljährlich ins Internat fuhren, überkam ihn immer ein Gefühl der Einsamkeit. Kate und die Jungen waren die einzige Familie, die er hatte. Muriel und seine Eltern fehlten ihm immer noch, obwohl er es Kate nie eingestanden hätte.

Im Laufe der Jahre hatte Peters Leben eine sehr eindrucksvolle Entwicklung genommen. Er war ein wichtiger Mann, der eine glänzende Karriere gemacht hatte und in ein entsprechend größeres Haus in Greenwich umgezogen war, in eines, das er sich nun selbst leisten konnte. Von Frank ein Haus anzunehmen, stand nicht mehr zur Debatte. Das Haus, das Peter kaufte, war ein schönes, von sechs Morgen Land umgebenes Anwesen, und obwohl er manchmal das Stadtleben vorgezogen hätte, wußte er, wie wichtig es für Katie war, in Greenwich zu bleiben, wo sie ihr ganzes Leben verbracht hatte. Hier lebten ihre Freunde, es gab die richtigen Grundschulen für ihre Kinder, die Komitees, denen Katie angehörte, und hier wohnte auch ihr Vater. Sie lebte gern in seiner Nähe und hatte ein Auge auf sein Haus. Sie und Peter gingen oft zu ihm, um etwas mit ihm zu besprechen, sei es familiärer oder geschäftlicher Art oder auch nur, um mit ihm eine Partie Tennis zu spielen. Besonders Katie verbrachte viel Zeit bei ihm.

Die Sommer verlebten sie in Martha's Vineyard, um ihm auch in den Ferien nahe zu sein. Er besaß dort einen großartigen Landsitz, seit Jahren schon. Die Haskells hatten sich einen bescheideneren zugelegt, und Peter mußte Kate recht geben, daß es für die Kinder ein herrlicher Aufenthalt war, den auch er mit der Zeit liebgewann. Martha's Vineyard war für ihn ein ganz besonderer Ort, und sobald er es sich leisten konnte, hatte Peter darauf bestanden, das kleine Haus aufzugeben, das ihnen auf dem Besitz ihres Vaters zur Verfügung stand, und hatte ein Stück weiter ein hübsches Sommerhaus gekauft. Seine Söhne waren begeistert, als Peter ihnen eine eigene Hütte baute, in die sie ihre Freunde einladen konnten, was sie auch sehr oft taten. Über viele Jahre hinweg waren Peter und Kate immer von Kindern umgeben, besonders in Vineyard. Ständig schien mindestens ein halbes Dutzend Kinder ihr Haus unsicher zu machen.

Sie führten ein unbeschwertes, behagliches Leben, und trotz der Kompromisse, die Peter in häuslichen Belangen hatte machen müssen – wo und wie sie wohnten und daß die Jungen im Internat waren –, wußte er auch, daß er nie seine Prinzipien und seine Integrität geopfert hatte, denn in geschäftlichen Dingen ließ Frank ihm völlig freie Hand. Peter hatte brillante Ideen in die Tat umgesetzt, die sich in kürzester Zeit sehr positiv auf das Unternehmen auswirkten. Wachstum und Entwicklung der Firma gingen weit über das hinaus, was Frank sich je hätte träumen lassen. Peters Vorschläge waren von unschätzbarem Wert, seine Entscheidungen kühn, aber nicht waghalsig. Frank hatte genau gewußt, was er tat, als er ihm die Chance bot, und ebenso wußte er, was er tat, als er ihn mit siebenunddreißig zum Präsidenten von Wilson-Donovan ernannte. Und Peter hatte sich in der Führung des Unternehmens von Anfang an hervorragend bewährt. Seit damals waren sieben Jahre vergangen, von denen er vier in die Entwicklung von Vicotec gesteckt hatte, die sich als sehr kostspielig erwies. Am Ende hatte aber ein hervorragendes Produkt gestanden. Es war von Anfang an Peters »Baby« gewesen, und es war seine Entscheidung gewesen, diese Entwicklungslinie mit allen zur Verfügung stehenden wissenschaftlichen Mitteln zu verfolgen. Und es war ihm gelungen, auch Frank davon zu überzeugen. Die Kosten waren zwar enorm, aber beide waren sich darin einig, daß es sich langfristig gesehen um eine lohnende Investition handelte. Und für Peter steckte in dem Vorhaben ein zusätzlicher Bonus: Es war die Verwirklichung seines Lebenstraumes, etwas zum Wohl der Menschheit beizutragen, während er sich selbst noch in der habgierigen, von Eigennutz beherrschten, schnöden Geschäftswelt hocharbeitete. Peter wollte, daß Vicotec für alle sehr bald zugänglich sein sollte, und sei es nur eingedenk seiner Mutter und Muriel. Hätte ihnen ein solches Produkt zur Verfügung gestanden, hätte man ihr Leben retten oder zumindest verlängern können. Und jetzt wollte er anderen in dieser Situation helfen, auf Farmen, in ländlichen Gebieten oder in Städten, Menschen jedenfalls, die, isoliert durch Armut und durch widrige Umstände, ohne ein solches Präparat keine Überlebenschancen hätten.

Im Taxi ertappte er sich wieder dabei, wie er an Vicotec und an die damit zusammenhängenden Besprechungen dachte, die er in Europa die ganze Woche über geführt hatte. Allein das Wissen, wie weit man bis jetzt mit Vicotec gekommen war, stellte für ihn eine unglaubliche Befriedigung dar. Und während der Wagen mit hoher Geschwindigkeit nach Paris hineinfuhr, bedauerte er, daß Katie wie immer nicht mitgekommen war.

Für Peter war Paris die vollkommene Stadt, die ihm jedesmal den Atem raubte. Paris hatte etwas an sich, das sein Herz höher schlagen ließ. Vor fünfzehn Jahren hatte ihn eine Geschäftsreise zum ersten Mal in diese Stadt geführt, und schon damals hatte er das Gefühl gehabt, er sei eigens für den kurzen Moment des ersten Blickes auf Paris auf die Welt gekommen. Er war am Nationalfeiertag eingetroffen, allein, und er wußte noch genau, wie er die Champs Elysées entlanggefahren war, im Blickfeld den Arc de Triomphe mit der kühn flatternden Trikolore in der Bogenwölbung. Damals hatte er das Taxi anhalten lassen, um auszusteigen und den Anblick in sich aufzunehmen. Und während er dagestanden hatte, waren seine Augen feucht geworden, wie er verlegen bemerkt hatte.

Katie zog ihn immer damit auf, daß er in einem früheren Leben Franzose gewesen sein mußte, weil er diese Stadt über alles liebte. Paris war ein Ort, der ihm viel bedeutete, ohne daß er eine Begründung zur Hand gehabt hätte. Die Schönheit dieser Stadt wirkte einfach bezwingend auf ihn. Hier hatte er sich noch nie schlecht gefühlt, im Gegenteil, er hatte seine Zeit in Paris immer sehr genossen. Und er wußte, daß es dieses Mal nicht anders sein würde. Auch Paul-Louis Suchards eher wortkarge Natur konnte nicht verhindern, daß ihre für den nächsten Tag angesetzte Besprechung ein wahres Freudenfest werden würde.

Das Taxi bahnte sich seinen Weg durch den mittäglichen Verkehr, während Peter die ihm mittlerweile wohlvertrauten Sehenswürdigkeiten an sich vorübergleiten sah, den Ivalidendom, die Oper, und als sie gleich darauf auf der Place Vendôme vorfuhren, hatte Peter beim Anblick des Platzes fast das Gefühl, nach Hause zu kommen. In der Mitte ragte die Säule mit der Statue Napoleons auf, und mit halbgeschlossenen Augen konnte man sich gut vorstellen, wie einstmals Aristokraten mit weißgepuderten Perücken und seidenen Kniehosen in wappengezierten Karossen über den Platz fuhren. Dieses Bild entlockte Peter ein Lächeln. Das Taxi hielt vor dem Ritz an, und der Portier eilte beflissen herbei, um die Wagentür zu öffnen. Er erkannte Peter, wie er alle ankommenden Gäste zu erkennen schien. Auf sein Zeichen hin nahm ein Page Peters einziges Gepäckstück, während dieser den Taxifahrer bezahlte.

Das einzig Auffällige an der erstaunlich zurückhaltenden Fassade des Ritz war eine kleine Markise. Das Hotel sah nicht prächtiger aus als die vielen prächtigen Läden in seiner unmittelbaren Umgebung. Chaumet und Bouceron präsentierten ihr glitzerndes Angebot ganz in der Nähe, Chanel an der Ecke des Platzes, und JAR, der exklusive Juwelierladen, dessen Initialen für den Gründer Joel A. Rosenthal standen, versteckte sich ein Stück dahinter. Aber das Hotel Ritz bildete dennoch eines der wichtigsten Elemente der Place Vendôme, und Peter wurde nicht müde zu behaupten, daß es nichts Vergleichbares auf der ganzen Welt gäbe. Als absoluter Gipfel an Luxus und Wohlleben bot es seinen Gästen grenzenlosen Komfort in vollendetem Stil. Peter hatte immer ein schlechtes Gewissen, wenn er auf Geschäftsreisen im Ritz abstieg, doch war ihm das Haus im Lauf der Jahre so lieb geworden, daß er in einem anderen Hotel nicht wohnen wollte. Es stand für ein rares Stück Träumerei und Gefühl in einem ansonsten völlig vernunftbetonten und dem Verstand unterworfenen Leben. Peter liebte die

Raffinesse, die Eleganz, das exquisite Dekor der Räumlichkeiten, die üppige Pracht der Brokattapeten an den Wänden, die herrlichen alten Kamine. Kaum hatte ihn die Drehtür freigegeben, als ihn ein ständige Erregung verheißendes Fluidum umfing.

Nie enttäuschte das Ritz ihn, nie ließ es ihn im Stich. Wie eine schöne Frau, der man nur ab und zu einen Besuch abstattete, empfing es ihn immer mit offenen Armen, tadellos zurechtgemacht und womöglich noch schöner als bei der letzten Begegnung.

Peter liebte das Ritz fast so sehr, wie er Paris liebte. Es war Teil des Zaubers und des Charmes dieser Stadt, und als er aus der Drehtür in die Lobby trat, wurde er sofort vom livrierten Empfangschef begrüßt und die zwei Stufen zur Rezeption hinaufgeleitet. Selbst an der Rezeption zu stehen und darauf zu warten, ein Zimmer zugewiesen zu bekommen, war für ihn ein Vergnügen, da Peter gern die Menschen im Foyer beobachtete. Zu seiner Linken bemerkte er einen stattlichen angejahrten Südamerikaner mit einer hinreißenden jungen Frau in einem roten Kleid. Sie unterhielten sich leise auf spanisch miteinander. Haare und Nägel der Frau waren makellos gepflegt, und Peter fiel auf, daß an ihrer linken Hand ein riesiger Diamant prangte. Sie sah ihn an und erwiderte lächelnd seinen Blick. Peter war ein auffallend attraktiver und gutaussehender Mann, und nichts an ihm verriet der Frau den Farmjungen von ehedem. Sein Aussehen entsprach exakt seiner Position als wohlhabender, einflußreicher Mann, der in den Kreisen der Elite zu Hause war, im Umfeld der Mächtigen dieser Welt. Doch dazu gesellte sich etwas Einnehmendes, etwas Sanftes und Junges. Und wenn man sich die Zeit nahm, genauer hinzusehen, entdeckte man etwas in seinem Blick, das die Neugierde reizte, etwas, was nur wenige Menschen dort sehen konnten oder wollten. Peter war eine Güte, eine Neigung zum Mitgefühl zu eigen, wie sie bei den Mächtigen selten anzutreffen ist. Doch die Frau im roten Kleid sah das nicht. Sie sah die Hermès-Krawatte, die kraftvollen sauberen Hände, sie sah den Aktenkoffer, die englischen Schuhe, den gutgeschnittenen Anzug, und sie mußte sich zwingen, den Blick wieder ihrem Begleiter zuzuwenden. Auf der anderen Seite standen drei sehr gut gekleidete ältere Japaner in dunklen Anzügen, die Zigaretten rauchten und in ein leises Gespräch vertieft waren. Sie wurden von einem jüngeren Mann erwartet, und einer der Empfangschefs an der Rezeption sprach mit ihnen auf japanisch. Als Peter ihnen den Rücken kehrte, noch immer in Erwartung seines Zimmerschlüssels, bemerkte er einen Aufruhr am Eingang, als vier stämmige dunkelhäutige Männer, die eben durch die Drehtür hereingekommen waren, diese praktisch in Beschlag zu nehmen schienen, dicht gefolgt von zwei ähnlichen Männern. Und dann gab die Drehtür wie eine Ballmaschine, die Bälle ausspeit, drei auffallend attraktive Frauen in grellfarbigen Dior-Kostümen frei. Alle Kostüme waren von gleichem Schnitt und nur der Farbe nach anders, während die Frauen selbst sich im Aussehen stark unterschieden. Wie die Südamerikanerin, die neben Peter gestanden hatte, waren auch sie tadellos frisiert und zurechtgemacht. Nicht zuletzt dank ihrer an Hals und Ohren zur Schau getragenen Diamanten bildeten sie eine auffallende Gruppe. Sofort wurden sie von den sechs Leibwächtern, die sie begleiteten, umringt, während ein viel älterer, sehr vornehm wirkender Araber knapp hinter ihnen aus der Drehtür kam.

»König Khaled...«, hörte Peter jemanden in der Nähe raunen, »oder sein Bruder... und alle seine drei Frauen... sie bleiben einen Monat... sie haben die gesamte vierte Etage mit Blick auf den Garten gemietet...« Er war der Herrscher eines kleinen arabischen Staates, und Peter zählte acht Leibwächter neben zahlreichem anderen Gefolge. Unverzüglich trat einer der Empfangschefs auf sie zu, während sie unter den Blicken aller Anwesenden langsam das Foyer durchmaßen und so viel Aufmerksamkeit erregten, daß Catherine Deneuve, die zum Lunch ins Restaurant eilte, nahezu unbemerkt blieb, und kein Mensch mehr daran dachte, daß Clint Eastwood, der außerhalb der Stadt einen Film drehte, hier wohnte. Gesichter und Namen wie diese waren im Ritz alltäglich, und Peter bezweifelte sehr, ob er je so blasiert sein würde, daß er Prominente keines Blickes mehr würdigte, weil sie ihn nicht mehr interessierten. Hier zu sein und alles beobachten zu können, war für ihn immer so amüsant, daß er es nicht über sich brachte, wegzusehen oder Gleichgültigkeit zu heucheln, wie einige alte Habitués. So konnte er jetzt auch nicht umhin, dem arabischen Monarchen und seinem Schwarm reizvoller Begleiterinnen nachzustarren, die gedämpft plaudernd und lachend die Halle durchschritten, von ihren Leibwächtern, die sie nicht aus den Augen ließen und sie wie eine Wand streng aussehender Statuen umgaben, sorgfältig abgeschirmt. Der König selbst ging unauffällig neben ihnen her, er war in ein Gespräch mit jemandem vertieft. Als Peter plötzlich eine Stimme hinter sich hörte, zuckte er zusammen.

»Guten Tag, Mr. Haskell. Willkommen bei uns. Wir freuen uns, Sie wieder bei uns begrüßen zu dürfen.«

»Und ich freue mich, wieder hier zu sein.« Peter drehte sich um und lächelte dem jungen Empfangschef zu, der sich nun seiner annahm und ihm ein Zimmer auf der dritten Etage zuwies. Da Peter der Meinung war, es gäbe im Ritz ohnehin keine schlechten Zimmer, wäre ihm jedes recht gewesen. »Bei Ihnen herrscht soviel Betrieb wie immer.« Damit meinte er den König und dessen kleine Armee von Leibwächtern.

»Wie immer… *comme d'habitude*…« Der junge Mann an der Rezeption lächelte und legte das Formular beiseite, das Peter ausgefüllt hatte. »Ich bringe Sie jetzt auf Ihr Zimmer.« Er hatte einen Blick in Peters Paß geworfen und nannte jetzt einem der Pagen die Zimmernummer. Dann bedeutete er Peter, ihm die Stufen hinunter und durch die Halle zu folgen.

Sie passierten die Bar und das Restaurant, die von elegant gekleideten Gästen frequentiert wurden. Hier traf man sich auf einen Drink oder zum Lunch, um geschäftliche Angelegenheiten oder diskretere Machenschaften zu besprechen. Im Vorübergehen erhaschte Peter einen Blick auf die noch immer schöne Catherine Deneuve, die an einem Ecktisch sichtlich gutgelaunt mit einem Bekannten plauderte. Das war es, was er unter anderem an diesem Hotel liebte, die Gesichter, die Menschen. Allein ihr Anblick genügte, um ihn in einen Zustand der Erregung zu versetzen. Und als sie den langen Korridor zu den hinteren Aufzügen entlangschritten, kamen sie an der Vitrinenreihe vorüber, in der Waren aller Luxusläden und Juweliere von Paris ausgestellt waren. Auf halbem Weg fiel ihm ein Armband auf, von dem er glaubte, es würde Katie gefallen, und er nahm sich vor, wiederzukommen und es zu kaufen. Immer brachte er ihr etwas von seinen Reisen mit. Das war das Trostpflaster dafür, daß sie nicht mitkommen konnte, oder vielmehr war es das früher gewesen, als sie entweder schwanger war oder stillte oder bei den Kindern bleiben mußte, weil sie noch zu klein waren. Jetzt wollte sie nicht mit ihm reisen, und das wußte er. Sie wollte auf ihre Sitzungen und auf ihre Freundinnen nicht verzichten. Da die älteren Söhne im Internat waren und nur noch einer zu Hause, hätte sie ihn ohne weiteres begleiten können. Aber immer hatte sie eine Ausrede zur Hand, so daß Peter sie nicht mehr drängte. Sie wollte einfach nicht... aber Geschenke brachte er ihr dennoch immer mit, und auch den Jungen, wenn sie zu Hause waren. Es war ein letzter Rest aus Kindertagen.

Schließlich hatten sie den Lift erreicht. Der arabische König war nirgends mehr zu sehen. Er war mit seinem Gefolge kurz zuvor zu seiner ein Dutzend Räume umfassenden Suite hinaufgefahren. Er war Stammgast des Hauses, da seine Frauen meist den Mai und Juni in Paris verbrachten und manchmal bis zu den großen Modenschauen im Juli blieben. Und im Winter kamen sie aus demselben Grund wieder.

»In diesem Jahr ist es ungewöhnlich warm«, sagte Peter leichthin zu dem jungen Mann, während sie auf den Aufzug warteten. Draußen war es prachtvoll, ein Wetter, das mit seiner balsamischen Luft und den angenehmen Temperaturen in einem den Wunsch weckte, irgendwo unter einem Baum zu liegen, zum Himmel zu blicken und das Vorüberziehen der Wolken zu beobachten. Es war eigentlich kein Tag für Geschäftliches. Aber Peter wollte Paul-Louis Suchard trotzdem anrufen und fragen, ob er bereit war, sich vor ihrem festgesetzten Termin am nächsten Morgen mit ihm zu treffen.

»Es war die ganze Woche über warm«, erwiderte der Empfangschef im Konversationston. Das Wetter sorgte bei allen für gute Laune, und da die Zimmer mit Klimaanlage ausgestattet waren, gab es nie Klagen wegen der Temperatur. Als eine Amerikanerin mit drei flauschigen und über und über mit Schleifchen verzierten Yorkshireterriern an ihnen vorüberging, tauschten die beiden Männer lächelnd einen Blick.

Und dann spürte Peter hinter sich urplötzlich Aktivität, fast so, als wäre der Bereich, in dem sie sich befanden, elektrisch aufgeladen worden. Auch die Frau mit den Hunden, zu der er eben noch hingeblickt hatte, schaute erstaunt auf. Peter glaubte schon, es wären wieder die Araber mit ihren Leibwächtern oder irgendein Filmstar, so deutlich war das Ansteigen der Spannung zu spüren. Er drehte sich um. Eine Phalanx von Männern in dunklen Anzügen, Hörstücke im Ohr, bewegte sich auf sie zu. Da sie zu viert waren, konnte man unmöglich ausmachen, wer hinter ihnen ging. Daß sie Leibwächter waren, war wegen der Hörstücke und der Walkie-Talkies nicht zu übersehen. Wäre es kälter gewesen, hätten sie sicher Regenmäntel angehabt.

Sie kamen auf Peter und seinen Begleiter zu, fast im Gleichschritt, um dann beiseite zu treten, nur so viel, daß sie den Blick auf eine Handvoll Leute hinter ihnen freigaben. Es waren Männer in leichten Anzügen, vom Typ her Amerikaner. Einer, der größer als die anderen und deutlich blonder war, sah fast wie ein Filmstar aus. Er schien alle geradezu magnetisch anzuziehen, so gebannt hingen sie an seinen Lippen. Die drei Männer in seiner Begleitung, die äußerst ernst und vertieft wirkten, lachten plötzlich laut über eine seiner Bemerkungen.

Peter, dessen Neugierde geweckt war, sah ihn lange und eindringlich an. Er wußte plötzlich, daß er ihn schon irgendwo gesehen hatte, aber er konnte sich erst nicht erinnern, wo. Und dann fiel es ihm schlagartig ein. Es war Anderson Thatcher, der umstrittene und äußerst dynamische junge Senator aus Virginia, achtundvierzig Jahre alt und mehr als einmal vom Feuer eines Skandals gestreift, dessen bedrohlicher Qualm sich jedoch jedesmal rasch zerstreut hatte. Auch von privaten Tragödien war er mehr als einmal heimgesucht worden. Sein Bruder Tom war vor sechs Jahren als Präsidentschaftskandidat kurz vor der Wahl, die er so gut wie sicher gewonnen hätte, Opfer eines Attentats geworden. Im Anschluß daran hatte es verschiedene Theorien den Täter betreffend gegeben und zwei sehr schlechte Filme. Aber zu guter Letzt war nur ein Einzeltäter übriggeblieben, ein irrer Revolverheld. In den Jahren seither war Anderson Thatcher, von seinen Freunden »Andy« genannt, ernsthaft aufgebaut worden. Nachdem er sämtliche politischen Freunde und Widersacher überrundet hatte, galt er nun als aussichtsreicher Kandidat für die nächste Präsidentschaftswahl. Seine Kandidatur stand zwar noch nicht fest, doch Leute, die es wissen mußten, waren der Meinung, er würde sie bald ankündigen. Im Laufe der letzten Jahre hatte Peter Thatchers Karriere mit Interesse verfolgt. Trotz der weniger geschmackvollen Dinge, die man über ihn persönlich hörte, billigte er ihm für die nächsten Wahlen große Chancen zu. Und als er ihn jetzt vor sich sah, umgeben von Wahlkampfmanagern und Leibwächtern, spürte er fasziniert das Charisma, das von ihm ausging.

Als Thatchers zweijähriger Sohn einem Krebsleiden erlegen war, hatte ihn zum zweitenmal eine Tragödie getroffen. Darüber wußte Peter weniger, doch waren ihm einige herzzerreißende Fotos im Gedächtnis geblieben, die nach dem Tod des Kindes in der *Time* erschienen waren, besonders eines von Thatchers Frau, wie sie völlig gebrochen den Friedhof verließ, überraschend alleingelassen, da ihr Mann den Arm seiner Mutter genommen hatte und diese stützte. Das Leid im Antlitz der jungen Mutter hatte Peter schaudern lassen. Dieser Schicksalsschlag aber hatte den Thatchers die Herzen vieler Menschen gewonnen, und für Peter war die Begegnung mit dem in ein Gespräch mit seinem Stab vertieften Andy Thatcher ein interessantes Erlebnis.

Im nächsten Moment bewegte sich die Gruppe ein wenig zur Seite, während man noch immer auf den Lift wartete, und erst jetzt bemerkte Peter, daß noch jemand hinter ihnen stand. Es war nur eine Andeutung, ein flüchtiger Eindruck, und dann sah er sie plötzlich dastehen, die Frau, die er vom Foto her kannte, mit gesenktem Blick, unglaublich zart, klein und zierlich. Sie wirkte fast so, als würde sie im nächsten Moment davonfliegen. Dieses zerbrechliche Wesen hatte die größten Augen, die er je gesehen hatte, und strahlte etwas aus, das bewirkte, daß man sie fasziniert anstarren mußte. Sie trug ein himmelblaues Leinenkostüm von Chanel. Still und zurückhaltend folgte sie der Gruppe von Männern, von denen keiner sie zu beachten schien, auch nicht die Leibwächter, hinter denen sie schweigend stand, um auf den Aufzug zu warten. Und während Peter sie ansah, blickte sie plötzlich zu ihm auf. So traurige Augen wie die ihren hatte er noch nie gesehen, und doch war nichts an ihr, das mitleiderregend gewesen wäre. Sie schien nur entrückt, und ihm fiel auf, wie zart und anmutig ihre Hände waren, als sie in ihre Handtasche griff und eine dunkle Sonnenbrille hervorholte. Keiner der anderen sprach mit ihr oder schien sie zu bemerken, als endlich der Aufzug kam. Alle drängten sich vor ihr in die Kabine, und sie bildete den stillen Abschluß. Jeder Zoll eine Dame, strahlte sie erstaunliche Würde aus, so als befände sie sich in einer eigenen Welt. Ob sie Beachtung fand oder nicht, schien sie nicht zu berühren.

Während Peter sie fasziniert betrachtete, fiel ihm wieder alles ein, was er über sie wußte. Er hatte im Laufe der Jahre unzählige Fotos von ihr gesehen, aus glücklicheren

Zeiten, als sie heiratete, und davor, mit ihrem Vater. Sie war Andy Thatchers Frau Olivia Douglas Thatcher. Wie Thatcher entstammte auch sie einer politisch einflußreichen Familie. Ihr Vater war der hochangesehene Gouverneur von Massachussetts, ihr Bruder Kongreßabgeordneter aus Boston. Peter glaubte sich zu erinnern, daß sie etwa vierunddreißig war. Sie gehörte zu jener Sorte Menschen, die die Presse faszinieren und die deshalb nie in Ruhe gelassen werden, obwohl sie wenig Anlaß für mediale Aufmerksamkeit liefern. Peter hatte natürlich Interviews mit ihrem Mann gesehen, konnte sich aber an keines mit Olivia Thatcher erinnern, die ein Leben im Hintergrund zu führen schien. Nun mußte er feststellen, daß sie eine geradezu elektrisierende Wirkung auf ihn ausübte, als er hinter ihr den Lift betrat. Sie wandte ihm den Rücken zu, war ihm aber so nahe, daß er mühelos die Arme um sie hätte legen können. Die Vorstellung allein genügte, um ihm den Atem zu rauben. Er blickte auf ihr dunkles, nerzfarbenes Haar hinunter, von dem ein großer Reiz ausging. Als könne sie fühlen, daß Peter an sie dachte, drehte sie sich um und sah ihn an. Wieder tauschten sie einen Blick, und einen Moment lang hatte er das Gefühl, als würde die Zeit stillstehen. Wieder war er betroffen von der tiefen Traurigkeit in ihren Augen, und dazu kam das Gefühl, als würde sie ihm wortlos etwas zu verstehen geben. Ihre Augen waren so ausdrucksvoll, daß man diesen Eindruck gewinnen konnte, doch im gleichen Atemzug fragte er sich, ob er sich das alles nicht nur eingebildet hatte und ob der Blick wirklich mehr enthielt als der anderer Menschen. Sie wandte sich so jäh ab, wie sie ihn angeblickt hatte, und sah ihn auch nicht mehr an, als er ein wenig verwirrt ausstieg.

Der Page hatte bereits seine Tasche aufs Zimmer gebracht, das von der *gouvernante* zuvor noch einmal kontrolliert und für makellos befunden worden war. Und als Peter sich nach dem Eintreten umsah, hatte er das Gefühl, von der Erde direkt in den Himmel versetzt worden zu sein. Die in warmem Pfirsichrosa gehaltene Brokatbespannung der Wände wurde von farblich darauf abgestimmten Vorhängen und Bettüberwürfen aus Seide und Satin ergänzt und bildete den stilvollen Rahmen für die antike Einrichtung, als deren Glanzstück ein Kamin aus aprikotfarbenem Marmor hervortrat. Das Bad, ebenfalls in Marmor, bot jeden erdenklichen Luxus und Komfort. Für ihn war es wie ein wahrgewordener Traum. Zufrieden ließ er sich in einen bequemen, mit Seidenbrokat bezogenen Sessel sinken und blickte auf den gepflegten Garten hinaus. Es war die Vollendung.

Nachdem er den Empfangschef mit einem Trinkgeld entlassen hatte, unternahm er einen kleinen Rundgang durchs Zimmer. Dann trat er auf den Balkon und bewunderte an die Brüstung gelehnt die Blumen im Garten, in Gedanken noch immer bei Olivia Thatcher. Ihr Gesicht, speziell ihre Augen hatten etwas an sich, das einen nicht wieder losließ. Es war ihm schon an ihren Fotos aufgefallen, und als sie im Lift zu ihm aufschaute, hatte er gespürt, wieviel Kraft aus ihrem Blick sprach, der großen Schmerz verriet, aber auch Stärke. Es war, als hätte sie zu ihm oder zu allen, die sie ansahen, etwas gesagt. Auf ihre Art war sie viel kraftvoller und bezwingender als ihr Mann, und doch sah sie aus, als würde sie das politische Spiel nicht mitmachen, ein Eindruck, der sich Peter unwillkürlich aufgedrängt hatte. Tatsächlich hatte sie seines Wissens auch nie mitgemischt. Selbst jetzt nicht, da ihr Mann sich aller Wahrscheinlichkeit nach um die Nominierung bewerben würde.

Er fragte sich, welche Geheimnisse sie hinter ihrer Fassade verbarg, oder ob er sich das nur einbildete.

Auch nachdem er sich Gesicht und Hände gewaschen hatte und fünf Minuten später Suchard anrief, wurde er noch immer durch Gedanken an sie abgelenkt. Er wollte keinen Moment länger mit der Besprechung warten, doch es war Sonntag, und Suchard zeigte sich von seinem Vorschlag alles andere als begeistert. Trotzdem war er einverstanden, sich mit Peter in einer Stunde zu treffen. Ungeduldig in seinem Zimmer auf und ab laufend, entschloß Peter sich, Kate anzurufen. Aber wie immer war sie nicht zu Hause. Für sie war es erst neun Uhr morgens. Wahrscheinlich machte sie Besorgungen oder besuchte Freundinnen. Nach neun und vor halb sechs war Kate nur selten zu Hause anzutreffen, da sie ständig beschäftigt war. Neuerdings kam sie sogar noch später nach Hause, weil zu ihren zahlreichen Verpflichtungen noch die Arbeit für den Schulbeirat kam und sie noch ein Kind zu versorgen hatte.

Als Peter schließlich sein Zimmer verließ, sah er dem bevorstehenden Treffen mit Suchard voller Aufregung entgegen. Dies war der ersehnte Augenblick, das endgültige grüne Licht, das anzeigen würde, daß man mit Vicotec weitermachen konnte. Er wußte, daß es eine reine Formalität war, um von der Gesundheitsbehörde auf der »Überholspur« zugelassen zu werden, jedoch eine sehr wichtige. Und Suchard war der am besten informierte und angesehenste unter den Projektleitern ihrer verschiedenen Test-Teams und Forschungsabteilungen. Gab Suchard Vicotec seinen Segen, dann würde sein Urteil mehr gelten als das jedes anderen.

Diesmal kam der Aufzug schneller, und Peter stieg rasch ein. Er trug noch immer denselben dunklen Anzug, hatte aber ein frisches blaues Hemd mit gestärkten weißen Manschetten und Kragen angezogen. Er wirkte gepflegt und sauber, als er die schlanke Gestalt in der Ecke begutachtete, eine Frau in schwarzer Leinenhose mit schwarzem T-Shirt. Eine schwarze Sonnenbrille verbarg ihre Augen, ihr Haar war glatt zurückgekämmt, und sie trug flache Schuhe. Als sie sich umdrehte und ihn anschaute, erkannte er trotz der dunklen Gläser, daß er Olivia Thatcher vor sich hatte.

Nachdem er jahrelang über sie Presseberichte gelesen hatte, war er ihr nun plötzlich binnen einer Stunde zweimal begegnet. Diesmal sah sie völlig anders aus und wirkte noch schlanker und jünger als im Chanel-Kostüm. Als sie kurz die Brille abnahm und ihn ansah, war er sicher, daß auch sie ihn erkannt hatte, aber keiner sagte ein Wort. Er bemühte sich, sie nicht anzustarren, doch hatte sie etwas an sich, das ihn absolut überwältigte, obwohl er nicht dahinterkam, was es war, das sein Interesse so sehr reizte. Gewiß, ihre Augen, aber sie allein machten ihren Reiz nicht aus. Es war auch die Art, wie sie sich bewegte, der Eindruck, den sie hinterließ, die Legende, zu der sie nach allem, was man über sie gehört hatte, geworden war. Sie wirkte sehr stolz und selbstsicher, sehr ruhig und erstaunlich verschlossen. Sie anzusehen weckte in ihm den Wunsch, ihr näherzukommen und ihr unzählige dumme Fragen zu stellen wie die vielen Reporter. Warum wirken Sie so selbstsicher? So entrückt?... Aber Sie sehen auch traurig aus. Sind Sie traurig, Mrs. Thatcher? Wie war Ihnen beim Tod Ihres kleinen Jungen zumute? Sind Sie jetzt noch untröstlich? Es waren Fragen, die ihr alle stellten und auf die sie nie antwortete. Doch als er sie ansah, wollte auch er die Antworten wissen, wollte sie anfassen, sie an sich ziehen, um zu erfahren, was sie empfand und warum ihre Augen ihn ergriffen wie Hände, die sich nach ihm ausstreckten. Er wollte auch wissen, ob er verrückt war, weil er so viel in sie hineininterpretierte. Er wollte wissen, wer sie war, und wußte zugleich, daß er es nie erfahren würde. Es war ihnen bestimmt, Fremde zu bleiben und nie auch nur ein einziges Wort miteinander zu sprechen.

Allein ihre Nähe war atemberaubend. Er konnte ihr Parfum riechen, den hellen Schimmer ihres Haares sehen, die Weichheit ihrer Haut ahnen. Da er nicht aufhören konnte, sie anzustarren, kam es wie eine gnädige Erlösung, als sie das Erdgeschoß erreichten und die Tür aufglitt. Sie wurde bereits von einem Leibwächter erwartet, der ihr folgte, als sie wortlos hinaus in das Foyer trat und weiterging. Ein merkwürdiges Leben, dachte Peter, der ihr nachblickte und sich von ihr wie von einem Magneten angezogen fühlte. Er mußte sich ernsthaft ermahnen, daß er geschäftlich hier war und für dergleichen kindische Phantasien keine Zeit hatte. Dennoch stand unleugbar fest, daß ihr etwas Magisches anhaftete. Und daß sie zu einer Legende geworden war, durfte einen nicht wundern, da sie das Geheimnis schlechthin verkörperte. Sie gehörte zu jenen Menschen, die man nie kennenlernte, von denen man sich aber wünschte, sie zu kennen. Als er in die helle Sonne hinaustrat und der Türsteher ein Taxi für ihn rief, fragte er sich, ob überhaupt irgend jemand sie kannte. Und als sein Taxi losfuhr, sah er sie um die Ecke biegen und die Place Vendôme verlassen. Sie lief, gefolgt vom Leibwächter, die Rue de la

Paix entlang, den Kopf gesenkt, die Sonnenbrille vor den Augen. Unwillkürlich fragte Peter sich, wohin sie gehen mochte. Dann zwang er sich, Augen und Gedanken von ihr loszureißen, und blickte geradeaus, während das Taxi die Fahrt beschleunigte und die Straßen von Paris an ihm vorüberhuschten.

Zweites Kapitel

Wie Peter erwartet hatte, verlief das Gespräch mit Suchard kurz und sachbezogen. Doch er war völlig unvorbereitet auf das, was Paul-Louis ihm über ihr Produkt zu sagen hatte. Mit diesem Urteil hatte er zu keinem Zeitpunkt gerechnet. Wollte man Suchard und allen Tests bis auf eine Ausnahme glauben, dann war Vicotec potentiell gefährlich und konnte bei unsachgemäßem oder nachlässigem Gebrauch sogar tödlich wirken. Falls es überhaupt jemals zum Einsatz kommen sollte, so würden noch Jahre bis zur Produktion und zur schließlichen Freigabe vergehen. Für die von Peter sehnlichst erwarteten Versuche an Patienten war das Produkt auf keinen Fall reif.

Peter saß da und starrte Suchard an, während er dessen Hiobsbotschaft vernahm. Er konnte es nicht fassen, konnte sich nicht vorstellen, daß ihr Produkt so eingestuft wurde. Mittlerweile hatte er sich über die chemischen Zusammensetzungen ausreichend Kenntnis verschafft, um sehr gezielte und fachkundige Fragen stellen zu können. Suchard konnte nur einige dieser Fragen beantworten, war jedoch alles in allem der Meinung, Vicotec sei gefährlich und solle vorsichtshalber noch nicht in Produktion gehen. Falls man das Risiko eingehen und es in den nächsten Jahren weiterentwickeln wolle, waren die Probleme möglicherweise zu bewältigen, eine Garantie für eine wirksame und ungefährliche praktische Nutzung war damit jedoch nicht gegeben. Ging man das Risiko einer Weiterentwicklung nicht ein, würde man mit hoher Wahrscheinlichkeit ein Killer-Produkt produzieren. Peter hatte das Gefühl, ein Ziegelstein sei ihm auf den Kopf gefallen.

»Paul-Louis, sind Sie sicher, daß Ihnen bei Ihren Tests keine Fehler unterlaufen sind?« In seiner Verzweiflung hätte er lieber einen Fehler im Testsystem hingenommen als das Aus für sein geliebtes »Baby«.

»Ein Fehler ist mit fast absoluter Sicherheit auszuschließen«, sagte Paul-Louis in schwer akzentbehaftetem Englisch, aber seine Worte verstand Peter nur zu gut. Wie gewöhnlich machte Paul-Louis ein verdrossenes Gesicht, aber das machte er immer. Und meist war er es, der Mängel in ihren Produkten entdeckte. Fast immer war er der Überbringer schlechter Nachrichten. Es war sein Beruf. »Einen der Tests müssen wir noch zu Ende führen, er könnte einige unserer Resultate abschwächen, wird sie aber nicht völlig ändern.« Er fuhr fort, zu erklären, daß dieses letzte Ergebnis hinsichtlich der benötigten Zeitspanne für zusätzliche Tests zu Optimismus Anlaß geben könnte, doch würde es sich in jedem Fall um Jahre und nicht um Monate und schon gar nicht, wie erhofft, um Wochen handeln, bis man sich der Anhörung durch die Gesundheitsbehörde stellen konnte.

»Wann werden diese letzten Tests beendet sein?« fragte Peter, der gegen Übelkeit ankämpfen mußte. Er konnte das eben Gehörte noch immer nicht glauben und hatte das Gefühl, den schlimmsten Tag seines Lebens durchzumachen, schlimmer als alles, was er in Vietnam und seither erlebt hatte. Es bedeutete, daß vier Jahre wenn schon nicht ganz, dann zumindest teilweise vergeudet waren.

»Wir werden noch ein paar Tage brauchen, aber ich halte diesen Test für eine reine Formalität. Was Vicotec kann und nicht kann, wissen wir bereits. Die meisten seiner Schwächen und Probleme sind uns bekannt.«

»Halten Sie sie für lösbar?« fragte Peter, dem das Entsetzen ins Gesicht geschrieben stand.

»Ich persönlich ja... aber in meinem Team gibt es auch andere Meinungen. Einige Mitarbeiter glauben, daß das Mittel in den Händen von Laien immer zu gefährlich, zu empfindlich, zu riskant sein dürfte. Und es wird mit fast absoluter Sicherheit nicht die von Ihnen angestrebte Wirkung zeigen. Noch nicht. Vielleicht niemals.« Ihr Ziel war die Entwicklung einer Art vereinfachter Chemotherapie, die auch von Laien angewendet werden konnte, in entlegenen ländlichen Gegenden beispielsweise, wo eine ärztliche Betreuung nicht gewährleistet war. Aber nach allem, was Paul-Louis sagte, würde es sich ohnehin nicht verwirklichen lassen. Als Suchard Peters Miene sah, regte sich Mitleid in ihm. Peter machte ein Gesicht, als hätte er eben seine Familie und alle seine Freunde verloren, und dabei fing er erst an, sich die vielfältigen Folgen auszumalen. Sie waren endlos. So war es eine große Enttäuschung und ein echter Schock, zu hören, was Paul-Louis zu sagen hatte. »Es tut mir sehr leid«, fügte der Franzose leise hinzu. »Ich bin der Meinung, daß Sie mit der Zeit den Kampf gewinnen werden. Aber Sie müssen Geduld haben«, sagte er begütigend, und Peter spürte, wie ihm die Tränen kamen. So weit waren sie gekommen – und waren dennoch so weit von ihrem Ziel entfernt. Dies waren nicht die Antworten, die er erhofft hatte. Die Besprechung, von der er erwartet hatte, sie würde eine reine Formsache sein, war zu einem Alptraum geworden.

»Wann werden die Testergebnisse vorliegen?« Die Aussicht nach New York zurückzukehren und es Frank beibringen zu müssen war furchteinflößend, um so mehr, wenn die Informationen nicht vollständig waren.

»In zwei bis drei, vielleicht vier Tagen. Das kann ich noch nicht sicher sagen. Aber Ende der Woche haben Sie die Antwort.«

»Und falls die Resultate gut ausfallen, würde es dann Ihre jetzige Position ändern?« Er fragte es flehentlich. Er war bestrebt, ihm so viele gute Nachrichten wie möglich abzupressen. Da er wußte, wie vorsichtig Suchard in seinen Einschätzungen war, hoffte er, daß der Franzose diesmal in seiner Vorsicht zu weit ging. Es war unbegreiflich, daß seine Ergebnisse jenen der anderen diametral entgegengesetzt waren. Und doch war Suchard noch nie ein Irrtum unterlaufen. Ihm nicht zu glauben oder sich über seine Meinung einfach hinwegzusetzen war zu riskant.

»Es könnte einige Punkte meiner Einschätzung ändern, aber nicht alle. Wenn die nächsten Resultate optimal ausfallen, kommt vielleicht nur ein Jahr weiterer Forschungsarbeit auf Sie zu.«

»Und wie wär's mit einem halben Jahr? Wenn wir in allen unseren Labors mit Volldampf daran arbeiten und unsere sämtlichen Kapazitäten auf das Projekt konzentrieren?« Der prognostizierte Gewinn würde sie für alles entschädigen. Von Profit hörte Frank Donovan gern, von Tests jedoch ganz und gar nicht.

»Mag sein. Damit wären jedoch alle Kräfte gebunden, falls Sie gewillt sind, sich darauf einzulassen.«

»Das hängt natürlich von Mr. Donovan ab. Ich werde die Sache mit ihm besprechen.« Es gab sehr viel, was er mit ihm zu besprechen hatte, aber er wollte es nicht telefonisch erledigen. Er wußte, daß er ein Risiko einging, doch er wollte unbedingt die letzten Testergebnisse abwarten und mit Frank erst sprechen, wenn Suchards endgültiges Ergebnis feststand. »Zunächst würde ich jedoch gern die letzten Tests abwarten und bitte Sie, bis dahin alles vertraulich zu behandeln.«

»Das versteht sich von selbst.« Sie kamen überein, sich wieder zu treffen, sobald die Ergebnisse vorlägen. Paul-Louis versprach, ihn im Hotel anzurufen.

Die Besprechung endete in gedämpfter Tonlage, und als Peter mit dem Taxi zurück ins Ritz fuhr, war er fix und fertig. Unterwegs ließ er anhalten und lief die letzten Häuserblocks zur Place Vendôme zu Fuß, verzweifelt und unglücklich. Sie hatten so hart gearbeitet und so fest daran geglaubt… wie hatte es nur so schiefgehen können? Wie war es gekommen, daß Vicotec jetzt als gefährlich eingestuft wurde? Warum hatte man das nicht schon eher entdeckt? Warum hatte es so kommen müssen? Seine einzige große Chance, der Menschheit etwas Gutes zu tun, und was hatte er statt dessen entwickelt? Ein Killer-Präparat. Eine Ironie des Schicksals, die bei ihm einen sehr bitteren Nachgeschmack hinterließ. Als er im Hotel ankam, vermochte ihn weder die Betriebsamkeit der Cocktailstunde, noch die in nervöser Hast und Aktivität ununterbrochen eintreffenden und abreisenden eleganten Gäste aufzuheitern. Ohne den Arabern, Japanern, Filmstars aus Frankreich und Models aus der ganzen Welt Beachtung zu schenken, durchquerte er die Halle und schritt die Treppe zu seinem Zimmer hinauf, in Gedanken bei dem, was er als nächstes zu tun hatte. Er wußte, daß ihm ein Anruf bei seinem Schwiegervater bevorstand, doch wollte er damit warten, bis ihm alle Informationen vollständig vorlagen. Sosehr es ihn drängte, Kate anzurufen, wußte er, daß alles, was er zu ihr sagte, seinem Schwiegervater noch am selben Tag zu Ohren kommen würde. Daß Kate weder willens noch fähig war, etwas für sich zu behalten, gehörte zu den ernsten Schwachpunkten ihrer Beziehung. Was zwischen Mann und Frau gesprochen wurde, erzählte sie sofort ihrem Vater weiter. Es war ein Überbleibsel aus der Zeit, als sie allein bei ihm aufgewachsen war, eine Gewohnheit, die Peter trotz aller seiner Bemühungen nicht hatte ändern können. Schließlich hatte er es aufgegeben und achtete fortan darauf, ihr nichts mitzuteilen, wenn er nicht wollte, daß Frank es erführe, und diesmal wollte er es ganz entschieden nicht. Noch nicht jedenfalls. Er wollte warten, bis Suchard sich wieder bei ihm meldete. Dann erst wollte er sich allem stellen.

An jenem Abend saß Peter auf seinem Zimmer, starrte aus dem Fenster und spürte die laue Luft. Er war noch immer nicht imstande zu glauben, was passiert war. Es war auch zu unglaublich. Um zehn Uhr stellte er sich auf den Balkon und bemühte sich, nicht an die Möglichkeit eines Fehlschlags zu denken. Aber er konnte an nichts anderes als an seine Träume denken und wie nahe sie der Verwirklichung gekommen waren, an die zerstörten

Hoffnungen und an die Auswirkungen auf das Leben so vieler durch das, was Paul-Louis gesagt hatte und sehr bald vielleicht durch Tests belegen konnte. Eine gewisse Hoffnung bestand zwar noch immer, an eine baldige Freigabe durch die Behörden war jedoch nicht zu denken. Eine Anhörung durch die FDA im September war zwecklos. Man würde ihnen die Bewilligung zur Durchführung klinischer Versuche nicht geben, solange gewisse Probleme ungelöst waren. Plötzlich gab es so viel, was ihm durch den Kopf ging, und es war schwierig, seine Gedanken auf alles zu konzentrieren. Schließlich entschloß er sich um elf, Katie anzurufen. Es wäre nett gewesen, ihr seine Sorgen anvertrauen zu können, aber es würde ihn vielleicht auch schon ein wenig aufheitern, ihre Stimme zu hören.

Als er die Nummer wählte, hob niemand ab. Drüben war es fünf, und nicht einmal Patrick war zu Hause. Vielleicht war Katie zum Dinner bei Freunden. Als Peter den Hörer auflegte, überfiel ihn plötzlich tiefe Niedergeschlagenheit. Vier Jahre harter Arbeit an einem einzigen Tag zunichte gemacht … und damit fast alles, was er sich jemals erträumt hatte. Und er hatte niemanden, mit dem er sich darüber aussprechen konnte. Es war grausam.

Wieder trat er für eine Weile hinaus auf den Balkon und erwog einen Spaziergang. Statt dessen beschloß er, seine inneren Dämonen mit körperlicher Aktivität zu bekämpfen. Nach einem flüchtigen Blick auf das Kärtchen auf seinem Schreibtisch lief er eilig die Treppe zu dem zwei Etagen tiefer gelegenen Schwimmbad hinunter. Zum Glück hatte es noch geöffnet, und er hatte für alle Fälle eine dunkelblaue Badehose mitgebracht. Er hatte den Pool immer sehr gern in Anspruch genommen, diesmal war er allerdings nicht sicher gewesen, ob ihm genügend Zeit bleiben würde. Wie es sich zeigte, hatte er jetzt viel Zeit, solange Suchard seine Tests zu Ende führte. Er war nur nicht in der Stimmung, etwas zu unternehmen.

Der einzige Bademeister schien über sein Kommen erstaunt, da es inzwischen fast Mitternacht war. Das Schwimmbad wirkte verlassen, alles war ganz still. Der Bademeister, der in einem Buch gelesen hatte, wies Peter eine Umkleidekabine zu und gab ihm einen Schlüssel. Kurz darauf durchwatete Peter auf seinem Weg zum Pool ein Fußbecken mit Desinfektionsmittel. Der Pool war groß und schön, und plötzlich war er froh, daß er sich zum Schwimmen entschlossen hatte. Es war genau das, was er brauchte. Ein paar Bahnen zu schwimmen würde ihm helfen, nach allem, was geschehen war, seinen Kopf wieder klarzubekommen.

Nach einem Kopfsprung auf der tiefen Seite durchschnitt sein langgestreckter, schlanker Körper das Wasser. Er legte ein beträchtliches Stück unter Wasser zurück, ehe er schließlich auftauchte und mit ausholenden, exakten Stößen die Bahn entlangschwamm. Als er den gegenüberliegenden Beckenrand erreichte, sah er sie. Sie schwamm fast lautlos, meist unter Wasser. Ab und zu tauchte sie auf, nur um gleich wieder zu verschwinden. In ihrem schlichten schwarzen Badeanzug wirkte sie so klein und schmal, daß sie im großen Becken fast verschwand, und wenn sie auftauchte, lag ihr dunkelbraunes Haar schwarz und glatt um den Kopf. Ihre großen dunklen Augen schienen erschrocken, als sie ihn sah. Sie erkannte ihn sofort, ließ sich aber nichts anmerken. Sie tauchte einfach wieder unter und schwamm weiter, während er sie beobachtete. Sie zu beobachten war sehr sonderbar. Immer war sie so nahe und doch völlig entrückt, beide Male – im Aufzug und jetzt hier. Sie war verlockend nahe und zugleich so weit entfernt, daß sie sich ebenso auf einem anderen Planeten hätte befinden können.

Eine Weile schwammen sie ruhig an entgegengesetzten Enden des Pools, dann passierten sie einander einige Male, während sie ihre Bahnen zogen, beide ernsthaft bemüht, ihren privaten Kümmernissen zu entfliehen, bis sie, fast wie mit Absicht, beide an derselben Seite des Pools anhielten. Beide waren sie atemlos, und da er nicht wußte, was er sonst hätte tun sollen, und seinen Blick nicht von ihr wenden konnte, lächelte Peter ihr zu, und sie erwiderte sein Lächeln. Und ebenso plötzlich schwamm sie wieder fort, ehe er etwas sagen oder ihr eine Frage stellen konnte. Er hatte ohnehin nicht vorgehabt, sie anzusprechen, obwohl er vermutete, daß sie es gewohnt war, von Menschen verfolgt zu werden, die Dinge von ihr wissen wollten, die sie nichts angingen. Er registrierte mit Erstaunen, daß kein Leibwächter zu sehen war, und fragte sich, ob überhaupt jemand wußte, daß sie sich hier unten befand. Fast sah es aus, als würde niemand von ihr Notiz nehmen. Als er sie mit dem Senator gesehen hatte, hatte dieser ihr keine Beachtung geschenkt, sie weder angesehen noch ein Wort mit ihr gewechselt, und sie schien völlig zufrieden in ihrer eigenen Welt. So wie jetzt, als sie ihre Bahnen schwamm.

Diesmal tauchte sie am anderen Beckenende auf, und ohne es eigentlich zu wollen, schwamm Peter langsam auf sie zu. Er hatte keine Ahnung, was er getan hätte, wenn sie Interesse gezeigt und mit ihm gesprochen hätte. Aber er konnte sich ohnehin nicht vorstellen, daß sie das täte. Sie war jemand, den man betrachtete und von dem man sich faszinieren ließ, eine Art Ikone, ein Geheimnis, aber keine reale Person. Wie als Beweis dessen, was er eben gedacht hatte, stieg sie just, als er näherkam, anmutig aus dem Becken und hüllte sich mit einer einzigen raschen Bewegung in ein Badetuch. Als er wieder aufblickte, war sie verschwunden. Also hatte er doch recht gehabt. Sie war keine Frau, sondern nur eine Legende.

Kurz danach kehrte er in sein Zimmer zurück und erwog wieder, Kate anzurufen. Inzwischen war es in

Connecticut sieben Uhr, und sie war wahrscheinlich zu Hause und aß mit Patrick zu Abend, es sei denn, sie waren mit Freunden aus.

Merkwürdig war nur, daß er gar nicht wirklich mit ihr sprechen wollte. Er wollte sich vor ihr nicht verstellen, ihr nicht vormachen, alles liefe blendend. Aber was bei Suchard passiert war, konnte er ihr nicht sagen. Er durfte nicht darauf vertrauen, daß sie es nicht ihrem Vater weitererzählen würde. Da er ihr also gar nichts sagen konnte, fühlte er sich sonderbar isoliert, als er in seinem Bett im Ritz in Paris lag. Es war eine ganz spezielle Art des Fegefeuers, an einem Ort, der dazu bestimmt schien, Himmel zu sein. In der warmen Abendluft daliegend, fühlte er sich besser als zuvor, körperlich zumindest. Das Schwimmen hatte geholfen. Und das Wiedersehen mit Olivia Thatcher war für ihn ein faszinierendes Erlebnis gewesen. Sie war schön und zugleich unwirklich, doch spürte er irgendwie, daß sie sehr einsam war. Er wußte nicht, wie er darauf kam und ob er es nur gelesen hatte. Er hatte keine Ahnung, was an ihr wahr war oder was sie ihm mit ihren braunen Samtaugen zu verstehen gegeben hatte, die voller Geheimnisse zu sein schienen. Rein äußerlich war ihr nichts anzumerken, er wußte nur, daß sie in ihm den Wunsch weckte, sie zu berühren wie einen seltenen Falter, um zu sehen, ob man es tun konnte und ob sie es überleben würde.

Danach träumte er von seltenen Faltern und von einer Frau, die ihn hinter den Bäumen eines üppigen tropischen Urwaldes hervor beobachtete. Er wurde das Gefühl nicht los, daß er sich verirrt hatte, und als er in Panik geriet und schreien wollte, sah er immer sie vor sich. Sie führte ihn wortlos in sichere Gefilde. Er war nicht ganz sicher, wer die Frau war, glaubte aber, in ihr Olivia Thatcher erkannt zu haben.

Als er am Morgen erwachte, dachte er noch immer an sie. Es war ein höchst seltsames Gefühl, mehr Einbildung als Traum. Sie die ganze Nacht im Traum ganz nahe zu sehen, hatte ihm tatsächlich das Gefühl vermittelt, sie zu kennen.

Da läutete das Telefon. Frank wollte ihn sprechen. Für ihn war es vier Uhr morgens, in Paris war es zehn. Er wollte wissen, wie das Gespräch mit Suchard verlaufen war.

»Woher hast du gewußt, daß ich mich gestern mit ihm treffen würde?« fragte Peter, der darum kämpfte, ganz wach zu werden und seinen Verstand zu sammeln. Sein Schwiegervater stand allmorgendlich um vier Uhr auf. Um halb sieben oder sieben war er im Büro. Auch jetzt noch, wenige Monate vor seinem – zumindest angekündigten – Ruhestand hatte er seine Gewohnheit nicht um eine Minute verändert.

»Ich weiß, daß du in Genf mittags abgeflogen bist, und ich dachte mir, du würdest sicher keine Zeit verlieren wollen. Nun, was sind die guten Nachrichten?« Franks unbeschwerter Ton rief in Peter um so deutlicher den Schock in Erinnerung, den er erlebt hatte, als Paul-Louis Suchard ihm reinen Wein eingeschenkte.

»Die Tests sind noch nicht ganz abgeschlossen«, sagte Peter in nichtssagendem Tonfall. Er wünschte, Frank hätte nicht angerufen. »Ich warte hier noch die paar Tage, bis sämtliche Resultate vorliegen.«

Frank lachte auf, und zum erstenmal ging Peter dieses Lachen auf die Nerven. Was um Himmels willen sollte er zu ihm sagen? »Du kannst dein Baby wohl keinen Moment aus den Augen lassen, mein Sohn.« Aber er verstand Peter. Sie alle hatten so viel in Vicotec investiert, Geld und Zeit, und in Peters Fall steckten in diesem neuen Produkt auch alle seine Lebensträume. Wenigstens hatte Suchard nicht mit absoluter Sicherheit behauptet, das Projekt sei tot, dachte Peter bei sich, als er sich im Bett aufsetzte. Er hatte nur gesagt, daß sie Probleme hätten. Ernste zwar, aber es gab noch immer Hoffnung für sein Traumkind. »Na, dann verleb ein paar schöne Tage in Paris, wir halten für dich die Festung. Im Büro tut sich nichts Dramatisches. Und heute führe ich Katie zum Dinner ins ›21‹ aus. Solange sie nichts dagegen hat, daß du so lange drüben bleibst, kann ich ohne dich auskommen.«

»Danke, Frank. Ich möchte hier sein, um die Resultate mit Suchard besprechen zu können, wenn sie ihm vorliegen.« Es erschien ihm unfair, Frank nicht wenigstens die Andeutung einer Warnung zukommen zu lassen. »Es scheint da ein paar Haken zu geben.«

»Sicher nichts Ernstes«, fuhr Frank fort, ohne eine Sekunde Überlegung daran zu verschwenden. Die Ergebnisse in Deutschland und in der Schweiz waren einfach zu gut ausgefallen, als daß er sich ernsthaft Sorgen gemacht hätte. Auch Peter hatte das geglaubt, bis Suchard ihn über die eventuellen Risiken von Vicotec aufgeklärt hatte. Er hoffte nur, daß es sich um einen Irrtum handelte und daß die Probleme, die am Wochenende noch auftauchen mochten, minimal sein würden. »Was wirst du in Paris tun, während du wartest?« Frank sagte es amüsiert. Er mochte seinen Schwiegersohn, sie waren immer gute Freunde gewesen. Peter war vernünftig und klug und hatte sich als Katies Ehemann gut gemacht. Er ließ sie nach Belieben schalten und walten und mischte sich nicht ein, wenn sie ihren Kopf duchsetzen wollte. Er ließ sie leben, wie sie es wollte, und schickte die Jungen auf die »richtigen« Schulen, und das hieß nach Andover und Princeton. Alljährlich kam er einen Monat nach Martha's Vineyard, und er respektierte die Beziehung, die Frank und Katie seit Katies Kindheit hatten. Außerdem war er für Wilson-Donovan ein hervorragender Firmenpräsident. Und für die Jungen ein guter Vater. Tatsächlich gab es nur wenig, was Frank nicht an ihm mochte. Nur gelegentlich konnte sich Peter in bestimmten Fragen sehr störrisch anstellen, als es ums Internat ging beispielsweise oder in gewissen Familienangelegenheiten, bei denen Frank manchmal noch immer das Gefühl hatte, sie gingen ihn eigentlich nichts an.

Seine Marketingstrategien hatten in der Branche Aufsehen erregt, und dank Peter war Wilson-Donovan zum erfolgreichsten Unternehmen der Pharmabranche aufgestiegen. Unter Franks Leitung war die Firma vom soliden Familienbetrieb zum Riesenkonzern gewachsen, aber Peter war es, der mitgeholfen hatte, es zu einem internationalen Imperium zu machen. In der *New York Times* stand häufig sein Name, und das *Wall Street Journal* nannte ihn den Wunderknaben der Pharmabranche. Erst kürzlich hatte man mit ihm ein Interview über Vicotec machen wollen, aber Peter hatte gehauptet, sie wären noch nicht so weit. Und der Kongreß hatte ihn unlängst aufgefordert, vor einem wichtigen Unterausschuß zu erscheinen und über ethische und ökonomische Probleme der Preisgestaltung für Pharmaprodukte zu referieren. Sein Bescheid, wann er vor dem Ausschuß erscheinen sollte, stand noch aus.

»Ich habe mir Arbeit mitgebracht«, sagte Peter mit einem Blick zum sonnenbeschienenen Balkon. Er verspürte nicht die geringste Lust, wirklich zu arbeiten, fuhr aber fort: »Ich dachte mir, ich könnte auf meinem Computer arbeiten und die Disketten ins Büro schicken. Und ich werde spazierengehen.« Vor ihm lag der ganze Tag.

»Vergiß bloß nicht, dich mit Champagner einzudecken«, sagte Frank jovial. »Du wirst Grund haben, mit Suchard tüchtig zu feiern. Und wenn du zurück bist, werden wir hier nachfeiern. Soll ich heute die *Times* anrufen?« fragte er beiläufig, worauf Peter nervös den Kopf schüttelte und aufstand. Hochgewachsen und schmal und nackt stand er da.

»Damit würde ich noch warten. Ich halte es für wichtig, die allerletzten Ergebnisse abzuwarten, um unsere Glaubwürdigkeit zu untermauern«, sagte er nüchtern. Dabei fragte er sich, ob ihn jemand durchs offene Fenster sehen könnte. Sein dunkles Haar lag ihm wirr um den Kopf, und er hatte die Decke um seine Hüften gewickelt. Der Frotteebademantel des Hotels lag außer Reichweite auf einem mit pfirsichfarbenem Brokat bezogenen Sessel auf halbem Weg zum Bad.

»Sei nicht so übernervös«, schalt Frank ihn. »Die Tests werden großartig ausfallen. Ruf mich an, sobald du Bescheid weißt«, sagte er. Plötzlich hatte er es eilig loszufahren und ins Büro zu kommen.

»Das werde ich. Danke für deinen Anruf, Frank. Grüß Kate von mir, falls ich sie nicht erreiche, ehe du sie siehst. Sie war gestern den ganzen Tag außer Haus, und jetzt ist es zu früh für einen Anruf«, erklärte er.

»Sie ist ein vielbeschäftigtes Mädchen«, sagte ihr Vater stolz. Für ihn war sie noch immer ein Mädchen, und in gewisser Hinsicht hatte sie sich seit dem College nicht verändert. Sie sah fast noch immer so aus wie vor vierundzwanzig Jahren, als Peter sie kennengelernt hatte, geschmeidig und blond, »reizend«, wie ihre Freundinnen sie nannten, und sehr sportlich. Sie trug ihr Haar kurz, ihre Augen waren blau wie die von Peter, und wenn sie nicht gerade versuchte, ihren Kopf durchzusetzen, hatte sie etwas Elfenhaftes an sich. Sie war eine gute Mutter und Peter eine gute Ehefrau, und für Frank war sie eine großartige Tochter. Das wußten beide. »Ich werde es ihr ausrichten«, versicherte Frank ihm, ehe er auflegte. Nach dem Gespräch saß Peter in seinem Zimmer, in die Decke gewickelt, und starrte aus dem Fenster. Was würde er zu ihm sagen, wenn die ganze Sache schiefging? Wie wollten sie die investierten Millionen rechtfertigen, die Milliardengewinne, die ihnen zumindest eine Zeitlang entgehen würden, während sie noch mehr Geld aufwendeten, um die Probleme aus der Welt zu schaffen? Peter drängte sich die Frage auf, ob Frank dazu überhaupt bereit sein würde. Würde er willens sein, das Projekt Vicotec weiterzuverfolgen wie bis jetzt und es zur Vollendung zu bringen, oder würde er darauf bestehen, es fallenzulassen? Als Vorstandsvorsitzender lag die Entscheidung bei ihm, aber Peter würde mit allen Mitteln für das Projekt kämpfen. Er war immer bereit, für die großen Gewinne lange Wege auf sich zu nehmen, während Frank schnelle, spektakuläre Gewinne vorzog. Es war schon schwierig genug gewesen, ihn während der vier vergangenen Entwicklungsjahre bei der Stange zu halten. Noch ein zusätzliches Jahr oder gar zwei würden ihm womöglich zuviel sein, besonders in Anbetracht der Unkosten.

Peter bestellte beim Zimmerservice Kaffee und Croissants und griff dann zum Telefon. Er wußte, daß er auf Suchards Anruf hätte warten sollen, doch konnte er nicht anders. Er rief also bei ihm an und erfuhr, daß Dr. Suchard sich im Labor befinde und nicht gestört werden dürfe. Eben sei eine sehr wichtige Besprechung im Gange. Peter konnte sich nur entschuldigen und dann wieder in die Agonie des Wartens verfallen. Tagelanges Warten… eine wahre Ewigkeit. Seit ihrem Treffen am Tag zuvor waren noch keine vierundzwanzig Stunden vergangen, und Peter hatte schon das Gefühl, vor unerträglicher Spannung fast aus der Haut zu fahren.

Er zog seinen Bademantel an, bevor das Frühstück gebracht wurde, und überlegte, ob er wieder schwimmen gehen solle, aber es erschien ihm während der Arbeitsstunden doch zu dekadent. Statt dessen holte er seinen Computer hervor und machte sich an die Arbeit, während er an einem Croissant kaute und Kaffee schlürfte. Mit seiner Konzentration war es jedoch nicht weit her, so daß er zu Mittag duschte, sich anzog und jede Hoffnung auf Arbeiten aufgab.

Er brauchte lange, um sich zu entscheiden, was er unternehmen wollte. Er wollte etwas Frivoles, etwas echt Pariserisches tun. Einen Spaziergang an der Seine oder in den Septième, die Rue du Bac entlang, oder einfach im Quartier Latin sitzen, etwas trinken und Passanten beobachten, alles, nur nicht arbeiten und an Vicotec denken. Er wollte hinaus und Teil der Stadt werden.

Er zog einen dunklen Geschäftsanzug an und dazu eines seiner tadellos geschnittenen weißen Hemden, nicht weil er sich mit jemandem treffen wollte, sondern weil er nichts anderes mitgebracht hatte. Als er in die strahlende Junisonne auf die Place Vendôme hinaustrat, rief er ein Taxi und gab dem Fahrer die Anweisung, ihn in den Bois de Boulogne zu bringen. Beinahe hätte er vergessen, wie gern er sich dort immer aufgehalten hatte. Dort saß er stundenlang in der warmen Sonne auf einer Bank, aß Eiskrem und sah den Kindern beim Spielen zu. Die Labors, in denen man sich mit Vicotec abmühte, waren weit weg, und noch weiter war Greenwich, Connecticut, entrückt. Und während er so in der Sonne saß und seinen Gedanken nachhing, erschien ihm auch die geheimnisumwitterte junge Frau Senator Thatchers unendlich weit entfernt.

Drittes Kapitel

Als Peter am Nachmittag den Bois de Boulogne verließ, ließ er sich von einem Taxi zum Louvre bringen, den er kurz durchstreifte. Das Museum war wunderbar gestaltet und die Statuen im Innenhof so beeindruckend, daß er stehenblieb und sie lange betrachtete, wie gebannt und von einem Gefühl stummen Einsseins mit ihnen erfüllt. Ihn störte auch nicht die Glaspyramide, die man vor dem Louvre aufgestellt hatte und die unter Ausländern wie Einheimischen für viel Kontroversen gesorgt hatte. Anschließend ging er ein Stück zu Fuß, bevor er schließlich ein Taxi zum Hotel zurück nahm. Nachdem er stundenlang aus gewesen war, fühlte er sich wieder wie ein Mensch und schöpfte plötzlich neue Hoffnung. Auch wenn die Tests nicht optimal ausfielen, würde man das bisher gewonnene Wissen irgendwie hinüberretten und dann weitermachen können. Er hatte nicht die Absicht, ein so wichtiges Projekt wegen einiger Probleme sterben zu lassen. Eine Anhörung vor der FDA war kein Weltuntergang, er hatte es schon öfter mitgemacht, und wenn die Projektentwicklung anstatt vier Jahre fünf oder vielleicht sogar sechs dauerte, dann war das eben nicht zu ändern.

Als er wieder das Ritz betrat, war er entspannt und gelassen. Es war spät am Nachmittag, und für ihn lagen keine Nachrichten vor. Er blieb stehen, um sich eine Zeitung zu besorgen. Dann wandte er sich an das für die Vitrinen zuständige Mädchen und kaufte für Katie das Goldarmband. Es war eine massive, hübsche Kette, an der ein einziges großes goldenes Herz hing. Da sie Herzen liebte, wußte er, daß sie es tragen würde. Wirklich kostbare Stücke wie Diamanthalsbänder und Ringe bekam sie von ihrem Vater. Peter wußte, daß er es mit ihm nicht aufnehmen konnte, und beschränkte seine Geschenke auf Dinge, von denen er wußte, daß sie sie oft tragen würde oder die eine besondere Bedeutung hatten.

Als er in sein Zimmer ging und den Blick durch den leeren Raum wandern ließ, überkam ihn plötzlich eine gewisse Bangigkeit. Die Versuchung, Suchard anzurufen, wurde beinahe übermächtig, diesmal aber widerstand er ihr. Statt dessen rief er Katie an, geriet aber wieder nur an den Anrufbeantworter. In Connecticut war es Mittag, vermutlich war sie zum Lunch ausgegangen, und die Jungen waren Gott weiß wo.

Mike und Paul hatten inzwischen Ferien und waren sicher schon zu Hause. Patrick war gar nicht fortgewesen, und in etwa einer Woche würde Katie ohnehin mit allen nach Vineyard gehen. Peter würde in der Stadt bleiben und arbeiten und wie immer nur zu den Wochenenden hinausfahren, um dann seinen vierwöchigen Urlaub im August zur Gänze mit ihnen zu verbringen. In diesem Jahr wollte Frank sich Juli und August freinehmen, und Katie plante zur Saisoneröffnung am vierten Juli ein großes Grillfest.

»Tut mir leid, daß ich dich bis jetzt nicht erreicht habe«, sprach er auf den Anrufbeantworter, wobei er sich ein wenig dämlich vorkam, da er dieses Gerät haßte. »Der Zeitunterschied erschwert alles ein bißchen. Ich rufe dich später an ... bis dann ... ach, hier spricht übrigens Peter.« Mit einem Grinsen legte er auf und wünschte, er hätte nicht so albern geklungen. Aber der Anrufbeantworter machte ihn immer verlegen. »Spitzenmanager, unfähig, auf einen Anrufbeantworter zu sprechen«, sagte er, sich selbst auf den Arm nehmend. Er warf sich auf den Diwan in seinem pfirsichfarbenen Satinzimmer und blickte um sich, unentschlossen, was er zum Dinner unternehmen sollte. Er hatte die Wahl zwischen einem Bistro in der Nähe oder dem Speisesaal des Hotels. Oder er konnte auf seinem Zimmer bleiben und sich vom Zimmerservice etwas bringen lassen, CNN einschalten und an seinem Computer arbeiten. Schließlich entschied er sich für Letzteres. Es war das Einfachste.

Er zog seine Jacke aus, entledigte sich seiner Krawatte und krempelte seine makellosen Hemdsärmel auf. Peter gehörte zu jenen Menschen, die auch am Ende eines Tages tadellos aussehen, nicht nur am Beginn. Seine

Söhne zogen ihn deshalb auf und behaupteten, er sei mit einer Krawatte um den Hals auf die Welt gekommen, was ihn eingedenk seiner Jugend in Wisconsin unweigerlich zum Lachen brachte. Für seine Söhne hätte er sich mehr Wisconsin und weniger Greenwich, Connecticut, und Martha's Vineyard gewünscht. Aber Wisconsin lag nun weit hinter ihm. Da beide Eltern und seine Schwester längst tot waren, hatte er keinen Grund mehr hinzufahren. Manchmal dachte er noch an Muriels Kinder in Montana, aber irgendwie war es für eine Kontaktaufnahme zu spät, sie waren inzwischen fast erwachsen und würden ihn nicht erkennen. Katie hatte recht. Jetzt war es zu spät.

Die Nachrichten brachten an diesem Abend nichts Interessantes, und mit fortschreitendem Abend vertiefte er sich immer mehr in seine Arbeit. Er war erstaunt, wie gut das Dinner war, das ihm aufs Zimmer gebracht wurde. Zum Bedauern des Kellners schenkte er dem Essen jedoch nicht viel Beachtung. Es wurde ihm appetitlich serviert, er aber stellte seinen Laptop daneben und ließ sich nicht in seiner Arbeit stören.

»*Vous devriez sortir, monsieur*«, sagte der Kellner. »Sie sollten ausgehen.« Es war ein schöner Abend, und die Stadt präsentierte sich unter einem Vollmond noch exquisiter als sonst, aber Peter zwang sich, der Pracht keine Aufmerksamkeit zu schenken.

Als Belohnung versprach er sich nach der Arbeit wieder ein paar spätabendliche Bahnen im Hotel-Pool. Um elf Uhr fiel es ihm wieder ein, aber da vernahm er einen beharrlichen Piepston und fragte sich, ob er vom Radio oder vom Fernseher ausging oder ob der Computer kaputtgegangen war. Das Piepsen wich einem hartnäckigen Klingelton und einem schrillen Heulen. In seiner Ratlosigkeit stand er schließlich auf und öffnete die Tür zum Korridor, wodurch das Geräusch noch lauter wurde. Auch andere Gäste spähten hinaus auf den Gang, einige mit ängstlichen und besorgten Mienen.

»*Feu? Feuer?*« fragte er einen vorbeihastenden Hotelpagen, der Peter über die Schulter einen unsicheren Blick zuwarf und kaum stehenblieb, während er antwortete.

»*C'est peut-être une incendie, monsieur.*« Peter erfuhr also, daß die Möglichkeit bestand. Niemand schien sicher zu sein, doch handelte es sich eindeutig um einen Alarm irgendeiner Art. Immer mehr Menschen drängten sich auf den Korridoren, und man hatte den Eindruck, das gesamte Hotelpersonal wäre mit einem Schlag aktiv geworden. Pagen, Portiers, Kellner, Zimmermädchen, die *gouvernante* ihrer Etage, Angestellte aller Aufgabenbereiche schritten ruhig, aber rasch durch die Gänge, klopften an Türen, läuteten Glocken und forderten jedermann auf, so rasch wie möglich herauszukommen. Nein, nein, Madame, bitte, ziehen Sie sich nicht um, so geht es tadellos. Die *gouvernante* händigte Bademäntel aus, Hotelpagen trugen kleine Taschen und halfen Damen mit ihren Hunden. Noch war keine Erklärung geliefert worden, doch hieß es, jeder müsse sofort und auf der Stelle sein Zimmer verlassen.

Peter zögerte, da er überlegte, ob er seinen Laptop mitnehmen sollte, entschied sich aber, ihn im Zimmer zu lassen. Er hatte keine Firmengeheimnisse gespeichert, nur Notizen, Informationen und Korrespondenz, die erledigt werden mußte. In gewisser Weise war es eine Erleichterung, den Computer zurückzulassen. Er machte sich auch gar nicht die Mühe, seine Jacke anzuziehen, sondern steckte nur Brieftasche und Paß in seine Gesäßtasche und nahm den Zimmerschlüssel an sich, ehe er die Treppe hinunterlief, zwischen Japanerinnen in hastig übergeworfenen Gucci- und Dior-Kleidern, einer amerikanischen Großfamilie, die aus der zweiten Etage ›flüchtete‹, einigen Araberinnen mit auffallendem Schmuck, einer Handvoll hübscher Deutscher, die sich vor allen anderen die Treppe hinunterdrängelte, und einem Rudel winziger Yorkshire-Terrier und französischer Pudel.

Das alles hatte etwas wundervoll Komisches an sich, und Peter konnte sich ein Lächeln nicht verkneifen, während er ruhig nach unten ging, bemüht, einen Vergleich mit der *Titanic* zu vermeiden. Das Ritz würde schon nicht untergehen.

Unterwegs stand ihnen das Hotelpersonal bei, das sie beruhigte, wenn nötig Hand anlegte, alle grüßte und sich für die Ungelegenheiten entschuldigte. Aber noch immer herrschte Unklarheit, um was es eigentlich ging, ob ein Feuer ausgebrochen war, ob es sich nur um falschen Alarm handelte oder ob den Hotelgästen irgendeine andere Gefahr drohte. Doch nachdem sie an den wohlgefüllten Vitrinen vorbeigekommen waren und durch das Foyer hinaus auf die Straße gingen, sah Peter eine Abteilung der CRS-Einsatztruppe, in voller Montur, bewaffnet und mit Schilden bewehrt, vergleichbar den SWAT-Teams der Amerikaner. Daß König Khaled samt Familie und Gefolge in Regierungsfahrzeugen davonbrauste, ließ Peter an eine Bombendrohung denken. Zwei bekannte französische Schauspielerinnen in Begleitung von ›Freunden‹ waren ebenfalls zu sehen, ferner eine erstaunliche Anzahl älterer Herren mit jungen Mädchen. Auch Clint Eastwood, eben von den Dreharbeiten zurückgekehrt, stand in Jeans und T-Shirt unter den Hotelgästen. Bis sämtliche Zimmer des Hotels geräumt waren, wurde es fast Mitternacht, doch war es eindrucksvoll zu beobachten, wie rasch alles gegangen war, wie systematisch, ruhig und sicher. Das Personal hatte eine wahre Meisterleistung vollbracht, indem es die Gäste auf die Place Vendôme geleitet hatte. Jetzt wurden in sicherer Entfernung Tische mit kleinen Häppchen und Kaffee herangerollt, und für diejenigen, die es brauchten, standen stärkere Getränke bereit. Da man auch nicht die leiseste Andeutung von Gefahr witterte, hätte alles ein Riesenspaß sein können, wäre es nicht so spät gewesen, und hätte es nicht so viele Umstände mit sich gebracht.

»Mein spätabendliches Schwimmvergnügen ist im Eimer«, bemerkte Peter zu Clint Eastwood, als sie Seite an Seite stehend die Hotelfassade hochblickten, ob irgendwo Rauch zu entdecken war. Doch es gab nichts zu sehen. Die Leute vom CRS waren schon vor zehn Minuten im Gebäude verschwunden und hatten die Suche nach dem Sprengsatz aufgenommen. Die Hotelleitung mußte wohl einen Anruf bekommen haben, daß irgendwo eine Bombe tickte.

»Und bei mir ist der Nachtschlaf im Eimer«, beklagte sich der Star. »Morgen muß ich schon um vier Uhr am Dreh sein. Wenn wirklich nach einer Bombe gesucht wird, kann es ein langer Abend werden.« Er erwog, auf dem Set zu übernachten, die anderen Gäste hatten diese Möglichkeit jedoch nicht. Sie standen auf der Straße, noch immer etwas verwirrt, mit ihren Hunden, ihren Freunden und drückten ihre kleinen, mit Schmuck gefüllten Lederschatullen an sich.

Nun traf eine zweite Abteilung vom CRS ein. Als die Anordnung kam, die Gäste sollten sich ein Stück vom Hotel entfernen, drehte Peter sich um und sah sie ganz plötzlich. Er bemerkte auch Andy Thatcher, wie immer umringt von einer Gefolgeschar und Leibwächtern. Er schien vom ganzen Wirbel völlig ungerührt und war in ein angeregtes Gespräch mit den Leuten um ihn herum vertieft, lauter Männer, mit Ausnahme einer Frau, die aussah wie ein politischer Haudegen. Sie rauchte wie wild, und Thatcher hörte aufmerksam zu, als sie etwas sagte. Olivia stand dagegen außerhalb der Gruppe, und niemand zog sie in ein Gespräch. Man schenkte ihr überhaupt keine Beachtung, während Peter sie mit gewohnter Faszination beobachtete. In ein weißes T-Shirt und Jeans gekleidet stand sie abseits, sogar von den Leibwächtern ignoriert, und trank eine Tasse Kaffee. Er fand, daß sie aussah wie ein Kind in billigen Turnschuhen. Die Augen, die ihn so elektrisiert hatten, schienen die ganze Szene in sich aufzunehmen, während ihr Mann und seine Gruppe langsam auf CRS-Leute zugingen. Sie sprachen sie an, die CRS-Leute aber schüttelten nur die Köpfe. Sie hatten noch nicht gefunden, weswegen sie gekommen waren. Nun wurden Klappstühle gebracht und den Gästen angeboten, während die Kellner Wein servierten. Erstaunlich war nur, wie ruhig sich die Gäste in dieser Situation verhielten. Allmählich kam sogar so etwas wie eine Spätabend-Straßenparty auf der Place Vendôme in Gang. Entgegen seinem Willen schaffte es Peter jedoch nicht, seinen Blick von Olivia Thatcher loszureißen.

Nach einer gewissen Zeit entfernte sie sich, unbemerkt von den Leibwächtern noch weiter von ihrer Gruppe. Der Senator hatte ihr den Rücken zugekehrt, seit sie aus dem Hotel gekommen waren. Nicht ein einziges Mal hatte er mit ihr gesprochen, während er und sein Gefolge sich auf Stühlen niederließen und Olivia noch weiter in den Hintergrund der vielen hundert Gäste auf der Place Vendôme zurückwich, um sich eine weitere Tasse Kaffee zu holen. Sie sah ganz friedlich aus, als sie so dastand, und schien sich nicht im mindesten daran zu stoßen, daß sie von der Gruppe ihres Mannes ignoriert wurde. Und je mehr Peter sie anstarrte, desto mehr wuchs seine Faszination.

Sie bot einer älteren Amerikanerin einen Stuhl an und streichelte einen kleinen Hund. Schließlich stellte sie ihre leere Tasse zurück auf einen Tisch. Ein Kellner bot Olivia noch eine Tasse an, sie aber lächelte und lehnte mit anmutigem Kopfschütteln ab. Es war etwas wundervoll Sanftes und Leuchtendes in ihr, als sei sie eben auf die Erde herniedergeschwebt und in Wahrheit ein Engel. Peter fiel es schwer, sich mit der Tatsache abzufinden, daß sie ein Mensch war. Sie wirkte zu friedlich, zu sanft, zu perfekt, zu geheimnisvoll, und wenn ihr die Menschen zu nahe kamen, zu verschreckt. Wurde sie genau gemustert, war ihr sichtlich nicht wohl zumute. Sie schien am glücklichsten, wenn niemand sie beachtete, was heute der Fall war. Sie war so unauffällig gekleidet und wirkte so anspruchslos, daß nicht einmal die Amerikaner in der Menge sie erkannten, obwohl sie sie unzählige Male in allen Zeitungen und Illustrierten des Landes abgebildet gesehen hatten. Jahrelang war sie der

Traum aller Paparazzi gewesen, die sich auf sie stürzten und sie unvorbereitet zu erwischen suchten, besonders in den Jahren, als ihr Kind krank und dem Tod geweiht war. Aber auch jetzt noch reizte sie die Neugierde der Öffentlichkeit, weil sie zur Legende und zur Märtyrerin geworden war.

Während Peter sie unausgesetzt beobachtete, fiel ihm auf, daß sie sich immer mehr im Hintergrund verlor, hinter den anderen Gästen, so daß er sie nur noch mit großer Mühe sehen konnte. Er hätte gern gewußt, ob Absicht dahinterstand oder ob sie ohne zu überlegen einfach immer weiter zurückwich. Inzwischen hatte sie sich von ihrem Mann und seiner Begleitung ein ganzes Stück entfernt und war für die anderen nicht mehr sichtbar, es sei denn, sie wären nach hinten gegangen und hätten sie gesucht. Inzwischen waren weitere Gäste zum Hotel zurückgekehrt, aus Restaurants, die lange offen hatten, aus Nachtklubs wie dem Chez Castel, von einem Abendessen mit Freunden oder aus dem Theater. Schaulustige hatten sich dazugesellt, die sehen wollten, was los war. Es wurde gemunkelt, an allem sei König Khaled schuld. Da auch ein wichtiger britischer Minister im Hotel abgestiegen war, wurde auch die Vermutung laut, die IRA könnte dahinterstecken. Jedenfalls hatte jemand einen Sprengsatz hinterlegt, zumindest wurde das behauptet, und die Polizei hatte das Betreten des Hotels untersagt, bis der CRS den Sprengsatz gefunden hatte.

Mitternacht war längst vorbei, und Clint Eastwood hatte sich schon empfohlen, um im Wohnwagen auf dem Set zu nächtigen. Er wollte nicht die nächsten Stunden damit vergeuden, auf der Place Vendôme herumzustehen und das Morgengrauen zu erwarten. Als Peter den Blick wandern ließ, sah er, daß Olivia Thatcher sich endgültig von der Schar der Hotelgäste entfernte und unauffällig der anderen Seite des Platzes zustrebte. Sie hatte den Menschen, die dort standen, den Rücken zugewendet, und dann ging sie plötzlich rasch und unauffällig auf die Ecke zu. Was mochte ihre Absicht sein? Er hielt nach einem Leibwächter Ausschau. Wenn jemand geahnt hätte, was sie tat, hätte man ihr einen nachgeschickt. Aber sie war auf eigene Faust losgegangen und lief jetzt immer schneller und ohne sich ein einziges Mal umzudrehen. Er konnte den Blick immer noch nicht von ihr losreißen und löste sich nun selbst ohne zu überlegen von der Menge, um ihr an die Ecke des Platzes zu folgen. Vor dem Hotel herrschte soviel Betriebsamkeit, die sich nach allen Richtungen hin ausdehnte, daß es aussah, als hätte niemand bemerkt, daß sie sich entfernten. Peter ahnte nicht, daß ein Mann ihm folgte, allerdings nur für ein paar Schritte, denn als auf dem Platz zusätzliche Hektik entstand, verlor er das Interesse und eilte in den Mittelpunkt des Geschehens zurück. Dort hatten zwei bekannte Models jetzt einen CD-Player eingeschaltet und tanzten vor einem nervös dreinblickenden CRS-

Mann. Inzwischen war ein CNN-Team aufgekreuzt, das Senator Thatcher interviewte und seine Ansichten über Terrorismus im Ausland und in der Heimat erfahren wollte, und er äußerte klipp und klar, was er von Terroristen hielt. In Anbetracht dessen, was seinem Bruder vor fast sechs Jahren widerfahren war, konnte er für diesen Wahnsinn nicht das geringste Verständnis aufbringen. Er hielt eine aufrüttelnde kleine Rede, und als er endete, klatschten die Menschen ringsum, die sie hörten, Beifall. Dann machte sich das CNN-Team daran, einige der anderen Gäste zu befragen. Interessant, daß kein Mensch seine Frau sprechen wollte. Offenbar herrschte das Gefühl vor, der Senator hätte für beide Thatchers gesprochen. Im Anschluß ging das Fernsehteam zu den tanzenden Models und interviewte die beiden. Die Frauen, die den Abend toll und amüsant fanden, regten an, das Ritz sollte öfter für Abwechslung sorgen. Sie waren für die Dauer eines dreitägigen Fototermins für *Harper's Bazaar* im Hotel abgestiegen und versicherten, daß sie Paris über alles liebten. Dann trällerten sie ein Liedchen und produzierten sich mit ein paar angedeuteten Step-Schritten. Es war ein lebhaftes Duo, und trotz der möglichen Gefahr, die vom gesuchten Sprengsatz ausging, wurde es eine Nacht des Feierns.

Aber Peter war von all dem weit weg. Er folgte der Frau des Senators um die Ecke, fort von der Place Vendôme. Sie schien zu wissen, wohin sie wollte, und er zögerte keinen Augenblick. Sie ging immer weiter, ziemlich flott, und Peter mußte lange Schritte machen, um mithalten zu können, doch ließ er ihr einen Vorsprung. Er hatte keine Ahnung, was er zu ihr sagen würde, wenn sie stehenblieb, sich umdrehte und ihn fragte, was er wolle. Er hatte ja selbst keine Ahnung, was er da eigentlich tat und warum. Er wußte nur, daß er bei ihr sein mußte. Es hatte ihn gedrängt, ihr zu folgen, und er sagte sich, daß er um diese späte Nachtstunde um ihre Sicherheit besorgt sei. Er hatte jedoch keine Ahnung, warum er das Gefühl hatte, ausgerechnet er müsse sich um sie kümmern.

Peter staunte nicht schlecht, als sie die ganze Strecke bis zur Place de la Concorde lief und dann vor sich hinlächelnd stehenblieb, in den Anblick des Springbrunnens mit dem erleuchteten Eiffelturm im Hintergrund versunken. Ein Penner saß auf dem Platz, ein junger Mann, und zwei sich küssende Pärchen schlenderten vorüber, aber niemand schenkte ihr Beachtung. Sie sah jetzt so glücklich aus, daß in ihm der Wunsch erwachte, zu ihr zu gehen und den Arm um sie zu legen und gemeinsam mit ihr den Springbrunnen zu betrachten. Stattdessen blieb er im Respektsabstand stehen und beobachtete sie lächelnd. Auf einmal blickte sie jedoch zu seiner großen Verwunderung zu ihm, in ihren Augen stand eine Frage. Es war, als wüßte sie plötzlich, daß er da war und warum, als hätte sie aber dennoch das Gefühl, er schulde ihr eine Erklärung. Ganz klar, er war ihr gefolgt, und sie sah weder verärgert noch erschrocken drein. Er wurde verlegen, als sie sich umdrehte und langsam auf ihn zukam. Sie wußte, wer er war, sie hatte ihn als den Mann aus dem Hotel-Pool erkannt. Dennoch errötete er in der Dunkelheit.

»Sind Sie Fotograf?« Zu ihm aufblickend, fragte sie es ganz leise. Sie sah sehr verletzlich und plötzlich auch sehr traurig aus. Es war ihr schon oft passiert, tausend Male, eine Million Male, bis zum Erbrechen und darüber hinaus. Fotografen verfolgten sie auf Schritt und Tritt und betrachteten es als Triumph, wenn sie ihr einen privaten Augenblick rauben konnten. Sie hatte sich daran gewöhnt, obwohl sie es nicht mochte. Sie nahm es als Teil ihres Lebens hin.

Er schüttelte den Kopf. Er konnte sich denken, wie ihr zumute war, und bedauerte, daß er sie gestört hatte. »Nein, das bin ich nicht ... es tut mir leid ... ich ... ich wollte nur sichergehen, daß Sie ... es ist sehr spät.« Doch plötzlich, als er so auf sie hinunterblickte, wich seine Verlegenheit einem Beschützergefühl. Sie war so unglaublich zart. Noch nie war er jemandem wie ihr begegnet. »So spät in der Nacht sollten Sie nicht herumlaufen, es ist gefährlich.« Sie warf dem jungen Mann und dem alten Clochard einen Blick zu, zog die Schultern hoch und sah dann Peter interessiert an.

»Warum sind Sie mir gefolgt?« Sie fragte es sehr

direkt. Ihre braunen Samtaugen waren so weich, als sie ihn ansah, daß er wünschte, er könnte die Hand ausstrecken und ihr Gesicht berühren.

»Ich … ich weiß es nicht«, sagte er offen. »Aus Neugierde … Ritterlichkeit … Faszination … Albernheit … Dummheit …« Er wollte ihr sagen, daß er von ihrer Schönheit überwältigt war, brachte es aber nicht über sich. »Ich wollte sicher sein, daß Ihnen nichts passiert.« Und dann entschloß er sich zur Direktheit. Die Umstände waren ungewöhnlich, und sie sah aus wie ein Mensch, der die Wahrheit vertragen konnte. »Sie sind einfach auf und davon, so ist es doch? Von den anderen weiß keiner, daß Sie fort sind.« Aber vielleicht hatte man es unterdessen bemerkt und suchte überall nach ihr, doch sie sah aus, als wäre ihr das gleichgültig. Sie wirkte kindlich und lausbübisch, als sie jetzt zu ihm aufblickte, in dem Wissen, daß er Zeuge ihres Streiches geworden war.

»Die werden es wahrscheinlich nie bemerken«, sagte sie ehrlich und ohne Reue, dafür aber mit einem Anflug von Schalkhaftigkeit. Nach allem, was er gesehen hatte, führte sie das Leben einer Vergessenen. Kein Mensch aus der Umgebung ihres Mannes beachtete sie oder richtete das Wort an sie, auch ihr Mann nicht. »Ich mußte einfach fort. Manchmal ist es nicht auszuhalten … so sehr drückt einen der Schuh.« Sie sah ihn an, unsicher, ob er wußte, wer sie war. Wenn nicht, wollte sie die Situation nicht verderben.

»Jeden drückt manchmal der Schuh«, entgegnete er philosophisch. Ihm ging es zuweilen ähnlich, doch wußte er, daß sie triftigere Gründe dazu hatte. Und dann blickte er sie wieder mitfühlend an. Da er ihr die ganze lange Strecke gefolgt war, fand er nun nichts dabei, einen weiteren Schritt zu wagen. »Darf ich Sie auf eine Tasse Kaffee einladen?« Das war nicht gerade originell, und beide lächelten. Sie zögerte lange, während sie sich schlüssig zu werden versuchte, ob er es ernst meinte oder ob es nur ein Scherz war. Er merkte ihr Zögern und reagierte darauf mit einem warmherzigen Lächeln. »Es war eine ernstgemeinte Einladung. Ich kann mich einigermaßen benehmen, und man kann mir für eine Tasse Kaffee über den Weg trauen. Ich würde dafür mein Hotel vorschlagen, doch scheint es dort ein Problem zu geben.«

Da mußte sie lachen und wirkte schon etwas entspannter. Sie musterte ihn. Sie kannte ihn vom Hotel, vom Aufzug und vom Hotel-Pool her. Er trug ein teures, sauber aussehendes Hemd, eine Anzughose und gute Schuhe. In seinen Augen lag etwas, das ihr sagte, daß er anständig und liebenswert war. Sie nickte. »Eine Tasse Kaffee wäre mir recht, aber nicht im Hotel«, sagte sie zurückhaltend. »Dort ist heute zuviel Trubel. Wie wär's mit dem Montmartre?« Ihre behutsam geäußerte Frage entlockte ihm ein Lächeln. Der Vorschlag sagte ihm zu.

»Großartige Idee. Darf ich ein Taxi anbieten?« Sie

nickte, und sie gingen zum nächsten Taxistand. Er half ihr beim Einsteigen, und sie nannte die Adresse eines Bistros, von dem sie wußte, daß es bis spät in die Nacht geöffnet und Tische auf dem Gehsteig hatte. Die Nacht war noch warm, so daß keiner der beiden ins Hotel zurückwollte, obwohl sie noch ein wenig befangen in der Gesellschaft des anderen waren. Sie war es, die zuerst das Eis brach, indem sie ihn neckisch ansah.

»Machen Sie das öfter? Frauen nachlaufen, meine ich.« Plötzlich fand sie die ganze Sache sehr amüsant, und er hatte den Anstand, im Taxi zu erröten. Er schüttelte den Kopf.

»Tatsächlich hab ich es noch nie gemacht. Es ist das allererste Mal, und ich bin noch immer nicht sicher, warum ich es getan habe.« Daß er aus irgendeinem verrückten Grund den Wunsch verspürt hatte, sie zu beschützen, weil sie so verletzlich und zart wirkte, behielt er für sich.

»Ich bin wirklich sehr froh, daß Sie es getan haben«, sagte sie heiter. Sie wirkte erstaunlich entspannt in seiner Gesellschaft, als sie vor dem Lokal ankamen. Und wenig später saßen sie im Freien an einem Tisch, vor sich zwei Tassen Kaffee. »Eine großartige Idee.« Sie lächelte ihm zu. »Und jetzt erzählen Sie mir alles über sich«, sagte sie und stützte ihr Kinn in die Hände. So sah sie Audrey Hepburn erstaunlich ähnlich.

»Da gibt es nicht viel zu erzählen«, sagte er noch

immer ein wenig verlegen, aber froh, hier und mit ihr zusammen zu sein.

»Doch, natürlich gibt es etwas. Woher kommen Sie? Aus New York?« riet sie ziemlich genau. Zumindest arbeitete er da.

»Mehr oder weniger. Ich arbeite in New York und wohne in Greenwich.«

»Und Sie sind verheiratet und haben zwei Kinder.« Mit wehmütigem Lächeln half sie ihm, die Lücken zu füllen. Sein Leben war so glücklich und wahrscheinlich so gewöhnlich, ganz anders als ihres mit seinen Tragödien und Enttäuschungen.

»Drei Söhne«, berichtigte er sie. »Ja, ich bin verheiratet.« Als er an sein Trio von Söhnen dachte, regte sich bei ihm so etwas wie ein schlechtes Gewissen, weil sie ihren kleinen Sohn, ihr einziges Kind, durch Krebs verloren hatte. Wie alle Welt wußte auch Peter, daß sie seither keine Kinder mehr bekommen hatte.

»Ich lebe in Washington«, sagte sie leise. »Die meiste Zeit jedenfalls.« Sie sagte nicht, ob sie Kinder hatte oder nicht, und da er es ohnehin wußte, fragte er sie nicht danach.

»Gefällt Ihnen Washington?« fragte er leise, und sie zog die Schultern hoch und trank einen Schluck Kaffee.

»Eigentlich nicht. Als ich jünger war, habe ich es gehaßt. Ich glaube, wenn ich jetzt darüber nachdächte, würde ich es jetzt noch mehr hassen. Aber es ist nicht die Stadt selbst, die ich nicht mag, sondern die Menschen und was sie dort aus ihrem Leben machen. Aus ihrem eigenen und dem aller anderen. Ich hasse Politik und alles, was sie bedeutet.« Sie sagte es im Brustton der Überzeugung. Aber mit einem Bruder, einem Vater und einem Ehemann, die politische Ämter innehatten, bestand wenig Hoffnung, daß es ihr gelingen würde, den Fängen der Politik zu entgehen. Und dann sah sie ihn plötzlich an. Sie hatte sich noch nicht vorgestellt und hätte sich gern in dem Glauben gewiegt, er hätte keine Ahnung, wer sie war, und hielt sie einfach für irgendeine Frau in Turnschuhen, Jeans und T-Shirt. Aber sie las in seinen Augen, daß er ihr Geheimnis kannte. Es war vielleicht nicht der Grund, weshalb er hier saß und mit ihr um zwei Uhr morgens Kaffee trank, aber es war auch nicht so, daß es ihm nicht bewußt gewesen wäre. »Vermutlich ist es unrealistisch anzunehmen, daß Sie meinen Namen nicht kennen … oder?« fragte sie mit großen Augen, und er nickte, wieder von Mitleid für sie erfüllt. Anonymität wäre für sie sehr angenehm gewesen, doch sie war ihr nicht bestimmt. Nicht in diesem Leben.

»Ja, ich kenne ihn, und es wäre unrealistisch anzunehmen, die Menschen wüßten nicht, wer Sie sind. Aber das sollte nichts ändern. Es ist Ihr gutes Recht, die Politik oder sonstwas zu hassen, einen Spaziergang auf der Place de la Concorde zu unternehmen oder einem

Freund alles zu sagen, was Sie wollen. Das braucht jeder.« Er spürte deutlich, wie sehr sie es brauchte.

»Danke«, sagte sie leise zurück. »Vorhin sagten Sie, jeden drücke manchmal der Schuh. Geht es Ihnen auch so?«

»Ab und zu«, gestand er offen ein. »Zuweilen geraten wir alle in eine Klemme. Ich leite ein großes Unternehmen, und manchmal wünschte ich, es wüßte niemand, und ich könnte tun, was ich wollte.« So wie jetzt. Für einen winzigen Augenblick mit ihr wäre er liebend gern wieder frei gewesen, hätte vergessen wollen, daß er verheiratet war. Aber er wußte, daß er das Katie niemals antun konnte. Er hatte sie noch nie betrogen, und er hatte nicht die Absicht, jetzt damit anzufangen, nicht einmal mit Olivia Thatcher. Es war auch das Allerletzte, woran sie dachte. »Ich glaube, wir alle bekommen manchmal unser Leben satt, die Verantwortung, die uns aufgebürdet wird. Wahrscheinlich nicht so satt wie Sie«, sagte er mitfühlend, »aber ich glaube, jeder wünscht sich auf seine Weise, der Place Vendôme entfliehen und eine Weile verschwinden zu können. Wie Agatha Christie.«

»Diese Geschichte hat immer schon einen Reiz auf mich ausgeübt«, sagte Olivia mit scheuem Lächeln. »Und ich habe mir immer gewünscht, es ihr einmal nachzumachen.« Sie war beeindruckt, daß er davon wußte. Es hatte sie immer fasziniert, daß Agatha Christie eines Tages spurlos verschwunden war. Nur ihren Wagen hatte man gefunden, der gegen einen Baum geprallt war. Die berühmte Autorin aber blieb verschwunden und tauchte erst nach sieben Tagen wieder auf. Eine wie immer geartete Erklärung für ihre Abwesenheit zu liefern, hatte sie für unnötig befunden. Seinerzeit hatte die Sache enormes Aufsehen erregt, und das Verschwinden hatte nicht nur in England, sondern weltweit Schlagzeilen gemacht.

»Nun, Sie haben es ja getan, wenigstens für ein paar Stunden. Sie sind aus Ihrem Leben einfach hinausspaziert wie Agatha Christie.« Als er ihr zulächelte, erwiderte sie sein Lächeln erst verschmitzt, dann lachte sie laut auf. Es war ein Gedanke, der ihr im Moment sehr verlockend erschien.

»Aber sie blieb tagelang verschwunden, während ich mich nur für ein paar Stunden empfohlen habe.« Sie sagte es in enttäuschtem Ton.

»Inzwischen sind alle vermutlich total aus dem Häuschen und suchen Sie überall. Wahrscheinlich glaubt man, Sie seien von König Khaled entführt worden.« Sie lachte noch mehr und sah dabei aus wie ein Kind. Ein paar Minuten darauf bestellte Peter für jeden ein Sandwich. Als die Brote kamen, wurden sie gierig verschlungen, so ausgehungert waren die beiden.

»Wissen Sie, ich glaube, man sucht mich gar nicht. Ich bin gar nicht sicher, ob es auffallen würde, wenn ich tatsächlich verschwände, außer ich nähme an einem Tag

Reißaus, an dem eine Versammlung stattfindet, die ich besuchen muß, oder es wäre eine Wahlkampfrede in einem Frauenklub angesagt. Das sind dann die Zeiten, in denen ich sehr nützlich bin. Ansonsten bin ich jedoch völlig unwichtig, ähnlich den künstlichen Gewächsen, die als Dekoration die Bühne schmücken. Man braucht sie weder zu gießen, noch ihnen Nährstoffe zuzuführen, man rollt sie einfach herein, wenn ein bißchen Schaufensterdekoration gebraucht wird, damit es gut aussieht und um den Blickfang der Auslage hervorzuheben.«

»Wie schrecklich, daß Sie das sagen«, schalt Peter sie, obwohl er ihr nach allem, was er gesehen hatte, nicht widersprechen konnte. »Empfinden Sie Ihr Leben wirklich so?«

»Mehr oder weniger«, sagte sie, wohl wissend, daß sie viel wagte. Falls es sich herausstellen sollte, daß er Reporter oder, schlimmer noch, Mitarbeiter eines Klatschblattes war, würde man sie am nächsten Morgen durch den Fleischwolf drehen. Aber in gewisser Weise war es ihr so gut wie egal. Manchmal mußte man einfach jemandem vertrauen, und Peter hatte etwas unglaublich Warmes und Anziehendes an sich. Noch nie hatte sie mit jemandem so reden können wie mit ihm, so daß sie gar nicht aufhören oder wieder in ihr Leben oder ins Ritz zurückkehren wollte. Viel lieber wäre sie für immer mit ihm auf dem Montmartre geblieben.

»Warum haben Sie ihn geheiratet?« fragte er kühn, nachdem sie ihr Sandwich kurz abgelegt hatte. Sie blickte eine Weile nachdenklich in die Nacht, ehe sie ihn wieder anschaute.

»Damals war er anders. Aber alles änderte sich sehr rasch, und es kamen schlimme Dinge auf uns zu. Nur anfangs schien alles in Ordnung. Wir liebten einander, wir waren besorgt umeinander, er schwor mir, daß er nie in die Politik gehen würde. Ich sah, was die Karriere meines Vaters uns angetan hatte, besonders meiner Mutter, und Andy wollte nur Anwalt sein. Wir wollten Kinder, Pferde, Hunde und auf einer Farm in Virginia leben. Und das haben wir auch getan, ein halbes Jahr etwa, dann war alles vorbei. Sein Bruder war der Politiker in der Familie, nicht Andy. Tom wäre schließlich Präsident geworden, und ich wäre glücklich gewesen, das Weiße Haus nie wiederzusehen, ausgenommen Weihnachten, wenn der Baum angezündet wird. Aber Tom wurde ein halbes Jahr nach unserer Heirat getötet, und von da an ließen die Wahlkampfmanager bei Andy nicht mehr locker. Ich weiß nicht, was mit ihm passiert ist und ob er sich nach dem Tod seines Bruders irgendwie verpflichtet fühlte, in dessen Fußstapfen zu treten und ›etwas Bedeutendes für dieses Land zu tun‹. Diesen Spruch habe ich so oft zu hören bekommen, daß ich glaubte, ich würde daran ersticken. Und schließlich verliebte er sich in die Sache. Dieses Ding, genannt politischer Ehrgeiz, kann einem nämlich zu Kopf steigen. Inzwischen weiß ich, daß dieser Ehrgeiz anspruchsvoller ist als ein Kind und mehr Erregung und Leidenschaft fordert als jede Frau. Er verschlingt jeden, der in seine Nähe kommt. Ich muß es wissen. Schließlich verzehrt er das Innere eines Menschen, alle Liebe und Güte und Anständigkeit, er frißt das auf, was man einmal war, und was zurückbleibt, ist dann ein Politiker. Das ist kein guter Tausch. Aber so ist es gekommen. Andy ging in die Politik, und dann wollte er es bei mir wiedergutmachen, und wir bekamen ein Kind. Aber eigentlich wollte er es gar nicht wirklich. Alex wurde während einer seiner Wahlkampfreisen geboren, als Andy gar nicht da war. Er war auch nicht da, als der Kleine starb.« Ihr Gesicht nahm eine gewisse Starre an, als sie das sagte. »Das sind Dinge, die alles ändern … Tom … Alex … die Politik. Die meisten Menschen überleben das nicht. Wir auch nicht. Ich weiß gar nicht, warum ich geglaubt habe, daß es bei uns anders sein würde. Das war zuviel verlangt, und ich glaube, als Tom starb, hat er das meiste von Andy mit sich genommen. Genauso ist es mir bei Alex ergangen. Das Leben teilt einem manchmal ganz elende Karten zu. Manchmal kann man einfach nicht gewinnen, wie sehr man sich auch bemüht oder wieviel Geld auf dem Tisch liegt. Ich habe dieses Spiel mit hohem Einsatz gespielt, und ich habe viel Zeit darauf verwandt. Wir sind seit sechs Jahren verheiratet, und einfach war es nie.«

»Warum sind Sie dann bei ihm geblieben?« Es war ein merkwürdiges Gespräch, das sie da mit einem Wildfremden führte, und beide waren erstaunt, wie kühn er fragte und wie offen sie antwortete.

»Wie hätte ich denn gehen sollen? Was hätte ich sagen sollen? Es tut mir leid, daß dein Bruder ums Leben kam und dein Leben durcheinandergeriet... es tut mir leid, daß unser einziges Baby...« Sie wollte die Worte aussprechen, schaffte es aber nicht, und er nahm ihre Hand und hielt sie fest. Sie entzog sie ihm nicht. Am Abend zuvor waren sie Fremde in einem Swimmingpool gewesen, und ganz plötzlich, einen Tag später, waren sie in einem Café auf dem Montmartre fast Freunde geworden.

»Könnten Sie noch Kinder bekommen?« fragte Peter sachte, man wußte ja nie, was mit Leuten los war, was sie konnten und nicht konnten, aber er wollte sie fragen und ihre Antwort hören.

Doch sie schüttelte traurig den Kopf. »Ich könnte, aber ich möchte nicht. Nicht jetzt. Nicht noch einmal. Ich möchte nie wieder für ein anderes menschliches Wesen so viel empfinden. Und ich möchte nicht noch ein Kind in diese Welt setzen, in der ich jetzt lebe. Nicht mit ihm. Nicht in der Politik. Die Politik hat mein Leben und das meines Bruders beinahe ruiniert, als wir jung waren... aber noch schlimmer ist, sie hat das Leben meiner Mutter ruiniert. Fast vierzig Jahre lang war sie eine ideale Weggefährtin, und sie hat jeden einzelnen

Moment gehaßt. Das hat sie zwar nie ausgesprochen, nie zugegeben, aber die Politik hat ihr Leben ruiniert. Sie lebt in ständiger Angst, wie man jeden ihrer Schritte beurteilt. Sie fürchtet sich, etwas zu tun, zu sein, zu denken oder etwas zu sagen. Andy würde das gern auch bei mir sehen, aber ich bringe es nicht fertig.« Bei diesen Worten nahm sie einen verängstigten Ausdruck an, und er wußte sofort, was sie dachte.

»Olivia, es wird Ihnen nicht schaden, mir das erzählt zu haben. Ich werde niemals auch nur ein einziges Wort davon wiederholen. Vor niemandem. Das alles bleibt unter uns und Agatha Christie.« Er lächelte, und sie sah ihn furchtsam an, unschlüssig, ob sie ihm glauben sollte oder nicht. Das Merkwürdige aber war, daß sie ihm traute. Allein wenn sie ihn ansah, wußte sie, daß er sie nicht hintergehen würde. »Der heutige Abend hat nicht stattgefunden«, sagte er behutsam. »Wir gehen getrennt zurück ins Hotel, und niemand wird wissen, wo wir waren oder daß wir zusammen waren. Ich bin Ihnen nie begegnet.«

»Das ist sehr tröstlich«, sagte sie und schien ehrlich erleichtert und sehr dankbar. Sie glaubte ihm.

»Sie haben früher geschrieben, nicht wahr?« fragte er, als ihm einfiel, was er über ihre frühen Jahre gelesen hatte. Er war neugierig, ob sie noch immer schrieb.

»Ja, wie meine Mutter, die sehr talentiert ist und einen Roman über Washington geschrieben hat. Ein Buch, das für viel Ärger sorgte. Das war in den Anfängen der Karriere meines Vaters. Der Roman wurde zwar veröffentlicht, aber mein Vater ließ nie wieder zu, daß sie etwas publizierte, obwohl sie es hätte tun sollen. Ich bin nicht so talentiert wie sie, und von mir wurde nie etwas veröffentlicht, aber ich trage mich schon lange mit dem Gedanken, ein Buch zu schreiben, über Menschen und Kompromisse und was passiert, wenn man zuviel und zu oft Kompromisse schließt.«

»Warum schreiben Sie es nicht?« Er meinte es aufrichtig, aber sie lachte nur und schüttelte den Kopf.

»Was glauben Sie, würde geschehen, wenn ich es täte? Die Presse würde verrückt spielen. Andy würde behaupten, ich hätte seine Karriere aufs Spiel gesetzt. Das Buch würde nie das Licht der Welt erblicken, da Andys Handlanger es in irgendeiner Lagerhalle verbrennen würden.« Sie war der sprichwörtliche Vogel im goldenen Käfig und konnte nicht tun, was sie wollte, aus Angst, es könnte ihrem Mann schaden. Und doch war sie vor ihm davongelaufen und war verschwunden, um sich in ein Café auf dem Montmartre zu setzen und einem Fremden ihr Herz auszuschütten. Es war ein merkwürdiges Leben, das sie führte, und während Peter sie beobachtete, merkte er ihr an, wie nahe sie daran war, daraus auszubrechen. Ihr Haß gegen die Politik und der Schmerz, den sie ihr gebracht hatte, war offenkundig und schien sie auszufüllen. »Und was ist mit Ihnen?« Sie sah nun Peter mit ihren tiefen braunen Augen an, aus denen warmherziges Interesse sprach. Sie wußte eigentlich nur, daß er verheiratet war und drei Söhne hatte, daß er einen Beruf hatte und in Greenwich lebte. Aber sie wußte auch, daß er ein guter Zuhörer war, und während er ihre Hand hielt und sie anschaute, fühlte sie, wie sich tief in ihrem Inneren etwas rührte, ein Teil ihres Wesens, von dem sie geglaubt hatte, es sei abgestorben. Und plötzlich spürte sie, wie jener Teil noch atmete. »Warum sind Sie hier in Paris, Peter?«

Er zögerte lange, hielt noch immer ihre Hand und sah ihr in die Augen. Er hatte es noch niemandem gesagt, aber sie hatte ihm vertraut, und deshalb wollte er es ihr jetzt sagen. Er wußte, daß er es jemandem erzählen mußte.

»Ich bin für das Pharmaunternehmen hier, das ich leite. Wir arbeiten seit vier Jahren an einem höchst komplizierten Produkt, was auf diesem Gebiet keine lange Zeit ist, aber uns ist sie lang erschienen. Und wir haben Unsummen darauf verwendet. Es ist ein Produkt, das die Chemotherapie revolutionieren könnte, und es bedeutet mir sehr viel. Ich habe darin meinen einzigen Beitrag für die Menschheit gesehen, etwas sehr Wichtiges, das all die leichtfertigen, selbstsüchtigen Dinge, die ich getan habe, wettmacht. Für mich bedeutete die Entwicklung dieses Produktes sehr viel, und es hat alle unsere Tests großartig bestanden, in jedem Land, in dem wir tätig sind. Die letzten Tests werden hier durchgeführt, und ich bin gekommen, um alles zu einem guten Abschluß zu bringen. Wir wollen auf Grund unserer Tests bei der FDA um die Erlaubnis für vorgezogene Versuche an Patienten ansuchen. Unsere hiesigen Labors führen nun die letzten Proben durch, und bis zu diesem Punkt war das Produkt einwandfrei. Die letzten Ergebnisse sind noch nicht bekannt, doch als ich gestern eintraf, erklärte mir der Leiter unseres Labors, daß es ernsthafte Probleme mit dem Medikament geben könnte. Rundheraus gesagt, anstatt einer von Gott gesandten Hilfe zur Rettung der Menschheit könnte es sich als Killer-Medikament entpuppen. Ich werde erst gegen Ende der Woche die ganze Wahrheit erfahren, doch es könnte das Ende eines Traumes bedeuten oder den Beginn jahrelanger neuer Tests. Und wenn das der Fall sein sollte, muß ich nach Hause fliegen und dem Konzernchef, der zufällig mein Schwiegervater ist, mitteilen, daß unser Produkt entweder unverkäuflich oder für uns gestorben ist. Es wird keine freudige Ankündigung.«

Sie schien beeindruckt, als sie ihn ansah und ihm zunickte. »Kann ich mir denken. Weiß er schon, was Sie gestern erfahren haben?« Sie war dessen sicher, so daß es fast eine rhetorische Frage war. Und sie war fassungslos, als er seinen Kopf schüttelte und ein wenig schuldbewußt aussah.

»Ich möchte nichts sagen, ehe mir nicht die vollständigen Informationen vorliegen«, sagte er und umging die Frage. Sie sah ihm tief und unbeirrt in die Augen.

»Na, das muß aber eine schlimme Woche für Sie sein, dieses Warten auf Antwort«, sagte sie mitfühlend. Der Ausdruck seiner Augen vermittelte ihr eine leise Ahnung von der Tragweite der Ergebnisse. »Was hat Ihre Frau gesagt?« Sie sagte es in der Annahme, er erfreue sich einer Beziehung, wie sie ihr versagt war. Sie konnte ja nichts von seinem speziellen Problem wissen, daß er Katie nichts sagen konnte, ohne daß ihr Vater es umgehend erfuhr.

Er überraschte sie abermals, diesmal noch mehr. »Ich habe es ihr noch nicht gesagt«, sagte er leise, worauf Olivia ihn erstaunt ansah.

»Nicht? Warum denn nicht?« Sie konnte sich keinen Grund vorstellen.

»Das ist eine lange Geschichte.« Er lächelte verlegen, und sie hätte den Grund gern gewußt. In seinem Blick lag etwas, das von Einsamkeit und Enttäuschung sprach, so subtil, daß sie sich fragte, ob er sich dessen überhaupt selbst bewußt war. »Meine Frau hat eine sehr enge Beziehung zu ihrem Vater«, sagte er langsam, während er überlegte, wie er fortfahren sollte. »Da sie ihre Mutter sehr früh verloren hat, ist sie allein bei ihm aufgewachsen. Es gibt nichts, was sie ihm nicht erzählt.« Er blickte Olivia an und merkte, daß sie ihn verstand.

»Auch vertrauliche Dinge?« Olivia schien über diese Indiskretion empört.

»Auch die.« Er lächelte. »Kate hat vor ihrem Vater keine Geheimnisse.« Bei diesen Worten spürte er einen Stich im Herzen. Er wußte nicht, warum, doch es störte ihn plötzlich mehr als seit vielen Jahren.

»Das muß für Sie sehr unangenehm sein«, sagte Olivia, die seinen Blick suchte, weil sie sehen wollte, ob er darüber unglücklich war, und wenn ja, ob es ihm überhaupt bewußt war. Aus seinen Worten ging hervor, daß Kates Anhänglichkeit an ihren Vater für ihn sogar in diesem Ausmaß nicht nur akzeptabel, sondern normal war. Und doch sagten seine Augen etwas anderes. Sie fragte sich, ob er darauf angespielt hatte, als er sagte, daß jeden manchmal der Schuh drücke. Olivia, für die Privatleben, Diskretion und Treue alles bedeuteten, wären Peters Schuhe gleichbedeutend mit Schwielen gewesen.

»So ist es eben«, sagte er schlicht. »Ich habe mich schon vor langer Zeit damit abgefunden. Ich glaube auch nicht, daß es die beiden böse meinen. Aber es bedeutet, daß ich ihr einfach nichts erzählen kann. Die Bindung zwischen den beiden ist zu eng.« Olivia entschloß sich ihm zuliebe lieber das Thema fallenzulassen. Sie hatte nicht die Absicht, Schutzschichten abzuziehen oder ihn zu verletzen, indem sie ihm klarmachte, wie ungehörig das Benehmen seiner Frau war.

»Es muß für Sie heute ein einsamer Tag gewesen

sein ... während Sie sich um den Ausgang der Tests sorgten und niemanden hatten, mit dem Sie reden konnten.« Aus ihrem Blick sprach aufrichtiges Mitgefühl, und ihre Worte trafen ihn direkt ins Herz. Das warme Lächeln, das sie austauschten, war voller Verständnis. Beide trugen schwer an ihrer Bürde.

»Ich habe versucht, mich zu beschäftigen, da ich mich mit niemandem aussprechen konnte«, sagte er leise. »Ich bin in den Bois de Boulogne gegangen und habe den Kindern beim Spielen zugesehen. Und dann bin ich die Seine entlangspaziert und zum Louvre, und schließlich bin ich zurück ins Hotel gegangen und habe mich in meine Arbeit vertieft, und dann ging auch schon der Alarm los.« Er grinste. »Und seither war es ein recht guter Tag.« Und sehr bald würde ein neuer Tag anbrechen. Es war fast fünf Uhr morgens, und beide wußten, daß sie bald wieder im Hotel sein mußten. Sie plauderten noch eine halbe Stunde miteinander, und um halb sechs verließen sie widerstrebend das Café und machten sich auf die Suche nach einem Taxi. Langsam schlenderten sie die Straßen auf dem Montmartre entlang, sie im T-Shirt und er in Hemdsärmeln, Hand in Hand wie zwei Halbwüchsige beim ersten Stelldichein. Man sah ihnen an, wie wohl sie sich in der Gesellschaft des anderen fühlten.

»Merkwürdig, wie das Leben manchmal so spielt, finden Sie nicht?« fragte sie, beglückt zu ihm aufblickend, in Gedanken bei Agatha Christie. Es bewegte sie die Frage, ob diese während der Zeit ihres Verschwindens etwas Ähnliches oder womöglich etwas noch viel Gewagteres getan hatte. Nach ihrem Wiederauftauchen hatte die berühmte Autorin sich zu keinerlei Erklärungen herabgelassen. »Man glaubt, man sei allein, und dann taucht jemand aus dem Nebel auf, ganz unerwartet, und mit der Einsamkeit ist es vorbei«, sagte Olivia nachdenklich. Nie hätte sie sich träumen lassen, daß sie jemandem wie ihm begegnen würde. Doch er kam einem ihrer großen Bedürfnisse entgegen. Sie war ausgehungert nach Freundschaft.

»Wenn es drunter und drüber geht, dann sollte man sich das stets in Erinnerung rufen. Man weiß nie, was um die nächste Ecke kommt.« Peter sagte es mit einem Lächeln.

»In meinem Fall erwartet mich um die nächste Ecke eine Präsidentenwahl, fürchte ich. Oder schlimmer noch, die Kugel irgendeines Irren.« Ein gräßlicher Gedanke, der die häßlichen Erinnerungen an die Ermordung ihres Schwagers wachrief. Es war offensichtlich, daß sie Andy Thatcher innig geliebt hatte, und sie litt immer noch darunter, daß das Leben so mit ihnen umgesprungen war und ihnen so gemein unterschnittene Bälle zugespielt hatte. In gewisser Weise taten Peter beide leid, aber der größte Teil seines Mitgefühls galt Olivia. Daß jemand einen Menschen so beständig ignorierte wie Andy Thatcher seine Frau, war für Peter eine ganz neue Erfahrung. Immer wenn er die beiden gesehen hatte, war Olivia für ihren Mann Luft gewesen. Seine Gleichgültigkeit ließ darauf schließen, daß sie für ihn praktisch nicht existent oder sichtbar war. Und sein Mangel an Interesse hatte sich auch auf seinen Stab übertragen. Vielleicht hatte sie recht, und es stimmte, daß sie für ihren Mann und seine Umgebung nur schmükkendes Beiwerk war. »Aber was ist mit Ihnen?« fragte sie Peter mit neuerwachter Besorgnis. »Ist es sehr schlecht für Sie, wenn sich Ihr Produkt nach den Tests als Katastrophe entpuppt? Was wird man mit Ihnen in New York machen?«

»Mich an den Füßen aufhängen und auspeitschen«, sagte er mit wehmütigem Lächeln, wurde aber gleich wieder ernst. »Leicht wird es sicher nicht. Mein Schwiegervater wollte sich in diesem Jahr zur Ruhe setzen, teils um mir damit sein Vertrauen auszudrücken, wie ich glaube, aber ich kann mir nicht vorstellen, daß er sich dazu entschließen wird, wenn uns dieses Produkt verlorengeht. Ich glaube, es wird ziemlich hart, aber ich werde mich trotzdem für das Produkt stark machen.« Für ihn ging es dabei um mehr. Vicotec auf den Markt zu bringen bedeutete, daß er mithalf, das Leben von Menschen zu retten, die ansonsten gestorben wären wie vor Jahren seine Mutter und seine Schwester. Es war Peters eigentliches Anliegen, das ihm viel wichtiger war als der zu erwartende Profit oder Frank Donovans Reaktion. Und jetzt drohte ihnen der Verlust des Produkts. Der Gedanke daran brachte ihn fast um.

»Ich wünschte, ich besäße Ihren Mut«, sagte sie bekümmert, mit demselben Blick, den er bei ihrer ersten Begegnung gesehen hatte, ein Blick, der grenzenlosen Kummer ausdrückte.

»Olivia, man kann vor den Dingen nicht davonlaufen.« Aber das wußte sie selbst am besten. Ihr zweijähriger Sohn war in ihren Armen gestorben. Was erforderte im Leben mehr Mut? Über Mut brauchte er sie nicht zu belehren.

»Und wenn Ihr Überleben davon abhängt, daß Sie davonlaufen?« fragte sie mit ernstem Blick, und er legte einen Arm um ihre Schultern.

»Man muß ganz sicher sein, ehe man diesen Schritt tut«, sagte er mit genauso ernstem Blick, von dem Wunsch erfüllt, ihr helfen zu können. Sie suchte verzweifelt Freundschaft, und er wäre zu gern ihr Freund gewesen, für mehr als nur ein paar Stunden. Aber er wußte auch, daß es ausgeschlossen war, sie anzurufen oder mit ihr zu sprechen, geschweige denn, sie zu sehen, nachdem er sich vor dem Hotel von ihr getrennt haben würde.

»Ich glaube, daß ich schon ziemlich sicher bin«, sagte sie halblaut. »Aber noch nicht ganz.« Es war eine Feststellung von schmerzlicher Aufrichtigkeit. Mochte sie auch noch so unglücklich sein, sie mußte sich zu einer Entscheidung durchringen.

»Und wohin würden Sie sich flüchten?« fragte er, als sie endlich ein Taxi fanden und als Ziel die Rue Castiglione angaben. Er wollte sie nicht direkt vors Hotel bringen lassen, da man nicht wissen konnte, ob die Gäste sich wieder ins Hotel zurückgezogen hatten oder sich noch immer wartend auf dem Platz davor drängten.

Aber für Olivia war Peters letzte Frage leicht zu beantworten. Sie kannte den Ort von früher und hatte damals schon gewußt, daß er für sie immer eine Zuflucht sein würde. »Es gibt einen Ort, den ich seinerzeit kennengelernt habe, als ich hier ein Jahr studierte. Ein kleines Fischerdorf in Südfrankreich. Ich entdeckte es bei meinem ersten Aufenthalt und fuhr dann immer wieder übers Wochenende hin. Es ist nicht schick oder mondän, sondern ganz einfach, aber es ist der Ort, der mir immer Zuflucht bot, wenn ich zu mir selbst zurückfinden mußte. Auch nach Alex' Tod fuhr ich eine Woche hin, fürchtete aber, die Presse würde mich dort aufstöbern, deshalb reiste ich rechtzeitig wieder ab. Ich würde den Ort höchst ungern preisgeben. Und eines Tages möchte ich dorthin zurückkehren und eine Zeitlang bleiben, vielleicht sogar endlich das Buch schreiben, von dem ich glaube, daß ich es im Kopf habe, nur um zu sehen, ob ich es schaffe. Es ist ein zauberhafter kleiner Ort, Peter. Ich wünschte, ich könnte Ihnen das Dorf zeigen.«

»Vielleicht werden Sie es eines Tages«, sagte er mit einem Anflug von Leichtfertigkeit und zog sie enger an sich, als Geste des Trostes und der Hilfe. Er machte keinen Annäherungsversuch und versuchte auch nicht, sie zu küssen. Nichts wäre ihm lieber gewesen, aber aus Achtung vor Olivia und seiner Frau wollte er es nicht. In gewisser Weise stellte Olivia für ihn ein Phantasieprodukt dar, und daß er die ganze Nacht mit ihr verplaudert hatte, war ein kostbares Geschenk, das er immer hochhalten würde. Es war wie im Film. »Wie heißt dieses Dorf?« fragte er, und als sie ihm lächelnd den Namen verriet, war es wieder wie ein Geschenk, fast wie ein Losungswort für sie beide.

»La Favière in der Nähe von Cap Benat in Südfrankreich. Sie müssen hinfahren, wenn Sie es einmal nötig haben sollten. Es ist das Beste, was ich in solchen Situationen empfehlen kann«, flüsterte sie und lehnte den Kopf an seine Schulter. Für den Rest der Fahrt hielt er sie so im Arm, weil er ohne Worte spürte, daß sie es brauchte. Er hätte ihr gern gesagt, daß er immer ihr Freund sein wollte, daß er für sie dasein wollte, wenn sie ihn brauchte, und daß sie sich nie scheuen sollte, ihn anzurufen, aber er war nicht ganz sicher, wie er dies alles ausdrücken sollte. Deswegen schwieg er und hielt sie nur fest. Einen verrückten Moment lang drängte es ihn sogar, ihr zu sagen, daß er sie liebte. Er fragte sich, wie lange es her sein mochte, daß dies jemand zu ihr gesagt hatte, und wie lange es her war, daß jemand mit ihr teilnahmsvoll gesprochen hatte und sich dafür interessiert hatte, was in ihr vorging und was sie fühlte. »Sie sind ein Mensch, dem das Glück gewogen ist«, sagte sie leise zu ihm, als das Taxi in der Rue Castiglione knapp vor der Place Vendôme anhielt, so wie er dem Fahrer Anweisung gegeben hatte.

»Wie kommen Sie darauf, daß ich vom Glück begünstigt sein soll?« fragte Peter neugierig. Das einzige, was ihm glückhaft erschien, war die Tatsache, daß er die ganze Nacht mit ihr zusammen gewesen war und sie einander ihre Seelen geöffnet hatten.

»Weil Sie mit Ihrem Leben zufrieden sind und an das glauben, was Sie tun, und weil Sie noch immer an die Anständigkeit der Menschen glauben. Ich wünschte, ich könnte es noch, aber das ist lange vorbei.« Sie hatte weniger Glück gehabt als Peter, mit dem es das Leben gut gemeint hatte, während es mit Olivia Thatcher besonders hart umgesprungen war. Sie verschwieg ihm, daß sie argwöhnte, seine Ehe sei viel weniger erfüllend, als er sich einredete, weil sie glaubte, daß er es gar nicht merkte. In gewisser Weise war er glücklich dran, weil er noch immer so blind war. Er war aufrichtig und liebevoll und hatte sich alles schwer erarbeitet, und er war gewillt, die Augen vor der Gleichgültigkeit seiner Frau ebenso zu verschließen wie vor ihrem Eingebundensein in ihr eigenes Leben und vor dem empörenden Eindringen seines Schwiegervaters in ihrer beider Leben. Er war in Olivias Augen glücklich, weil er die Leere um sich herum nicht sah. Er mochte sie spüren, aber er sah sie nicht wirklich. Und er war im Grund ein lieber, anständiger Mensch. In dieser Nacht hatte sie so viel Wärme von ihm erfahren, daß sie auch jetzt, kurz vor Tagesanbruch, nicht von ihm wegwollte.

»Ich gehe sehr ungern zurück«, flüsterte sie schläfrig in sein weißes Hemd, im Fond des Taxis an seine Schulter geschmiegt. Nach ihrem stundenlangen Gespräch waren sie beide geschafft, und sie konnte sich kaum mehr wachhalten.

»Ich verlasse Sie sehr ungern«, sagte er aufrichtig und versuchte sich an Kate zu erinnern, aber die Frau, mit der er zusammensein wollte, war Olivia und nicht Kate. Wie mit Olivia in dieser Nacht hatte er noch nie mit jemandem gesprochen. Sie war imstande, so viel zu geben, indem sie teilnahmsvoll zuhörte, obwohl sie selbst einsam, verletzt und ausgehungert war. Wie konnte er es da über sich bringen, sie zu verlassen? Es fiel ihm schwer, sich die Gründe dafür ins Gedächtnis zu rufen.

»Ich weiß, daß ich zurückgehen sollte, aber ich kann mich nicht erinnern, warum.« Sie lächelte schlaftrunken, eingedenk der Paparazzi, für die es ein gefundenes Fressen gewesen wäre, sie in den letzten sechs Stunden zu beobachten. Unglaublich, daß sie so lange aus gewesen waren. Sie hatten stundenlang auf dem Montmartre gesessen und geredet. Um so schmerzlicher war es jetzt, dorthin zurückzukehren, wohin sie gehörten, doch sie wußten, daß es unvermeidlich war. Und Peter erkannte plötzlich, daß er mit Kate noch nie ein solches Gespräch geführt hatte wie mit Olivia. Schlimmer noch, er fing an, sich in sie zu verlieben, und hatte sie dabei noch kein einziges Mal geküßt.

»Wir beide müssen zurück«, sagte er traurig. »Inzwischen müssen ja alle halb verrückt vor Angst um Sie sein. Und ich muß warten, bis ich erfahre, wie es um Vicotec steht.« Wäre das nicht gewesen, er wäre zu gern mit ihr durchgebrannt.

»Und was dann?« Sie meinte Vicotec. »Unsere verschiedenen Welten zerfallen, bleiben getrennt, und wir machen weiter wie bisher. Warum müssen wir die Tapferen mimen?« Sie sah jetzt so aus wie ein schmollendes Kind und klang auch so. Er lächelte, als er ihren Ausdruck sah.

»Ich schätze, das ist so, weil wir dazu ausersehen wurden. Irgendwo hat irgendwann irgendwer gesagt: ›He du, stell dich darauf ein, du gehörst zu den Tapferen.‹ Aber Sie, Olivia, sind eigentlich viel stärker als ich.« Das hatte er in dieser Nacht gespürt, und seine Achtung vor ihr war groß.

»Nein, bin ich nicht«, sagte sie einfach. »Ich habe mich dafür nie freiwillig gemeldet. Von Aussuchen war bei mir keine Rede, ich wurde einfach eingeteilt. Es ist passiert. Das ist nicht Mut, sondern Schicksal.« Sie sah ihn wortlos an und wünschte, er würde ihr gehören, und wußte doch, daß das nie der Fall sein würde. »Danke, daß Sie mir heute gefolgt sind... und für die Tasse Kaffee.« Sie lächelte, und er berührte ihre Lippen mit den Fingern.

»Jederzeit, Olivia... denken Sie daran. Wann immer Sie eine Tasse Kaffee wollen, werde ich zur Stelle sein... New York... Washington... Paris...« Sie wußte, daß er ihr damit seine Freundschaft anbot. Pech für beide, daß es alles war, was er ihr bieten konnte.

»Viel Glück mit Vicotec«, sagte sie, als sie aus dem Taxi ausstiegen. »Wenn es richtig ist, daß Sie all diesen Menschen helfen sollen, Peter, dann wird es auch geschehen. Das glaube ich fest.« Sie blickte ihn an.

»Ich auch«, antwortete er traurig. Sie fehlte ihm jetzt schon. »Geben Sie acht auf sich, Olivia.« Er wollte ihr noch so viel sagen, wollte ihr alles Gute wünschen, sie festhalten, mit ihr in das Fischerdorf unweit von Cap Benat durchbrennen. Warum war das Leben zuweilen unfair? Warum war es nicht großzügiger? Warum konnten sie nicht einfach verschwinden wie Agatha Christie?

Sie standen noch lange schweigend an der Ecke. Schließlich, nachdem er ihr ein letztes Mal die Hand gedrückt hatte, ging sie um die Ecke und rasch über den Platz, ein kleines, graziles Figürchen mit einem weißen T-Shirt und Jeans. Während er ihr nachblickte, fragte er sich, ob er sie jemals wiedersehen würde, und sei es auch nur im Hotel. Als er dann losging, stand sie schon am Eingang des Ritz und winkte ihm ein letztes Mal zu. Er sah es und hätte sich ohrfeigen können, daß er sie nicht geküßt hatte.

Viertes Kapitel

Zu Peters großer Verwunderung schlief er am nächsten Tag bis Mittag. Seine Erschöpfung war groß, da er erst um sechs ins Hotel zurückgekehrt war. Und als er erwachte, konnte er an nichts anderes denken als an Olivia. Ohne sie war er trübsinnig und niedergeschlagen, und als er einen Blick aus dem Fenster warf, sah er, daß es regnete. Lange Zeit saß er nur da und dachte bei Croissants und Kaffee an sie. Vor allem hätte es ihn interessiert, was geschehen war, als sie am frühen Morgen auf ihr Zimmer zurückgekehrt war. Er fragte sich, ob ihr Mann getobt hatte, ob er entsetzt gewesen war, vor Angst außer sich oder nur besorgt. Daß Katie so etwas tat, war für ihn unvorstellbar. Aber noch zwei Tage zuvor hätte er es sich nicht vorstellen können, selbst so etwas zu tun.

Und jetzt wünschte er sich, er hätte mit Olivia die ganze Nacht verplaudern können. Sie hatte zu ihm so offen und aufrichtig gesprochen. Und während er seinen Kaffee austrank, dachte er an einige der Dinge, die sie gesagt hatte, über ihr eigenes Leben und seines. Mit ihren Augen gesehen, hatte er plötzlich eine ganz andere

Sicht auf seine Ehe, so daß sich bei ihm Unbehagen regte, wenn er an Katies Beziehung zu ihrem Vater dachte. Die beiden standen einander so nahe, daß er sich tatsächlich ausgeschlossen fühlte. Vor allem wurmte ihn, daß er Katie von Suchard nichts sagen konnte, nichts von der Ursache der Verzögerung in Paris. Auch wenn er Frank noch nicht informieren wollte, drängte es ihn, sich mit seiner Frau auszusprechen, und wußte doch mit absoluter Gewißheit, daß er es nicht konnte.

Sonderbar, wenn man bedachte, daß es letzte Nacht einfacher gewesen war, mit einer völlig Fremden darüber zu sprechen. Olivia war so mitfühlend und lieb gewesen und hatte sofort erfaßt, wie schwer ihm das Warten auf den Bescheid fiel. Er wünschte sich, wieder mit ihr sprechen zu können. Und als er duschte und sich anzog, ertappte er sich dabei, daß er an nichts anderes dachte als an sie... an ihre Augen... ihr Gesicht... an den wehmütigen Blick zum Abschied und an den Schmerz, den er empfunden hatte, als er ihr nachgesehen hatte. Alles war so unwirklich. Fast war es eine Erleichterung, als das Telefon eine Stunde später läutete. Es war Katie. Plötzlich überkam ihn das Verlangen, die Hand nach ihr auszustrecken, sie an sich zu ziehen, um sich zu vergewissern, daß sie ihn wirklich liebte.

»Ach, hallo«, sagte sie. Für sie war es sieben Uhr morgens, und sie klang gutgelaunt und munter und schon ein wenig in Eile. »Wie ist Paris?«

Er zögerte einen Moment, unsicher, was er ihr sagen konnte. »Schön. Du fehlst mir«, sagte er, während er plötzlich die Anspannung, auf Suchards Anruf warten zu müssen, als drückendes Gewicht auf sich spürte und die vorangegangene Nacht ihm nur noch wie eine Illusion vorkam. Oder war es Olivia, die jetzt real war, und Katie nur ein Traum? Noch immer müde von der Nacht, empfand er alles als sehr verwirrend.

»Wann kommst du zurück?« fragte sie, in der Hand eine Tasse Kaffee, von ihrem Frühstückstisch in Greenwich aus. Sie war in Eile, da sie den Acht-Uhr-Zug nach New York nicht verpassen wollte.

»In ein paar Tagen, hoffe ich«, antwortete er mit Bedacht. »Aber ganz sicher am Wochenende. Suchard hat bei seinen Tests mit einigen Verzögerungen zu kämpfen, deshalb habe ich mich entschieden, hier zu warten. Ich dachte, das würde ihn ein wenig zur Eile antreiben.«

»Sind die Verzögerungen auf etwas Wichtiges zurückzuführen oder nur technischer Art?« fragte sie nach. Fast konnte er sehen, wie Frank gemeinsam mit ihr auf die Antwort wartete. Er war sicher, ihr Vater hatte ihr bereits alles weitererzählt, was Peter ihm am Tag zuvor mitgeteilt hatte. Und wie immer wußte er, daß er jedes Wort auf die Waagschale legen mußte, da ihrem Vater sofort alles zu Ohren kommen würde.

»Es geht um ein paar Kleinigkeiten. Du weißt ja, wie gewissenhaft Suchard ist«, sagte Peter beiläufig.

»Ein richtiger Kleinkrämer, wenn du mich fragst. Der findet auch dort noch Probleme, wo es keine gibt. Daddy sagt, daß es in Genf großartig gelaufen sein soll.« Das hörte sich stolz, aber auch ein wenig kühl an. Im Laufe der Jahre hatte ihre Beziehung einige merkwürdige Wandlungen erfahren. Kate war zu ihm weniger liebevoll als früher, und sie zeigte ihre Zuneigung auch viel seltener, wenn sie nicht in Tändellaune und mit ihm allein war. An diesem Morgen jedenfalls hatte er den Eindruck, als sei es mit ihren Gefühlen für ihn nicht weit her.

»Ja, in Genf ist es toll gelaufen.« Er lächelte in dem Bemühen, sie sich vorzustellen. Doch plötzlich konnte er nur noch Olivias Gesicht in seiner Küche in Greenwich vor sich sehen, eine merkwürdige Form der Halluzination, die ihm Angst einflößte. Katie war sein Leben, und nicht Olivia Thatcher. In dem Bemühen, sich zu konzentrieren, machte er die Augen weiter auf und starrte hinaus in den Regen, der vor seinen Fenstern niederprasselte. »Wie war gestern das Dinner mit deinem Vater?« Er versuchte das Thema zu wechseln. Vicotec wollte er nach Möglichkeit nicht mit ihr besprechen. Es würde am Wochenende das große Thema sein.

»Großartig. Wir haben Pläne für Vineyard geschmiedet. Dad wird versuchen, dieses Jahr ganze zwei Monate zu bleiben.« Das hörte sich erfreut an, und Peter zwang sich, nicht daran zu denken, was Olivia zu ihm über ständige Kompromisse gesagt hatte. Kompromisse gehörten seit nahezu zwanzig Jahren zu seinem Leben, und dieses Leben ging nun weiter.

»Ich weiß, daß er volle zwei Monate bleiben wird. Ihr beide laßt mich also in der Stadt glatt sitzen.« Der Gedanke entlockte ihm ein Lächeln. Da fielen ihm seine Söhne ein. »Wie geht es den Jungen?« Sein Ton verriet, wie sehr er sie liebte.

»Sie sind so beschäftigt, daß ich sie kaum zu Gesicht bekomme. Pat ist mit der Schule fertig, Paul und Mike sind am Tag deiner Abreise nach Hause gekommen, und das Haus sieht wieder mal wie der reinste Zoo aus. Ich bringe meine Zeit damit zu, Socken und Jeans einzusammeln und einzelne Turnschuhe zu Paaren gleicher Größe zusammenzufügen.« Sie wußten beide, daß sie vom Glück begünstigt waren, denn alle Söhne waren gut geraten. Und Peter hatte sich immer schon sehr gern mit ihnen beschäftigt. Als Kate ihm nun das Neueste von ihnen berichtete, spürte er, wie sehr sie ihm fehlten.

»Und was hast du heute vor?« fragte er ein wenig wehmütig. Er mußte noch einen Tag auf Suchards Antwort warten und hatte nicht viel mehr zu tun, als in seinem Zimmer zu sitzen und an seinem Computer zu arbeiten.

»Ich habe in der Stadt eine Ausschußsitzung, anschließend möchte ich mit Dad essen und dann ein paar Sachen für Vineyard besorgen. Die Jungen haben letztes

Jahr unsere Laken ruiniert, und wir könnten neue Handtücher und andere verschiedene Kleinigkeiten brauchen.« Sie schien sehr beschäftigt und zerstreut, und die Tatsache, daß sie sich wieder mit ihrem Vater treffen wollte, war ihm nicht entgangen.

»Ich dachte, du hättest erst gestern mit Frank zu Abend gegessen«, sagte Peter mit einem Stirnrunzeln. Seine Sichtweise der Dinge hatte sich plötzlich um einen Bruchteil verändert.

»Das stimmt. Aber ich habe ihm erzählt, daß ich heute in die Stadt fahre, und da lud er mich auf einen raschen Lunch in sein Büro ein.« Was könnte sie ihm erzählen wollen? Diese Frage schoß Peter durch den Kopf, während er zuhörte. »Und was ist mit dir?« Sie drehte den Spieß einfach um, und er starrte hinaus in den Regen, der auf die Dächer von Paris fiel. Er liebte Paris sogar im Regen. An Paris liebte er einfach alles.

»Tja, ich will heute auf meinem Zimmer arbeiten. Ich habe jede Menge Kleinigkeiten auf meinem Computer mitgebracht.«

»Na, das hört sich ja nicht sehr amüsant an. Warum gehst du nicht wenigstens mit Suchard Abendessen?« Er wollte von Suchard viel mehr als ein Essen, und außerdem wollte er ihn nicht von seiner Arbeit ablenken.

»Ich glaube, er ist ziemlich beschäftigt«, sagte Peter vage.

»Ich auch. Ich muß jetzt laufen, sonst verpasse ich

noch meinen Zug. Soll ich Dad etwas ausrichten?« Peter schüttelte den Kopf. Wenn es etwas gegeben hätte, dann hätte er ihn selbst angerufen oder es Frank per Fax mitgeteilt. Über Katie wollte er Frank keine Nachrichten zukommen lassen.

»Also, amüsier dich schön. In ein paar Tagen sehen wir uns wieder«, sagte Peter. Nichts in seinem Ton verriet ihr, daß er in der Nacht seine Seele vor einer anderen entblößt hatte.

»Arbeite nicht zuviel«, sagte sie gleichmütig, dann legte sie auf. Er saß lange da und dachte an sie. Das Gespräch war unbefriedigend verlaufen, aber typisch für sie. Sie interessierte sich für das, was er tat, und nahm intensiv an allem Anteil, was mit der Firma zusammenhing. Doch es gab Zeiten, da hatte sie für ihn überhaupt keine Geduld, und über ihre innersten Gedanken wurde schon lange nicht mehr gesprochen, ebensowenig wie sie ihre Gefühle teilten. Manchmal fragte er sich, ob sie Angst hatte, sich außer an ihren Vater eng an jemanden zu binden. Der Tod ihrer Mutter in früher Kindheit hatte ihr für immer Angst vor einem Verlust und dem Verlassenwerden eingeflößt, so daß sie sich scheute, enge Bindungen einzugehen, und sich auf ihre Beziehung zu Frank konzentrierte. Frank war ihr ein und alles, und er war immer zur Stelle. Auch Peter war immer für sie da, aber ihr Vater hatte Priorität. Und er erwartete viel von Katie. Er nahm ihre Zeit, ihr Interesse und ihre Aufmerksamkeit total in Anspruch. Doch er gab ihr auch viel, und für seine Großzügigkeit forderte er eine Gegenleistung in Form von viel Zeit und Zuwendung. Freilich genügte das Katie nicht für ihr Leben, sie brauchte ebenso ihren Mann und ihre Söhne. Und doch argwöhnte Peter, daß sie niemanden so sehr wie Frank liebte, weder ihn noch ihre Söhne, obwohl sie es nie eingestanden hätte. Und wenn sie ihren Vater angegriffen glaubte, kämpfte sie wie eine Löwin, um ihn zu schützen, eine Reaktion, die sie für ihre eigene Familie hätte zeigen sollen und nicht für ihren Vater. Das war der unnatürliche Zug ihrer Beziehung, der Peter immer gestört hatte. Ihre Vaterbindung ging über das vernünftige Maß weit hinaus.

Den ganzen Nachmittag verbrachte Peter an seinem Computer, bis er sich schließlich um vier entschloß, Suchard anzurufen. Doch schon kurz darauf kam er sich albern vor. Paul-Louis, den der Anruf im Labor erreichte, gab sich sehr zugeknöpft und sagte, daß er nichts Neues hätte. Es wäre abgemacht gewesen, daß er anrufen würde, sobald die Ergebnisse der letzten Tests vorlägen.

»Ich weiß, es tut mir leid … ich dachte nur …« Peter kam sich dumm vor, weil er so ungeduldig war, aber Vicotec bedeutete ihm so viel, mehr als allen anderen, und nahm seine Gedanken völlig in Anspruch. Ebenso wie Olivia Thatcher. Schließlich war es mit seiner Arbeitslust endgültig vorbei, so daß er sich um fünf Uhr entschloß, sich im Hotel-Pool Bewegung zu verschaffen. Vielleicht würde er seine innere Anspannung beim Schwimmen ein wenig abbauen können.

Schon im Aufzug und erst recht beim Pool hielt er nach Olivia Ausschau. Überall sah er sich nach ihr um, konnte sie aber nirgends entdecken. Er hätte zu gern gewußt, wo sie heute sein mochte und wie sie über die vorangegangene Nacht dachte. Ob es für sie ein seltenes Zwischenspiel oder eine Art Wendepunkt gewesen war. Und er stellte fest, daß ihn noch immer alles verfolgte ... was sie gesprochen hatten, wie sie aussah, die tiefere Bedeutung all dessen, was sie zu ihm gesagt hatte. Ständig sah er ihre großen braunen Augen vor sich, die Unschuld ihres Gesichtes, den Ernst ihrer Miene, die schlanke Figur im weißen T-Shirt, als sie sich getrennt hatten. Aber auch das Schwimmen vermochte nicht, seine Gedanken von ihr abzulenken, so daß er sich nicht viel besser fühlte, als er wieder hinaufging und das Fernsehgerät einschaltete. Er brauchte etwas, irgend etwas, um sich von den Stimmen in seinem Kopf abzulenken, vom Bild einer Frau, die er kaum kannte, und von der Angst, Suchards Test würde Vicotec ein endgültiges Ende bereiten.

Als er den Sender CNN auswählte, präsentierte sich die Welt in ihrem üblichen Zustand. Unruhen im Mittleren Osten, ein kleineres Erdbeben in Japan, eine Bombendrohung im Empire State Building in New York, die Tausende zu Tode erschrockener Menschen auf die Straße getrieben hatte, ein Ereignis, das ihn unverzüglich an die vorangegangene Nacht erinnerte, als er Olivia beobachtet hatte, wie sie sich von der Place Vendôme fortgestohlen hatte und er ihr gefolgt war. Und während ihm dies alles durch den Kopf ging, kam eine Meldung, die ihn an seinem Verstand zweifeln ließ. Der Sprecher von CNN hatte eben ihren Namen genannt. Man sah ein verschwommenes Foto ihres Rückens im weißen T-Shirt, als sie davoneilte, dann ein noch undeutlicheres Bild eines Mannes in einigem Abstand hinter ihr. Von diesem Mann war nur der Hinterkopf zu sehen, kein anderes Merkmal, an dem man ihn hätte erkennen können.

»Die Frau des Senators Anderson Thatcher ist letzte Nacht während einer Bombendrohung im Hotel Ritz in Paris spurlos verschwunden. Zuletzt wurde sie gesehen, als sie eilig die Place Vendôme überquerte, und dieser Mann wurde aufgenommen, als er ihr folgte. Über ihn liegen keine Informationen vor, es steht auch nicht fest, ob er ihr aus böswilligen Gründen folgte, ob planmäßig oder nur zufällig. Er gehörte nicht zu ihren Leibwächtern und ist niemandem bekannt.« Peter erkannte sofort, daß der Mann er selbst war, als er ihr anfangs gefolgt war. Zum Glück hatte ihn niemand erkannt. Ihn aufgrund des Fotos zu identifizieren, war ausgeschlossen. »Mrs. Thatcher wurde seit gestern mitternacht nicht mehr gesehen, es liegen auch keine weiteren Berichte über sie vor. Ein Nachtwächter sagte aus, er glaube, sie am frühen Morgen das Hotel betreten gesehen zu haben, während sie laut anderen Berichten nicht mehr ins Hotel zurückkehrte, nachdem dieses Foto aufgenommen wurde. Zum gegenwärtigen Zeitpunkt ist unklar, ob ein Verbrechen geschah oder ob sie einfach irgendwohin verschwunden ist, um dem Streß eines Lebens in der Politik zu entgehen oder um sich bei Freunden in Paris oder in der Umgebung eine Zeitlang zu erholen, obwohl dies mit dem Vergehen jeder Stunde immer unwahrscheinlicher erscheint. Fest steht nur, daß Olivia Douglas Thatcher verschwunden ist. CNN, Paris.« Peters Blick hing fassungslos am Bildschirm. Eben hatte man eine Montage alter Aufnahmen Olivias gezeigt, dann sah man ihren Mann, der interviewt wurde. Als der Reporter einfließen ließ, es sei vielleicht nicht auszuschließen, daß sie seit dem Tod ihres Sohnes Alex an Depressionen litt, wurde dies von Andy Thatcher bestritten. Thatcher fügte hinzu, er sei sicher, daß seine Frau am Leben und wohlauf sei, wo immer sie sich befände. Im Fall einer Entführung würde man gewiß bald von den Verantwortlichen etwas hören. Er wirkte sehr offen und erstaunlich gelassen. Seine Augen waren trocken, Anzeichen von Panik ließ er nicht erkennen. Als nächstes berichtete der Reporter, daß den ganzen Nachmittag über die Polizei die Telefonanschlüsse Thatchers und seiner Mitarbeiter überwacht hätte, da man auf eine Nachricht wartete. Aber etwas an Andy Thatchers Miene erweckte bei Peter den Eindruck, der Senator hätte sich die Wartezeit mit Wahlkampfarbeit vertrieben und sei vom Verschwinden seiner Frau nicht annähernd so berührt, wie es jeder andere gewesen wäre. Peter bekam es plötzlich mit der Angst zu tun, als er überlegte, was aus ihr geworden sein mochte, nachdem sie sich getrennt hatten.

Er hatte sich kurz nach sechs von ihr verabschiedet und gesehen, wie sie das Hotel betreten hatte. Was konnte ihr nur zugestoßen sein? Er fühlte sich verantwortlich für sie, sehr sogar, und fragte sich, ob ein Verbrechen dahintersteckte und sie auf dem Weg zu ihrem Zimmer entführt worden war. Er spielte diese Version in Gedanken mehrfach durch, ohne daß er ernsthaft daran geglaubt hätte. Die Vorstellung einer Entführung war zwar höchst beunruhigend, doch wurde er das Gefühl nicht los, daß etwas anderes dahintersteckte. Der Name *Agatha Christie* wollte ihm nicht aus dem Sinn. So unerträglich der Gedanke war, ihr könnte etwas zugestoßen sein, wurde er den Verdacht nicht los, daß es sich ganz anders verhielt. Gestern nacht war sie für kurze Zeit einfach auf und davon. Nichts leichter, als daß sie es wieder getan hatte. Vielleicht hatte sie es plötzlich nicht mehr ertragen, sich wieder ihrem Leben zu stellen, obwohl er wußte, daß sie sich dazu verpflichtet fühlte. Aber sie hatte auch gesagt, daß sie es nicht sehr viel länger aushalten konnte.

In Gedanken ständig bei ihr, fing Peter an, in seinem Zimmer auf und ab zu laufen, und nach ein paar Minuten wußte er, was er zu tun hatte. Es war peinlich, gewiß, aber wenn ihre Sicherheit davon abhing, war es den Versuch wert. Er mußte den Senator informieren, daß er mit ihr aus gewesen war, wohin sie gegangen waren und daß er sie am Morgen zurück ins Hotel gebracht hatte. Er wollte auch erwähnen, daß von La Favière die Rede gewesen war. Je länger Peter darüber nachdachte, desto überzeugter war er, daß sie sich in das Küstendorf geflüchtet hatte. Es war der Ort, von dem er instinktiv wußte, daß sie dort Zuflucht suchen würde. So kurz er sie kannte, erschien es ihm doch ganz klar. Und obgleich Andy Thatcher bestimmt wußte, wieviel La Favière ihr bedeutete, hatte er wahrscheinlich gar nicht daran gedacht. Peter wollte ihn darauf aufmerksam machen und ihm raten, die Polizei solle dort nach ihr fahnden. War Olivia aber dort nicht zu finden, mußte sie ernsthaft in Schwierigkeiten sein.

Peter verlor keine Zeit damit, auf den Lift zu warten, und lief direkt zur Treppe, um die zwei Absätze zur Etage der Thatchers hinaufzuhasten. Sie hatte ihre Zimmernummer erwähnt, und er sah sofort, daß auf dem Korridor davor Polizei und Leute vom Geheimdienst standen und beratschlagten. Alle wirkten sehr gedämpft, schienen aber nicht sonderlich besorgt. Von heller Aufregung war keine Rede, nicht einmal direkt vor ihrer Suite. Man beobachtete ihn aufmerksam, als er näher kam. Er sah sehr seriös aus, nicht zuletzt, weil er beim Verlassen des Zimmers rasch seine Jacke angezogen hatte.

Seine Krawatte trug er in der Hand, und plötzlich regten sich bei ihm Zweifel, ob Anderson Thatcher ihn überhaupt empfangen würde. Eigentlich hatte er auch die ganze Sache für sich behalten wollen. Dem Senator zu eröffnen, daß er sechs Stunden lang mit seiner Frau auf dem Montmartre Kaffee getrunken hatte, würde sehr peinlich sein, doch fand es Peter wichtig, bei der Wahrheit zu bleiben.

An der Tür angekommen, bat Peter, den Senator sprechen zu dürfen, und der diensthabende Leibwächter fragte ihn, ob er bekannt mit ihm sei, was Peter verneinen mußte. Daraufhin stellte sich Peter vor und kam sich nun albern vor, weil er nicht zuerst angerufen hatte, doch war er sehr in Eile gewesen und einzig darauf bedacht, Olivias Mann so rasch wie möglich zu sagen, wo sie sich seiner Meinung nach versteckt hielt.

Als der Leibwächter die Suite betrat, konnte Peter Gelächter und Lärm hören. Der Raum war verqualmt, ein lautes, angeregtes Gespräch war im Gange. Fast hörte es sich an wie eine Party. Es hätte ihn interessiert, ob es um die Suche nach Olivia ging oder ob man tatsächlich den Wahlkampf oder andere politische Fragen diskutierte, wie er vorhin vermutet hatte.

Der Leibwächter war sofort wieder an der Tür und entschuldigte Senator Thatcher überaus höflich. Er hätte im Moment eine Besprechung, vielleicht würde Mr. Haskell so gut sein und anrufen, so daß die Sache telefonisch besprochen werden könne. Sicher würde Mr. Haskell angesichts all dessen, was sich zugetragen hatte, Verständnis haben. Und Mr. Haskell hatte Verständnis. Was er jedoch nicht verstand, war der Umstand, wieso in dem Raum gelacht wurde, warum alles so ruhig dasaß, warum Olivias Verschwinden bei niemandem Panik auslöste. Kam das bei ihr öfter vor? Oder war es ihrer Umgebung einfach gleichgültig? Oder vermuteten sie wie er, daß sie im Moment die Nase voll hatte und sich für einen oder zwei Tage davongemacht hatte, um zur Ruhe zu kommen?

Er war versucht vorzubringen, daß seine Nachricht mit dem Verschwinden der Frau des Senators zusammenhing. Doch er wußte, daß er sich irren konnte, und je länger er darüber nachdachte, desto klarer wurde ihm, wie peinlich es sein würde, ihr Abenteuer auf der Place de la Concorde vom Abend zuvor preiszugeben. Und warum war er ihr eigentlich gefolgt? Wurde sein Vorgehen mißverstanden, hätte die ganze Sache einen Riesenskandal für sie und für ihn nach sich ziehen können. Nun erst sah er, daß es falsch gewesen war, spontan zu kommen. Er hätte sich mit einem Anruf ankündigen sollen. Deshalb ging er rasch zurück in sein Zimmer, um dies zu erledigen. Kaum hatte er jedoch den Fernseher wieder eingeschaltet, sah er wieder ihr Bild auf CNN. Nun wurde nicht mehr von Entführung gesprochen, sondern von Mord. Alte Fotos ihres verstorbenen Kindes wurden gezeigt sowie Aufnahmen von ihr bei der Beerdigung, als sie in Tränen aufgelöst gewesen war. Die gehetzten Augen, die ihn vom Bildschirm her anstarrten, flehten ihn an, sie nicht zu verraten. Es folgte ein Interview mit einem Psychologen, dessen Spezialgebiet Depressionen waren. Dabei kam zur Sprache, was für verrückte Dinge die Menschen machten, wenn sie die Hoffnung verloren hatten, ein Zustand, der bei Olivia Thatcher vermutlich nach dem Tod ihres Sohnes eingetreten war. Am liebsten hätte Peter ihnen etwas an den Kopf geworfen. Was wußten die denn schon von ihrem Schmerz, ihrem Leben, ihrem Kummer? Mit welchem Recht zerpflückten sie Olivias Leben? Man zeigte Bilder von ihrer Hochzeit und von der Beerdigung ihres Schwagers, ein halbes Jahr, nachdem sie Andy geheiratet hatte.

Peter nahm gerade den Hörer in die Hand, als man anfing, sich über die Tragödien im Hause Thatcher auszulassen, angefangen beim sechs Jahre zurückliegenden Anschlag auf Tom Thatcher bis zum Tod des Sohnes, und jetzt Olivia Thatchers tragisches Verschwinden. In diesem Moment meldete sich die Vermittlung und fragte, wie sie Peter helfen könne. Er war schon im Begriff, die Nummer von Thatchers Suite anzugeben, als ihm plötzlich klar wurde, daß er es nicht tun konnte. Noch nicht. Erst mußte er sich selbst überzeugen. War sie nicht in dem Fischerdorf, dann wußte er, daß ihr etwas zugestoßen sein mußte. Dann würde er Andy schleunigst anrufen. Eigentlich schuldete er ihr nichts, aber nach der vorangegangenen Nacht hatte er doch das Gefühl, er schulde ihr seine Verschwiegenheit. Er konnte nur hoffen, daß er nicht ihr Leben gefährdete, indem er den Anruf aufschob.

Als er wieder auflegte, kündigte der Sprecher von CNN an, daß ihre Eltern, Gouverneur Douglas und seine Frau, bislang zu keinem Kommentar zum Verschwinden ihrer Tochter bereit waren. Die Stimme tönte weiter, während Peter einen Pullover aus dem Schrank holte. Er bedauerte, daß keine Jeans in seinem Gepäck waren, aber er hatte ja nicht ahnen können, daß er in eine Situation geraten würde, in der er sie gebraucht hätte, und für geschäftliche Besprechungen packte er sie nicht ein.

Nachdem er die Rezeption angerufen und erfahren hatte, daß es um diese späte Stunde keine Flüge mehr nach Nizza gäbe und der letzte Zug in fünf Minuten abfahre, bestellte er einen Mietwagen und eine Straßenkarte für die Fahrt von Paris nach Südfrankreich. Als man ihm einen Chauffeur anbot, erklärte er, daß er selbst fahren wolle, obwohl er wußte, daß es mit einem Fahrer schneller und einfacher gewesen wäre. Aber auch weniger diskret und ungestört. Man sagte ihm, daß in einer Stunde alles für ihn bereit sein würde und er den Wagen am Haupteingang in Empfang nehmen könne. Die Straßenkarte würde er im Wagen vorfinden. Es war jetzt sieben Uhr vorbei, und als er um acht hinunterging, erwartete ihn ein neuer Renault mit einem Stapel Autokarten auf dem Beifahrersitz. Der Türsteher erklärte ihm äußerst zuvorkommend, wie man aus Paris hinausfand. Peter hatte keine Tasche bei sich, überhaupt kein Gepäck. Ein Apfel, eine Flasche Evian und seine Zahnbürste, die er in die Tasche gesteckt hatte, waren alles, was er mitgenommen hatte. Und als er sich ans Steuer setzte, verspürte er das Fluidum einer Fahrt ins Blaue. Er hatte vereinbart, daß er notfalls den Wagen in Nizza oder Marseille lassen und nach Paris zurückfliegen konnte. Aber das würde er nur tun, wenn seine Suche erfolglos blieb. Fand er Olivia, war es allerdings sehr fraglich, ob sie mit ihm zurückfahren würde, obwohl sich auf der Rückfahrt Gelegenheit für lange Gespräche geboten hätte. Ihr lag offenbar viel auf der Seele, und er konnte ihr vielleicht helfen, damit ins reine zu kommen.

Auch um diese späte Stunde war die Autoroute de Soleil ziemlich befahren. Erst nach Orly wurde der Verkehr spärlicher, und er konnte die nächsten zwei Stunden schneller fahren, bis er Pouilly erreichte. Inzwischen hatte tiefer Frieden sich seiner bemächtigt. Er war nicht sicher, warum, aber er spürte, daß er für sie das Richtige tat. Und zum ersten Mal seit Tagen fühlte er sich frei von Sorgen und Kümmernissen. In einem Wagen durch die Nacht zu rasen weckte in ihm das Gefühl, alle Schwierigkeiten hinter sich gelassen zu haben. Ebenso wundervoll war es gestern gewesen, mit ihr zu plaudern, als hätte man an einem unerwarteten Ort einen Freund gefunden. Beim Fahren sah er nur ihr Gesicht vor sich, ihre Augen, die ihn nicht losließen, so wie beim ersten Mal, als er sie gesehen hatte. Er dachte an den Abend, als er ihr im Hotel-Pool begegnet war und sie von ihm fortgeschwommen war wie ein kleiner, geschmeidiger schwarzer Fisch... und dann, als sie über die Place Vendôme gelaufen war... in die Freiheit... und auf dem Rückweg der hoffnungslose Blick in ihren Augen... der Frieden, den sie ausgestrahlt hatte, als sie von ihrem kleinen Fischerdorf geschwärmt hatte. Es war verrückt, ihr durch ganz Frankreich zu folgen, da er sie kaum kannte. Und doch mußte er es tun, so wie es ihn gestern gedrängt hatte, ihr über den Platz zu folgen. Aus Gründen, die ihm und jedem anderen zu diesem Zeitpunkt noch unbegreiflich waren, mußte er sie finden.

Fünftes Kapitel

Die Strecke nach La Favière zog sich unendlich hin und war langweilig, doch dank der Geschwindigkeit, mit der er fahren konnte, ging es schneller als erwartet. Genau zehn Stunden benötigte er bis ans Ziel. Um sechs Uhr morgens, just bei Sonnenaufgang, fuhr er langsam in den kleinen Ort ein. Der Apfel war längst verspeist, die Flasche Evian lag fast leer auf dem Sitz neben ihm. Einoder zweimal hatte er angehalten und Kaffee getrunken. Er hatte ständig Radio gehört, um nicht einzuschlafen, und war mit heruntergekurbelten Fenstern gefahren. Als er jetzt jedoch am Ziel ankam, war er fix und fertig. Es war immerhin die zweite Nacht hintereinander, die er nicht geschlafen hatte. Seine Erleichterung über die Ankunft und das Adrenalin, das ihn angetrieben hatte, nahmen allmählich ab, und er merkte, daß er unbedingt eine Stunde schlafen mußte, ehe er mit der Suche nach ihr beginnen konnte. Es war ohnehin noch zu früh. Von den Fischern abgesehen, die sich an der Mole zusammenfanden, lag ganz La Favière noch in tiefem Schlummer. Peter fuhr an den Straßenrand und kletterte auf den Rücksitz. Sein Lager war zwar eng, aber es reichte.

Als er erwachte, war es neun. Er hörte in der Nähe Kinder spielen. Ihre Stimmen wurden lauter, als sie vorüberrannten, und über sich hörte Peter Möwen schreien. Von einer Vielzahl von Geräuschen umgeben, setzte er sich auf. Er fühlte sich wie ein lebender Leichnam. Hinter ihm lagen eine lange Nacht und eine lange Fahrt. Aber wenn er Olivia fand, hatten sich alle Strapazen gelohnt. Als er sich streckte und räkelte, erhaschte er einen Blick auf sich im Rückspiegel und lachte auf. Er sah katastrophal aus, wie ein richtiger Kinderschreck.

Er kämmte sich und putzte sich mit dem Rest Evian die Zähne. Als er schließlich ausstieg, um mit seiner Suche anzufangen, sah er so anständig aus, wie unter den Umständen möglich. Da er keine Ahnung hatte, wo er beginnen sollte, folgte er langsam den Kindern, deren Geschrei ihn geweckt hatte, zur Bäckerei, wo er ein *pain au chocolat* kaufte. Dann ging er wieder zurück zum Hafen, um übers Wasser hinauszublicken. Die Fischerboote waren bereits ausgelaufen, im Hafen lagen nur noch kleine Schlepper und Segelboote. Alte Leute standen in Gruppen beisammen und diskutierten über Gott und die Welt, während die Jüngeren draußen beim Fischfang waren. Inzwischen stand die Sonne schon hoch am Himmel, und als Peter um sich blickte, sah er, daß Olivia recht gehabt hatte. Es war der ideale Zufluchtsort, friedlich und schön. Das Dorf schien etwas ganz Besonderes an sich zu haben, etwas, das so kostbar und voller Wärme war wie die Umarmung eines alten Freundes. Peter aß sein *pain au chocolat* zu Ende, zu dem er sich eine Tasse Kaffee wünschte, und wanderte dabei langsam über den Sand des langgestreckten Strandes, der sich an den Hafen anschloß. Von Sonne und Meer fasziniert, fragte er sich, wie er Olivia finden sollte. Nachdem er fast die ganze Länge des Sandstrandes abgeschritten hatte, setzte er sich auf einen Felsbrocken. Er fragte sich, ob sie wütend sein würde, wenn er sie aufstöberte, falls sie überhaupt hier war. Da blickte er auf und sah ein zierliches Mädchen um die Ecke biegen, von einem anderen Strand her, der hinter dem ersten lag. Barfüßig, in T-Shirt und Shorts, sah sie klein und zierlich aus, und ihr dunkles Haar wehte in der Brise. Sie sah ihn an und lächelte. Er konnte nicht anders, als sie anzustarren. Es war so, wie es sein sollte. So zwanglos, so einfach. Sie war da und lächelte ihm über den Ufersand hinweg zu, als hätte sie auf ihn gewartet. Und mit einem Lächeln, das allein ihm galt, kam Olivia Thatcher langsam auf ihn zu.

»Ich kann nicht annehmen, daß es sich um einen Zufall handelt«, sagte sie leise, als sie sich auf den Stein neben ihm niederließ. Seine Fassungslosigkeit hätte nicht größer sein können. Seitdem er sie erspäht hatte, verharrte er in Reglosigkeit, überwältigt, daß er sie gefunden hatte.

»Sie haben gesagt, Sie würden zurückgehen«, sagte er,

während sein Blick tief in den ihren tauchte. Er war nicht verärgert, auch nicht mehr verwundert, sondern geistesgegenwärtig und fühlte sich völlig unbefangen.

»Ja, das wollte ich auch. Aber als ich ankam, merkte ich, daß ich es nicht konnte.« Sie sagte es mit traurigem Gesicht. »Woher wußten Sie, wo ich bin?« fragte sie verhalten.

»CNN hat es gemeldet.« Er lächelte, und sie sah entsetzt aus.

»Daß ich hier bin?«

Die Frage brachte ihn zum Lachen. »Nein, liebe Freundin. Man hat nur gemeldet, daß Sie verschwunden seien. Ich brachte den ganzen Tag damit zu, mir vorzustellen, wie Sie, wenn auch widerwillig, wieder Ihr Leben als Senatorengattin aufnehmen, bis ich um sechs Uhr die Nachrichten einschaltete, und da meldete man, Sie wären offenbar entführt worden. Dann wurde ein Foto von mir gezeigt, wie ich Ihnen über die Place Vendôme folge, als Ihr möglicher Entführer, aber zum Glück konnte man nicht viel von mir erkennen.« Er lächelte. Alles war so absurd und ein wenig verrückt. Von ihren angeblichen Depressionen sagte er nichts.

»Du lieber Gott, davon hatte ich ja keine Ahnung.« Sie machte ein nachdenkliches Gesicht, als sie verarbeitete, was er eben gesagt hatte. »Ich wollte Andy eine Nachricht hinterlassen und ihm mitteilen, daß ich in ein paar Tagen wieder zurück sein würde. Aber selbst das habe ich unterlassen. Ich bin einfach auf und davon. Und bin hergefahren. Mit dem Zug«, setzte sie als Erklärung hinzu. Er nickte, während er sich noch immer bemühte zu verstehen, was ihn hergeführt hatte. Er war ihr zweimal gefolgt, von einer Kraft bewegt, die er nicht erklären, der er aber auch nicht widerstehen konnte. Ihre Augen blickten ihn tief an, und keiner der beiden rührte sich. Sein Blick war eine Liebkosung, aber keiner der beiden unternahm den Versuch, den anderen zu berühren. »Ich bin froh, daß Sie gekommen sind«, sagte sie leise.

»Ich auch …« Er sah aus wie ein kleiner Junge, weil ein Windstoß sein dunkles Haar zerzauste und es ihm in die Augen wehte, die von der Farbe des Sommerhimmels waren. »Ich war mir nicht sicher, ob Sie mir böse sein würden, wenn ich Sie finde.« Das hatte ihm unterwegs die ganze Zeit über Sorgen gemacht. Sie hätte es ihm als unverzeihliche Einmischung auslegen können, daß er ihr gefolgt war.

»Wie könnte ich? Sie waren so nett zu mir … Sie haben mir zugehört … Sie haben sich erinnert.« Sie war außer sich vor Freude, daß er sie hier gefunden hatte … daß ihm so viel daran gelegen war, diesen Versuch zu unternehmen. Die Fahrt von Paris her war lang. Plötzlich sprang sie auf und streckte ihm die Hand entgegen wie ein aufgeregtes kleines Mädchen. »Kommen Sie, ich führe Sie zum Frühstück. Nach der Nachtfahrt müssen

Sie ja am Verhungern sein.« Sie hakte sich bei ihm unter, während sie langsam auf den Hafen zugingen. Sie war barfuß und hatte schmale, anmutige Füße. Der heiße Sand schien ihr nichts auszumachen. »Sind Sie sehr müde?«

Er lachte, eingedenk seiner Erschöpfung nach der Ankunft. »Mir geht es schon wieder besser. Als ich ankam, habe ich drei Stunden geschlafen. In Ihrer Nähe komme ich wenig zum Schlafen.« Dafür war das Leben in ihrer Nähe aber auch nicht langweilig, soviel stand fest.

»Das tut mir echt leid«, sagte sie und führte ihn im nächsten Moment in ein winziges Restaurant, in dem sie Omelettes, Croissants und Kaffee bestellten. Als das Essen gebracht wurde, war es ein duftendes, üppiges Mahl, über das Peter sich mit großem Appetit hermachte, während sie darin nur herumstocherte. Sie ließ ihn nicht aus den Augen, während sie den starken schwarzen Kaffee trank.

»Ich kann noch immer nicht glauben, daß Sie gekommen sind«, sagte sie leise. Sie sah erfreut aus, aber auch irgendwie wehmütig. Andy hätte so etwas nie gemacht. Nicht einmal früher in ihren Anfängen.

»Ich habe versucht, Ihrem Mann von diesem Ort zu erzählen«, sagte er aufrichtig, und plötzlich schien sie sehr besorgt.

»Was haben Sie gesagt? Haben Sie gesagt, wo Sie mich vermuteten?« Sie wollte nicht, daß Andy käme. Peter zu sehen machte ihr nichts aus, im Gegenteil, sie freute sich, daß er gekommen war, aber sie war noch nicht bereit, Andy zu sehen. Er war der eigentliche Grund, weshalb sie sich hierher geflüchtet hatte.

»Ich habe ihm überhaupt nichts gesagt«, beruhigte Peter sie rasch. »Ich hatte zwar die Absicht, aber man hinderte mich daran, als ich zu seiner Suite ging und um eine Unterredung bat. Die Polizei war da, sowie Geheimdienstleute und Leibwächter, und es hörte sich an, als hätte er eine Besprechung.«

»Sicher hat es nichts mit mir zu tun gehabt. Er hat ein unheimlich gutes Gespür dafür, wann er sich zu Recht Sorgen machen muß und wann nicht. Deshalb habe ich keine Nachricht hinterlassen. Vermutlich war es falsch, aber er kennt mich gut genug, um zu wissen, daß es mir gut geht. Ich glaube nicht, daß er befürchtet, ich könnte entführt worden sein.«

»Genau diesen Eindruck hatte ich auch vor der Suite«, sagte Peter langsam. Es hatte jene spürbare Aura der Panik gefehlt, die zu erwarten gewesen wäre, falls ihr Mann wirklich angenommen hätte, sie schwebe in Gefahr. Er glaubte nicht, daß Anderson Thatcher sich Sorgen machte, und deshalb hatte er sich herausgenommen, sie auf eigene Faust zu suchen und ihn erst später zu verständigen. »Werden Sie ihn jetzt anrufen, Olivia?« fragte er besorgt. Er hielt es für angebracht, daß sie sich telefonisch meldete.

»Ich werde es tun – später. Im Moment wüßte ich noch nicht, was ich ihm eigentlich sagen möchte. Ich bin auch nicht sicher, ob ich zurückgehen kann, obwohl ich glaube, daß ich es muß, zumindest für kurze Zeit. Irgendeine Erklärung schulde ich ihm.« Aber was gab es da noch zu erklären… daß sie nicht mehr mit ihm zusammenleben wollte, daß sie ihn einmal geliebt hatte, aber ihre Liebe vergangen war, daß er jede Hoffnung verraten hatte, jeden Funken Anständigkeit, alles, woran ihr jemals gelegen war oder was sie von ihm wollte? Für sie gab es nichts, zu dem sie hätte zurückkehren können. Das hatte sie in der Nacht zuvor entdeckt, als sie den Schlüssel in das Türschloß ihrer Suite steckte und merkte, daß sie es nicht über sich brachte, ihn herumzudrehen. Sie konnte nicht wieder zurück. Sie hätte alles getan, um ihm zu entfliehen. Sie bedeutete ihrem Mann ohnehin nichts mehr. Das wußte sie. Seit Jahren schon. Die meiste Zeit vergaß er ihre Existenz vollständig.

»Olivia, haben Sie die Absicht, ihn zu verlassen?« fragte Peter halblaut, als sie ihr Frühstück beendet hatten. Es ging ihn zwar nichts an, doch hatte er eine Fahrt von zehn Stunden auf sich genommen, um sich zu vergewissern, daß sie in Ordnung und ihr nichts zugestoßen war. Damit hatte er sich wenigstens das Recht auf minimale Information erworben, und das wußte sie.

»Ich glaube schon.«

»Sind Sie sicher? Das dürfte in Ihrer Welt großes Aufsehen erregen.«

»Nicht so groß, als wenn man mich mit Ihnen hier finden würde«, sagte sie lachend, und er stimmte in ihr Lachen ein. In diesem Punkt konnte er ihr nicht widersprechen. Dann wurde sie wieder ernst. »Das Aufsehen schreckt mich nicht ab. Es ist nur leerer Lärm wie lautes Kinderspielzeug zu Halloween. Das ist nicht das Problem. Ich kann einfach nicht mehr mit den Lügen leben, mit dem Schein, mit der Falschheit, die ein Leben in der Politik mit sich bringt. Das reicht mir für mindestens zehn Leben. Und ich weiß, daß ich noch eine Wahl nicht überlebe.«

»Glauben Sie, daß er nächstes Jahr für die Präsidentschaft kandidieren wird?«

»Möglich. Sehr wahrscheinlich sogar«, sagte sie nachdenklich. »Aber wenn er es tut, mache ich nicht mehr mit. Ich schulde ihm etwas, aber das nicht. Das ist zu viel. Wir haben mit den richtigen Grundsätzen angefangen, und ich weiß, daß Alex auch ihm viel bedeutet hat, obwohl er nie da war, wenn er zur Stelle hätte sein sollen. Aber meist brachte ich dafür Verständnis auf. Ich glaube, die Veränderung setzte bei ihm mit dem Tod seines Bruders ein. Damals starb auch ein Stück von Andy. Alles, was er war und wofür er sich engagierte, hat er für die Politik verkauft. Das könnte ich nicht. Und ich wüßte auch nicht, warum ich es sollte. Ich möchte nicht wie meine Mutter enden. Sie trinkt zuviel, sie leidet an Migräne, ihre Hände zittern, sie hat Alpträume, sie lebt in ständiger Angst vor der Presse. Und sie fürchtet ständig, eine für meinen Vater peinliche Situation zu schaffen. Mit diesem Druck kann auf Dauer kein Mensch leben. Ihr Leben ist eine Katastrophe, seit Jahren schon. Aber sie sieht großartig aus. Sie hat sich die Augenpartie korrigieren und ihr Gesicht straffen lassen, und sie verbirgt ihre Ängste sehr geschickt. Daddy schleppt sie nach wie vor zu jeder Versammlung, zu jedem Vortrag, jeder Wahlrede und Kundgebung. Wäre sie ehrlich, dann würde sie zugeben, daß sie ihn deshalb haßt, aber das würde sie nie tun. Er hat ihr Leben ruiniert. Schon vor Jahren hätte sie ihn verlassen sollen. Hätte sie es getan, dann wäre sie vielleicht noch immer ein heiler, unversehrter Mensch. Ich glaube, sie ist nur bei ihm geblieben, damit er keine Wahl verliert.« Peter hörte ihr mit ernster Miene zu, zutiefst aufgewühlt von ihren Worten. »Hätte ich geahnt, daß Andy in die Politik geht, ich wäre nie seine Frau geworden. Aber ich hätte es mir denken können«, sagte Olivia mit traurigem Blick.

»Sie haben ja nicht wissen können, daß sein Bruder getötet werden würde, auch nicht, daß man an Ihren Mann herantreten würde«, sagte Peter fairerweise.

»Vielleicht ist das nur eine Entschuldigung, vielleicht wäre es ohnehin schiefgegangen. Wer weiß.« Sie zog die Schultern hoch und blickte weg, aus dem Fenster. Fischerboote sprenkelten spielzeugklein den Horizont. »Hier ist es so schön… ich wünschte, ich könnte für immer hier bleiben.« Es hörte sich an, als sei es ihr Ernst.

»Wirklich?« fragte er leise. »Werden Sie hierher zurückkehren, wenn Sie ihn verlassen?« Er wollte wissen, wo er sie sich vorzustellen hatte, in welcher Umgebung er sie vor seinem geistigen Auge erstehen lassen sollte, wenn er während der langen kalten Winternächte in Greenwich an sie dachte.

»Vielleicht«, antwortete sie, noch immer unsicher hinsichtlich so vieler Dinge. Sie wußte, daß sie nach Paris mußte, um mit Andy zu sprechen, obwohl sie sich dagegen sträubte. Nachdem sie den Mythos von ihrer Entführung zwei Tage lang hatte wild wuchern lassen, konnte sie sich gut vorstellen, was für einen Wirbel es geben würde, wenn sie nach Paris zurückkäme.

»Gestern habe ich mit meiner Frau gesprochen«, sagte Peter leise, während Olivia dasaß und wortlos an ihren Mann dachte. »Es war merkwürdig, mit ihr zu reden, nach allem, was wir vorgestern nacht gesprochen haben. Immer habe ich verteidigt, was sie tut… auch ihre Beziehung zu ihrem Vater, obwohl ich nicht wirklich einverstanden damit war und bin. Aber nach dem Gespräch mit Ihnen kam plötzlich der ganze Unmut in mir hoch.« Er war zu ihr ganz offen, weil er das Gefühl hatte, ihr alles sagen zu können, was er empfand. Und sie, in ihrer aufrichtigen und mitfühlenden Art, war darauf bedacht, ihn nicht zu verletzen, und das spürte er. »Vorgestern war sie mit ihm abends essen. Gestern war sie mit ihm zum Lunch. Im Sommer wird sie zwei Monate mit ihm verbringen, Tag und Nacht. Manchmal habe ich das Gefühl, als wäre sie mit ihm verheiratet und nicht mit mir. Vermutlich habe ich dieses Gefühl immer schon gehabt. Mein einziger Trost war es, daß wir ein gutes Leben führten, daß unsere Söhne prächtig geraten sind und daß ihr Vater mich in der Firma nach Belieben schalten und walten läßt.« Sonderbar, lange Zeit war ihm das als sehr viel erschienen, aber jetzt nicht mehr.

»Läßt er Sie wirklich machen, was Sie wollen?« Jetzt bohrte sie weiter, wie sie es in Paris nicht gewagt hätte. Aber diesmal hatte er das Thema selbst zur Sprache gebracht. Und jetzt kannten sie einander schon besser. Daß er nach La Favière gekommen war, hatte ihn ihr noch nähergebracht.

»Frank läßt mich so gut wie immer machen, was ich will. Meistens jedenfalls«. Weiter ließ er sich nicht darüber aus. Sie befanden sich auf gefährlichem Terrain. Sie war bereit, Andy aus ureigenen Gründen zu verlassen, er aber hatte kein Verlangen, das häusliche Boot mit Katie ins Wanken zu bringen. In diesem Punkt war er sicher.

»Und wenn Vicotec bei den Tests durchfällt, die jetzt durchgeführt werden? Was wird dann sein?«

»Dann wird er hoffentlich auch in Zukunft dahinterstehen. Wir müssen einfach weiterforschen, obwohl es sehr kostspielig sein wird.« Das war die größte Untertreibung aller Zeiten, doch konnte er sich nicht vorstellen, daß Frank jetzt einen Rückzieher machte. Vicotec war ein einzigartiges Produkt. Man würde der FDA einfach mitteilen, daß die Entwicklung noch nicht abgeschlossen war.

»Wir alle machen Kompromisse«, sagte Olivia leise. »Ein Problem wird daraus nur, wenn man glaubt, man hätte zu viele gemacht. Vielleicht trifft das bei Ihnen zu, vielleicht auch nicht. Es spielt auch keine Rolle, solange man glücklich ist. Sind Sie es?« fragte sie mit großen Augen. Sie fragte nicht als Frau, sondern als gute Freundin.

»Ich glaube schon.« Plötzlich sah er ratlos aus. »Das habe ich zumindest immer geglaubt, aber um ehrlich zu sein, Olivia, wenn ich Ihnen so zuhöre, dann kommen mir Zweifel. Ich habe in so vielen Dingen nachgegeben. Wo wir wohnen, wo die Kinder zur Schule gehen, wo wir unsere Ferien verbringen. Und dann denke ich mir, na und, wen kümmert es? Das Problem ist nur, daß es mich wahrscheinlich doch kümmert. Vielleicht wäre es mir sogar einerlei, wenn Katie für mich da wäre, aber plötzlich suche ich sie und merke, daß sie nicht da ist. Sie ist entweder auf irgendeiner Sitzung, tut etwas für sich oder die Kinder, oder sie ist bei ihrem Vater. So geht es schon geraume Zeit, mindestens seitdem die Jungen aus dem Haus und im Internat sind, vielleicht sogar schon länger. Aber ich war so beschäftigt, daß ich mir gar nicht gestattet habe, es wahrzunehmen. Doch ganz plötzlich, nach achtzehn Jahren, habe ich niemanden, mit dem ich reden kann. Und jetzt bin ich hier und rede mit Ihnen, in einem Fischerdorf in Frankreich, und ich sage zu Ihnen Dinge, die ich zu ihr nie sagen könnte... weil ich ihr nicht traue. Eine vernichtende Feststellung«, sagte er bekümmert, »und doch...« Er sah sie an und griff über den Tisch nach Olivias Hand. »Ich möchte sie nicht verlassen. Ich habe es nie in Erwägung gezogen. Ich kann mir nicht vorstellen, sie zu verlassen oder ein anderes Leben zu führen als das mit unseren Söhnen... aber plötzlich ist mir etwas klargeworden, das ich vorher nie wußte oder dem ich mich nie zu stellen wagte. Ich bin jetzt ganz allein.« Olivia nickte wortlos. Das war etwas, das sie selbst zu gut kannte, etwas, das sie seit dem ersten Gespräch in Paris auch bei Peter vermutet hatte, obwohl sie fast sicher war, daß es ihm selbst nicht bewußt gewesen war. Die Dinge hatten sich in eine gewisse Richtung entwickelt, bis er plötzlich in eine für ihn völlig unerwartete Situation geraten war. Er sah Olivia offen an. In den letzten zwei Tagen hatte er noch etwas entdeckt. »Egal was ich fühle oder wie sehr sie mich im Stich gelassen hat, ich bin nicht sicher, ob ich je den Mut haben werde, sie zu verlassen. Es gäbe zu viel zu entwirren.« Allein der Gedanke, sein Leben von neuem beginnen zu müssen, bedrückte ihn.

»Leicht würde es nicht sein«, sagte Olivia leise, eingedenk dessen, was ihr bevorstand, und hielt seine Hand fest. Sie dachte wegen seiner Einstellung nicht geringer von ihm. Im Gegenteil, sie achtete ihn sogar höher, weil er es über sich brachte, es auszusprechen. »Es macht auch mir angst. Aber Sie haben wenigstens ein Leben mit ihr, mag es mit Mängeln behaftet sein. Sie ist da, sie spricht mit Ihnen, sie nimmt auf ihre Weise Anteil, selbst wenn es begrenzte Anteilnahme ist und sie zu sehr an ihrem Vater hängt. Aber es muß bei ihr auch Loyalität zu Ihnen und den Kinder vorhanden sein. Sie haben ein gemeinsames Leben, Peter, auch wenn es alles andere als vollkommen ist. Andy und ich haben nichts. Seit Jahren nicht mehr. Fast von Anbeginn an war er immer fort.« Peter argwöhnte, daß das leider die Wahrheit war, und machte erst gar nicht den Versuch, ihren Mann zu verteidigen. »Dann sollten Sie ihn verlassen.« Sie kam ihm besorgniserregend verletzlich und zart vor. Sie sich allein vorzustellen, sogar hier, in diesem alten Fischerdorf, war ihm nicht geheuer. Und ihn verfolgte der Gedanke, wie schmerzlich es sein würde, sie nicht wiederzusehen. Nach nur zwei Tagen war sie für ihn unendlich wichtig geworden, so daß er sich nicht vorstellen konnte, wie es sein würde, wenn er nicht mehr mit ihr sprechen konnte. Die Legende, auf die er im Hotellift einen flüchtigen Blick hatte werfen können, war zur Frau geworden.

»Könnten Sie eine Zeitlang zu Ihren Eltern gehen, bis

sich alles wieder beruhigt hat, und dann hierher zurückkommen?« Er versuchte, ihr dabei zu helfen, sich einen Plan zurechtzulegen, und sie lächelte. Sie waren zu echten Freunden, zu Komplizen, geworden.

»Vielleicht. Ich bin nicht sicher, ob meine Mutter stark genug ist und es bewältigen könnte, schon gar nicht, wenn Vater gegen mich Stellung bezieht und Andys Partei ergreift.«

»Wie angenehm.« Peter sah mißbilligend drein. »Glauben Sie, daß er das tun würde?«

»Es wäre möglich. Politiker halten meist zusammen. Mein Bruder gibt Andy in allem recht, und auch Vater unterstützt ihn immer. Das ist schön für sie und schlimm für uns andere. Und mein Vater vertritt die Meinung, Andy sollte für die Präsidentschaft kandidieren. Ich glaube nicht, daß er es wohlwollend hinnehmen würde, wenn ich alles hinwerfe. Das würde Andys Chancen mindern oder ihn sogar ganz aus dem Rennen werfen. Ein geschiedener Präsident ist undenkbar. Ich persönlich glaube, daß ich ihm einen Gefallen damit täte. Ich bin überzeugt, daß dieser Job ein Alptraum, ein wahres Höllenleben ist. Mich würde er jedenfalls umbringen.« Er nickte, erstaunt, dies alles mit ihr zu diskutieren. Mochte sein Leben noch so kompliziert sein, zumal jetzt, da Vicotec auf der Kippe stand, so war es doch viel einfacher als ihres. Sein Leben war wenigstens nicht öffentlich, während bei ihr jeder Schritt kritisch begutachtet wurde. Und in seiner Familie hatte keiner auch nur die entfernteste Absicht, für ein öffentliches Amt zu kandidieren, bis auf Katie für den Schulbeirat. In Olivias Familie hingegen gab es einen Gouverneur, einen Senator, einen Kongreßabgeordneten und vermutlich in nicht allzu ferner Zukunft einen Präsidenten, vorausgesetzt, sie verließ ihren Mann nicht. Wirklich staunenswert.

»Glauben Sie, Sie könnten sich zum Bleiben entschließen, wenn er sich für die Kandidatur entscheidet?«

»Ich wüßte nicht, wie. Es käme einem Verrat gleich. Aber möglich ist alles … sofern ich den Verstand verliere oder er mich gefesselt und geknebelt in einen Schrank sperrt. Er könnte den Leuten ja weismachen, ich schliefe.« Peter mußte lächeln. Arm in Arm gingen sie hinaus, nachdem er gezahlt und nicht schlecht gestaunt hatte, wie preiswert man hier essen konnte.

»Wenn er das tut, dann müßte ich kommen und Sie wieder retten«, sagte er mit einem Grinsen, als sie sich an der Mole niederließen und die Füße über dem Wasser baumeln ließen. Sie bildeten einen interessanten Kontrast, da er noch immer sein weißes Hemd und die Anzughose trug und sie noch immer barfüßig war.

»Ist es das, was Sie auch diesmal getan haben?« fragte sie und lehnte sich mit breitem Lächeln leicht an ihn. »Mich gerettet?« Ihre Miene zeigte an, daß ihr diese Definition gefiel. Seit Jahren hatte sie niemand mehr gerettet, und es war für sie eine höchst willkommene Geste.

»Ich dachte, ich würde Sie retten … Sie wissen schon – vor Entführern oder Terroristen, oder wem immer der Kerl im weißen Hemd angehörte, der Ihnen von der Place Vendôme weg folgte. In meinen Augen ein zwielichtiger Typ. Schon aus diesem Grund erschien mir eine Rettung für absolut angebracht.« Er lächelte ihr zu. Die Sonne brannte heiß auf sie nieder, während sie wie Kinder mit baumelnden Beinen auf der Hafenmauer saßen.

»Das gefällt mir«, sagte sie und schlug vor, wieder an den Strand zu gehen. »Wir könnten zu meinem Hotel spazieren und von dort aus ein wenig schwimmen gehen.« Er lachte nur. In seiner Hose war er fürs Schwimmen nicht passend gekleidet. »Wir könnten ja Shorts oder eine Badehose für Sie besorgen. Es wäre jammerschade, das schöne Wetter nicht zu nutzen.«

Er sah sie wehmütig an. Es war ein Jammer, hier nicht alles zu genießen, doch gab es Grenzen dessen, worauf sie ein Recht hatten. »Ich sollte zurück nach Paris. Die Fahrt hat zehn Stunden gedauert.«

»Machen Sie sich nicht lächerlich. Sie können doch die ganze Strecke nicht nur gefahren sein, um hier zu frühstücken. Außerdem haben Sie in Paris nichts zu tun, als auf Nachricht von Suchard zu warten, und der wird vielleicht gar nicht anrufen. Sie könnten im Hotel nachfragen, ob Nachrichten für Sie gekommen sind, und ihn nötigenfalls von hier aus kontaktieren.«

»Damit wäre alles gelöst«, sagte er lachend, weil sie

mit seinen Verpflichtungen so resolut kurzen Prozeß machte.

»Sie nehmen sich ein Zimmer in meinem Hotel, und wir könnten morgen gemeinsam zurückfahren«, sagte sie sachlich und verschob damit ihre Abfahrt um einen weiteren Tag, aber Peter war nicht sicher, ob er es zulassen konnte, obwohl die Einladung mehr als verlockend war.

»Meinen Sie nicht, daß Sie ihn wenigstens anrufen sollten?« Peter äußerte seinen Vorschlag, als sie Hand in Hand in der brennenden Sonne den Strand entlanggingen. Und als er sie ansah, die strahlend neben ihm ging, wurde ihm klar, daß er sich noch nie im Leben so frei gefühlt hatte.

»Nicht unbedingt«, sagte Olivia, die kein bißchen zerknirscht aussah. »Bedenken Sie die Publicity, die er jetzt hat, das Mitgefühl, die Aufmerksamkeit. Es wäre ein Jammer, ihm das alles zu verderben.«

»Sie waren zu lang in der Politik.« Peter mußte unwillkürlich lachen und setzte sich neben sie in den Sand, als sie ihn zu sich herunterzog. Er hatte Schuhe und Socken inzwischen ausgezogen und trug sie in der Hand. Fast kam er sich vor wie ein Strandvagabund. »Sie denken schon wie ein Politiker.«

»Niemals. Nicht mal im allerschlimmsten Fall könnte ich so werden, weil es nichts gibt, was ich mir sehnlichst genug wünsche. Das einzige, was ich mir je im Leben gewünscht habe, habe ich verloren. Jetzt habe ich nichts mehr zu verlieren.« Es war die traurigste Äußerung, die er je gehört hatte. Er wußte, daß sie ihr Kind meinte.

»Olivia, Sie werden eines Tages vielleicht noch Kinder bekommen«, sagte er leise, als sie sich neben ihm auf den Sand legte. Sie schloß die Augen, als könne sie den Schmerz fernhalten, wenn sie ihn nicht sähe. Doch er bemerkte Tränen in ihren Augenwinkeln und wischte sie sachte fort. »Es muß schrecklich gewesen sein ... es tut mir so leid ...« Er wollte mit ihr weinen, sie in den Armen halten, ihr den Kummer abnehmen, den sie in den vergangenen sechs Jahren erlebt hatte. Doch er kam sich hilflos vor und konnte nichts tun.

»Es war schrecklich«, flüsterte sie mit noch immer geschlossenen Augen. »Danke, Peter ... daß Sie mein Freund sind ... und daß Sie hier sind.« Nun erst schlug sie die Augen auf und sah ihn an. Ihre Blicke trafen aufeinander und hielten einander lange fest. Er hatte ihretwegen einen langen Weg zurückgelegt, und plötzlich erkannten sie in diesem kleinen Ort in Frankreich, versteckt vor aller Welt, daß sie füreinander da waren, solange wie möglich, solange sie es wagten. Auf einen Ellbogen gestützt, blickte er auf sie nieder und wußte mit absoluter Sicherheit, daß er noch niemals für jemanden so empfunden hatte und auch noch nie einer Frau wie ihr begegnet war. Sie beherrschte sein ganzes Denken und Fühlen.

»Ich möchte für Sie dasein«, sagte er verhalten,

während er ihr Gesicht und ihre Lippen mit seinen Fingern nachzeichnete. »... aber dazu habe ich kein Recht. Noch nie habe ich so etwas gemacht.« Er war innerlich aufgewühlt von ihr, und doch war sie der Balsam, der seine sämtlichen anderen Leiden linderte. Mit ihr zusammenzusein war das Beste, was ihm je widerfahren war, aber auch das Verwirrendste.

»Ich weiß«, sagte sie ganz leise. Mit ihrem Bauch, ihrer Seele, ihrem Herzen wußte sie alles über ihn. »Ich erwarte nichts von dir«, erklärte sie. »Du warst schon mehr für mich da als jeder andere in den letzten zehn Jahren. Mehr kann ich nicht verlangen... und ich möchte dich nicht unglücklich machen«, sagte sie, betrübt zu ihm aufblickend. In gewisser Hinsicht wußte sie viel mehr vom Leben als er, von Kummer, Verlust, Schmerz, aber auch vom Betrogenwerden.

»Pst...«, raunte er und legte ihr einen Finger auf die Lippen. Und dann rückte er ohne ein weiteres Wort näher an sie heran, nahm sie in die Arme und küßte sie. Niemand war da, der es sehen konnte, der sich für ihr Tun interessierte, der Fotos von ihnen schießen oder sie an etwas hindern konnte. Sie hatten nur ihr Gewissen und die Hürden, die sie mit eingebracht hatten und die sie nun umgaben wie ans Ufer geschwemmtes Treibgut. Ihre Kinder, ihre Partner, ihre Erinnerungen, ihr Leben. Und doch schien dies alles bedeutungslos, als er sie mit der aufgestauten und vergessenen Leidenschaft vieler

Jahre küßte. Lange lagen sie umschlungen da. Ihre Küsse waren ebenso hungrig wie seine, und ihre Seele noch bedürftiger. Es dauerte lange, ehe sie sich besannen, wo sie waren, und sich voneinander lösten. Dann lagen sie da und sahen einander lächelnd an.

»Ich liebe dich, Olivia«, sagte er atemlos. Er war der erste, der seine Sprache wiederfand. Abermals zog er sie nah an sich heran, und sie lagen Seite an Seite am Strand und schauten in die Sonne. »Nach zwei Tagen muß es sich ziemlich verrückt anhören, aber ich habe das Gefühl, dich schon mein ganzes Leben lang zu kennen. Ich habe kein Recht, es dir auch nur zu sagen... aber ich liebe dich.« Als er auf sie hinuntersah, lag ein Ausdruck in seinen Augen, der noch nie da gewesen war, und sie erwiderte sein Lächeln.

»Ich liebe dich auch. Nur Gott weiß, was uns das alles bringen wird, wahrscheinlich nicht viel, doch war ich noch nie im Leben so glücklich. Vielleicht sollten wir durchbrennen. Zum Teufel mit Vicotec und mit Andy.« Beide lachten, weil sie es so ungeniert sagte, und das Bewußtsein, daß in diesem Augenblick keine Menschenseele wußte, wo sie steckten, war köstlich. Von ihr glaubte man, sie sei entführt worden oder es sei ihr noch Ärgeres zugestoßen, und er war einfach mit einem Mietwagen, einer Flasche Evian und einem Apfel verschwunden. Ein berauschender Gedanke zu wissen, daß kein Mensch auf der Welt sie finden konnte.

Doch da fiel Peter etwas ein. Vielleicht war in diesem Moment schon Interpol auf dem Weg hierher. »Wie kommt es, daß dein Mann nicht auf die Idee kommt, du könntest hier sein?« Für ihn selbst war es sonnenklar gewesen, daher hätte auch Andy darauf kommen müssen.

»Ich habe ihm nie von dem Ort erzählt. Er war immer mein Geheimnis.«

»Ach?« Das wunderte Peter sehr. Ihm hatte sie es gleich am ersten Abend anvertraut. Und Andy hatte sie niemals ein Wort davon gesagt? Er fühlte sich geschmeichelt. Ihr Vertrauen in ihn schien außergewöhnlich, aber das beruhte auf Gegenseitigkeit. Es gab nichts auf der Welt, was er ihr nicht gesagt hätte oder hatte. »Ich denke, wir sind hier sicher. Für einige Stunden zumindest.« Er war noch immer entschlossen, am späten Nachmittag zurückzufahren, aber nachdem sie für ihn eine Badehose gekauft hatten und Seite an Seite im Ozean geschwommen waren, schwankte er in seinem Entschluß. Es war hier viel aufregender, als mit ihr im Pool des Ritz zu schwimmen. Damals hatte er sie noch gar nicht gekannt, und sie hatte nur eine ferne Versuchung dargestellt. Aber hier schwamm sie ganz dicht bei ihm, und er konnte es kaum aushalten.

Sie sagte, daß das Schwimmen im Meer sie ängstige, auch Segeln mochte sie nicht. Sie fürchtete Strömungen und Gezeiten und die Fische um sie herum. Doch mit ihm zusammen fühlte sie sich sicher, und sie schwammen hinaus zu einem kleinen an einer Boje festgemachten Boot, kletterten hinein und ruhten sich eine Weile aus. Es kostete ihn seine ganze Kraft, sie nicht gleich jetzt in dem kleinen Boot zu nehmen. Aber er wollte sich an ihre Übereinkunft halten, da Peter felsenfest davon überzeugt war, daß alles verdorben wäre, wenn etwas zwischen ihnen vorfiele. Ihr Schuldbewußtsein würde sie verzehren, und beide wußten, daß, was auch immer es war, das zwischen ihnen über Nacht aufgeblüht war, keine andere Zukunft als eine Freundschaft haben konnte. Diese durch eine Torheit aufs Spiel zu setzen, konnten sie sich nicht leisten. Und obwohl Olivias Ehe viel gefährdeter und weniger intakt war als seine, gab sie ihm recht. Eine Affäre mit ihm würde die Sache nur komplizieren, wenn sie zurück nach Paris ginge und sich mit Andy ausspräche. Aber es war nicht einfach, ihre Beziehung möglichst platonisch zu belassen und auf Küsse zu beschränken. Sie sprachen darüber, als sie aus dem Wasser gingen und darum kämpften, sich nicht hinreißen zu lassen. Ihre Körper waren feucht und glatt, als sie sich ganz nahe nebeneinanderlegten. Sie sprachen von allem, was ihnen wichtig war. Über ihre Kindheit, ihre in Washington, seine in Wisconsin. Er erzählte, wie fehl am Platz er sich zu Hause immer gefühlt hatte, wieviel mehr er sich immer gewünscht hatte und wie glücklich er gewesen war, als er Katie gefunden hatte.

Sie stellte Fragen über seine Familie, und er redete

über seine Eltern und seine Schwester. Daß Mutter und Schwester an Krebs gestorben waren und warum Vicotec ihm so viel bedeutete.

»Hätte ihnen ein solches Produkt zur Verfügung gestanden, wäre vielleicht alles anders gekommen«, sagte er bekümmert.

»Vielleicht«, sagte sie. »Aber manchmal schafft man es nicht zu gewinnen, egal wie viele Wundermittel man zur Verfügung hat.« Alex hatte man trotz aller Bemühungen nicht retten können. In Gedanken an seine Schwester stützte sie sich seitlich auf und sah ihn an.

»Hatte sie Kinder?« Er nickte und starrte mit Tränen in den Augen in die Ferne. »Kommen sie dich besuchen?«

Er schämte sich seiner Antwort, denn als er Olivia in die Augen sah, merkte er, wie falsch er sich verhalten hatte. Das Zusammensein mit ihr weckte in ihm das Verlangen, alles zu ändern. Er wollte viele Dinge verändern, was bei einigen leichter war als bei anderen.

»Mein Schwager ist fortgezogen und hat noch vor Ablauf eines Jahres wieder geheiratet. Ich habe seit langem nichts mehr von ihm gehört. Ich weiß nicht, warum, vielleicht wollte er unter die Vergangenheit einen Schlußstrich ziehen. Er hat mich erst angerufen und mir gesagt, wo sie leben, als er und seine Frau Geld brauchten. Damals hatten sie schon einige Kinder mehr, glaube ich. Und ich habe mir von Katie einreden lassen, daß schon zu viel Zeit vergangen sei, daß ihnen vermutlich nichts an einem Kontakt läge und daß die Kinder mich ohnehin nicht mehr kennen würden. Ich ließ es dabei bewenden und habe seit langem nichts mehr von ihnen gehört. Als letztes erfuhr ich, daß sie auf einer Farm in Montana leben. Manchmal frage ich mich, ob es Katie nicht sehr gut in den Kram paßt, daß ich, von ihr, den Jungen und Frank abgesehen, keine Familie habe. Sie und meine Schwester konnten einander nicht ausstehen, dazu kam, daß Katie wütend war, weil Muriel und nicht ich die Farm erbte. Aber mein Vater hat richtig gehandelt, als er sie ihr vermachte. Ich wollte und brauchte sie nicht, und das wußte er.« Wieder blickte er Olivia an und erkannte, was er schon seit Jahren wußte und sich aus Achtung vor Katie nie eingestanden hatte. »Es war falsch zuzulassen, daß die Kinder aus meinem Leben verschwanden. Ich hätte nach Montana fahren und sie besuchen sollen.« Das wäre er seiner Schwester schuldig gewesen. Aber es wäre auch schmerzlich gewesen, und es war soviel einfacher, auf Katie zu hören.

»Du könntest es noch immer tun«, erwiderte Olivia liebevoll.

»Das würde ich gern. Wenn ich sie noch ausfindig machen kann.«

»Jede Wette, daß du es schaffst, wenn du es versuchst.«

Er nickte, wohl wissend, was er in der nächsten Zeit

tun mußte. Und dann erschrak er, als sie die nächste Frage stellte.

»Was wäre, wenn du sie nie geheiratet hättest?« fragte Olivia ihn neugierig. Sie liebte es, Spiele mit ihm zu spielen und ihm knifflige Fragen zu stellen.

»Dann hätte ich beruflich nie diese Karriere gemacht«, lautete seine Antwort, worauf Olivia energisch den Kopf schüttelte.

»Da irrst du dich aber gewaltig. Und das ist auch dein ganzes Problem«, sagte sie, ohne auch nur einen Moment zu zögern. »Du glaubst, daß du alles nur ihretwegen erreicht hast. Deinen Job, deinen Erfolg, deine Karriere, sogar dein Haus in Greenwich. Das ist doch Wahnsinn! Du hättest auf jeden Fall Karriere gemacht. Nicht sie hat dich zu dem gemacht, was du jetzt bist, sondern du. Du wärest überall nach oben gekommen, vielleicht sogar in Wisconsin. Du hast den Verstand dazu, und ich könnte mir denken, du hast auch die Fähigkeit, Gelegenheiten zu erkennen und zum Erfolg zu nutzen. Bedenke doch, was du aus Vicotec gemacht hast. Du hast selbst gesagt, es wäre dein Baby.«

»Ganz habe ich es noch nicht geschafft«, sagte er bescheiden.

»Aber das kommt noch. Ganz egal, was Suchard sagt. Ein Jahr, zwei, zehn, wen kümmert es. Du wirst es schaffen«, sagte sie im Brustton der Überzeugung. »Und wenn das nicht klappen sollte, dann wird etwas anderes klappen. Und das hat nichts damit zu tun, mit wem du verheiratet bist.« Sie irrte sich nicht, nur wußte er es nicht. »Ich bestreite ja nicht, daß die Donovans dir eine Chance gegeben haben, aber das hätten andere auch getan. Und sieh doch, was du ihnen im Austausch dafür gegeben hast. Peter, du glaubst, sie hätten alles für dich getan, und es ist dir noch immer peinlich. Aber du hast alles ganz allein gemacht und weißt es nicht einmal.« Unter diesem Aspekt hatte er die Sache noch nicht gesehen, und sein Selbstvertrauen wuchs, als er es hörte. Sie war eine bemerkenswerte Frau, die ihm etwas gab, das ihm noch niemand gegeben hatte, und Katie schon gar nicht. Aber er gab ihr auch etwas, Wärme und Fürsorge und die Zärtlichkeit, nach der sie sich sehnte. Sie waren eine Kombination, wie sie selten anzutreffen war, und sie war sehr dankbar dafür.

Der Nachmittag neigte sich dem Ende zu, als sie schließlich zurück zu ihrem Hotel gingen, sich zum Essen auf die Terrasse setzten und Salat Niçoise, Brot und Käse bestellten. Es war schon sechs, als er auf die Uhr sah. Er mußte unbedingt zurück nach Paris. Aber nach einem mit Schwimmen und Sonnenbaden verbrachten Tag und nachdem er die Leidenschaft, die er für sie empfand, so tapfer unterdrückt hatte, konnte er sich vor Müdigkeit kaum rühren, geschweige denn stundenlang fahren.

»Ich glaube nicht, daß du fahren solltest«, sagte sie. Sie

sah sehr hübsch und jung aus, von der Sonne gebräunt und ein wenig besorgt. Am liebsten wäre er auf ewig bei ihr geblieben. »Du hast zwei Nächte nicht richtig geschlafen, und auch wenn du in den nächsten zehn Minuten losfährst, kommst du nicht vor vier Uhr morgens an.«

»Nicht sehr verlockend, wie ich gestehen muß«, sagte er und wirkte dabei angenehm ermattet. »Aber ich muß zurück.« Er hatte im Ritz angerufen und erfahren, daß keine Nachrichten für ihn hinterlassen worden waren. Trotzdem mußte er nach Paris zurück, denn Suchard würde ihn ganz sicher noch anrufen. Er war allerdings erleichtert, daß er weder von Katie noch von Frank angerufen worden war.

»Warum bleibst du nicht über Nacht und fährst erst morgen zurück?« schlug sie sehr vernünftig vor, und er sah sie an, während er mit sich kämpfte.

»Kommst du mit, wenn ich erst morgen fahre?«

»Vielleicht«, sagte sie und sah plötzlich ganz entrückt aus. Sie blickte auf den Ozean hinaus.

»Das ist es, was ich an dir so liebe, dieses geradezu leidenschaftliche Gefühl für Verpflichtungen«, sagte er ironisch. Aber ihre Leidenschaft galt anderem, und das Wenige, was er von ihr schon gekostet hatte, trieb ihn fast in den Wahnsinn. »Schon gut, schon gut«, sagte er schließlich. Er war für die Fahrt wirklich zu müde und fand es viel angenehmer, am nächsten Morgen loszufahren, nachdem er sich tüchtig ausgeschlafen hatte.

Doch als sie das einzige andere Einzelzimmer des Hotels mieten wollten, mußten sie feststellen, daß es schon vergeben war. Insgesamt gab es nur vier Zimmer, und sie hatte das beste, ein kleines Doppelzimmer mit Meeresblick. Lange standen sie da und sahen einander an.

»Du kannst auf dem Boden schlafen«, sagte sie schließlich mit spitzbübischem Lächeln, in dem Versuch, ihrem Abkommen gerecht zu werden und nichts zu tun, was sie später bereuen würden. Aber bisweilen war es schwer, sich daran zu erinnern.

»Es ist bedrückend es einzugestehen«, sagte er grinsend, »aber das ist das beste Angebot seit langem. Ich nehme es an.«

»Recht so. Und ich verspreche, daß ich mich anständig benehmen werde. Bei meiner Pfadfinderehre.« Sie streckte zwei Finger in die Höhe, und er spielte den Enttäuschten.

»Das ist ja noch niederschmetternder.« Beide lachten, als sie Arm in Arm aus dem Hotel traten und die Straße entlanggingen, um für ihn ein sauberes T-Shirt, einen Rasierapparat und Jeans aufzutreiben, Dinge, die sie auch prompt im Dorfladen fanden. Auf dem T-Shirt stand FANTA, die Jeans paßte wie angegossen, und er bestand darauf, sich in ihrem winzigen Bad vor dem Dinner zu rasieren. Als er wieder herauskam, sah er besser aus als je zuvor. Olivia trug einen weißen Rock aus

Baumwollspitze, ein Top mit Halsträger und ein Paar Espandrilles, die sie sich auf der Fahrt gekauft hatte. Ihr schimmerndes dunkles Haar und die Sonnenbräune ließen sie sehr reizvoll aussehen. Unglaublich, daß dies die Frau sein sollte, über die er gelesen hatte und die ihn schon seit langem faszinierte. Es schien sich nicht mehr um dieselbe Person zu handeln. Sie war seine Freundin, die Frau, in die er sich gerade verliebte. Es war so kostbar und süß, was sie füreinander empfanden, physisch wie psychisch, und wie sie sich weigerten, die sich bietende Gelegenheit zu nutzen. Es war wunderbar romantisch und altmodisch.

Sie hielten sich an den Händen, tauschten Küsse und unternahmen um Mitternacht einen langen Strandspaziergang. Als sie von weitem Musik hörten, tanzten sie auf dem Sand, hielten einander umfangen, und dann küßte er sie wieder.

»Was machen wir, wenn wir zurückfahren?« fragte er schließlich. Sie setzten sich, Seite an Seite, hin, während noch immer Musik zu hören war. »Was werde ich ohne dich nur machen?« Es war eine Frage, die er sich immer wieder gestellt hatte.

»Was du immer getan hast«, sagte sie leise. Sie hatte nicht die Absicht, seine Ehe zu zerstören oder ihn zur Scheidung zu drängen. Dazu hatte sie kein Recht, egal, wie es mit ihr und Andy weitergehen würde.

»Und was habe ich immer getan?« fragte er. Plötzlich

hörte er sich unglücklich an. »Ich kann mich nicht mehr erinnern. Alles Vergangene erscheint mir jetzt so unwirklich. Ich weiß nicht einmal, ob ich glücklich war.« Am schlimmsten war der Verdacht, der sich in ihm regte, daß er es nicht gewesen war. Das war für Peter eine völlig neue Sicht der Dinge.

»Vielleicht spielt es keine Rolle. Vielleicht brauchst du dir diese Fragen nicht zu stellen«, sagte sie. »Wir haben jetzt dies alles ... uns bleibt die Erinnerung an heute. Das wird mich lange Zeit aufrechthalten«, sagte sie traurig und blickte zu ihm auf. Beide wußten die Wahrheit über sein Leben und daß er sich unwissentlich verkauft hatte, aber das hätte sie nie ausgesprochen. Immer hatte er sich hinter Ausflüchten verschanzt und es Katie und Frank überlassen, alles zu managen, von seinem Heim angefangen bis zur Firma. Es war ganz allmählich gekommen. Und das einzige, was ihn daran erstaunte, wenn er es jetzt mit Olivias Augen sah, war der Umstand, daß es ihm nie aufgefallen war. Einfach unbegreiflich. Aber es war so viel leichter gewesen, darüber hinwegzusehen.

»Was werde ich ohne dich tun?« sagte Peter kläglich, als er sie eng an sich zog. Er konnte sich nicht vorstellen, nicht mehr mit ihr sprechen zu können. Vierundvierzig Jahre hatte er ohne sie gelebt, und jetzt konnte er plötzlich den Gedanken nicht ertragen, auch nur einen einzigen Moment von ihr getrennt zu sein.

»Denk nicht darüber nach«, sagte sie, und diesmal

küßte sie ihn. Es kostete beide all ihre Kraft, sich wieder voneinander zu lösen und langsam und engumschlungen zurück zum Hotel zu gehen. Und als sie langsam hinauf zu ihrem kleinen Zimmer gingen, flüsterte Peter ihr mit der Andeutung eines schuldbewußten Lächelns zu: »Du wirst vielleicht die ganze Nacht wachbleiben und mich mit kaltem Wasser begießen müssen.« Er hätte alles gegeben, um mittels eines Zauberstabs ihre persönlichen Verhältnisse ändern zu können, doch wußten sie beide, daß sie kein Recht hatten zu tun, wozu es sie drängte. Es war eine echte Bewährung für ihre Integrität, sich nicht gehenzulassen und sich nicht einfach zu nehmen, was sie ersehnten.

»Das werde ich tun«, versprach Olivia mit einem Lächeln. Sie hatte Andy noch immer nicht angerufen, und es sah aus, als hätte sie im Moment auch nicht die Absicht. Peter sprach nicht mehr davon. Es war ihre Entscheidung, doch ihr Eigensinn erstaunte ihn. Zu gern hätte er gewußt, ob sie ihren Mann bestrafen wollte oder nur Angst hatte, sich zu melden.

Olivia hielt Wort, als sie ihr Zimmer betraten. Sie überließ ihm sämtliche Kissen und ein Laken und half ihm, ein provisorisches Lager auf dem Teppich neben ihrem Bett zu bereiten. Er schlief in Jeans und T-Shirt und mit bloßen Füßen, während sie im winzigen Bad in ihr Nachthemd schlüpfte. Und schließlich lagen sie in der Dunkelheit da, sie im Bett und er auf dem Boden neben ihr, und hielten sich an der Hand und sprachen stundenlang miteinander, ohne daß er den Versuch unternommen hätte, sie zu küssen. Bis Olivia schließlich verstummte und einnickte, wurde es vier Uhr. Da stand er ganz leise auf, steckte die Decke um sie fest und blickte auf Olivia nieder, die schlief wie ein kleines Mädchen. Er beugte sich über sie und küßte sie ganz sacht. Dann legte er sich wieder auf den Boden und dachte bis zum Morgen an sie.

Sechstes Kapitel

Als sie am nächsten Tag erwachten, war es kurz vor halb elf, und die Sonne schien durch das Fenster herein. Olivia, die als erste wach wurde, blickte vom Bett aus auf ihn hinunter, während er sich zaghaft regte. Sie lächelte ihm zu, kaum daß er sie sah.

»Guten Morgen«, flüsterte sie munter, und er wälzte sich stöhnend auf den Rücken. Trotz Teppich und Decke als Unterlage hatte er hart gelegen, zudem war er wieder unausgeschlafen, weil er bis sieben Uhr wachgelegen hatte. »Hast du steife Glieder?« Sie hatte sein Gesicht gesehen, als er sich umdrehte, und bot ihm nun an, ihm den Rücken zu massieren. Beide waren stolz, daß sie die Nacht hinter sich gebracht und sich gut benommen hatten.

»Das wäre wunderbar.« Mit breitem Lächeln nahm er ihr Angebot an und rollte sich wieder ächzend auf den Bauch, was sie sehr amüsierte. Sie selbst lag noch immer auf dem Bauch, streckte die Arme zu ihm aus und rieb ihm sanft den Nacken, während er die Massage glückselig und mit geschlossenen Augen über sich ergehen ließ.

»Hast du gut geschlafen?« fragte sie und bearbeitete nach dem Nacken die Schultern, wobei sie zu verdrängen versuchte, wie weich seine Haut war. Er hatte eine Haut wie ein Baby.

»Ich habe dagelegen und die ganze Nacht an dich gedacht«, sagte er aufrichtig. »Daß ich mich gut benommen habe, ist eindeutig der Tatsache zuzuschreiben, daß ich ein Gentleman bin – oder aber es handelt sich um eine Alterserscheinung oder um ein Zeichen von Dummheit.« Er rollte sich herum und sah sie an, ehe er nach ihrer Hand faßte, sich ohne Vorwarnung schwungvoll aufsetzte und sie küßte.

»Ich habe letzte Nacht von dir geträumt«, sagte sie. Ihre Gesichter waren einander jetzt ganz nah. Seine Hände spielten mit ihrem Haar, während er immer wieder ihre Lippen küßte.

»Und was ist im Traum passiert?« flüsterte er, ihren Nacken küssend. Seine sich selbst gegebenen Versprechungen waren ihm nur mehr vage in Erinnerung.

»Ich schwamm im Meer, dem Ertrinken nahe … und dann hast du mich gerettet. Das gibt ziemlich genau die Geschehnisse seit unserer ersten Begegnung wieder, denke ich. Ich war am Ertrinken, als ich dich traf«, sagte sie und sah ihn an, und er legte die Arme um sie und küßte sie. Er hatte sich hingekniet, während sie noch auf dem Bett saß, und plötzlich begannen seine Hände ihre Brüste unter ihrem Nachthemd zu erkunden. Sie stöhnte unter seiner Berührung leise auf und wollte ihn an ihre gegenseitig gegebenen Versprechungen erinnern, doch in einem einzigen Augenblick waren diese vergessen. Sie griff nach ihm und zog ihn an sich.

Die Leidenschaft ihrer Küsse steigerte sich, während sie ihn langsam zu sich aufs Bett zog, und im nächsten Moment lagen sie engumschlungen da, in ihr Bettzeug verwickelt, sie noch in ihrem Nachthemd, er in Jeans. Lange lagen sie so da, küßten einander und vergaßen sich und entdeckten gegenseitig Dinge aneinander, von denen sie versprochen hatten, sie unentdeckt zu lassen. Peter küßte sie, als wolle er sie verschlingen, mit Haut und Haar, damit sie ein Teil von ihm würde und er sie auf ewig bei sich behalten konnte.

»Peter…«, raunte sie seinen Namen, und er hielt sie eng an sich gedrückt, und dann küßte er sie wieder, und sie faßte wie eine Verhungernde nach ihm.

»Olivia… nicht… ich möchte nicht, daß du es später bereust…« Er wollte sich nicht vergessen, mehr ihr zuliebe als sich oder Katie zuliebe, aber es war jetzt endgültig um seine Zurückhaltung geschehen. Ohne ein weiteres Wort streifte sie ihm die Jeans herunter, sein T-Shirt war bereits ausgezogen, und Peter warf ihr Nachthemd hoch in die Luft, so daß es irgendwo auf dem Boden landete. Dann liebte er sie. Es war fast Mittag, bis sie wieder zu Atem kamen. Völlig erschöpft und befriedigt lagen sie in enger Umarmung da. Keiner der beiden hatte je glücklicher ausgesehen. Lächelnd blickte Olivia zu ihm auf. Sie vermochte ihre makellosen Gliedmaßen nicht von ihm zu trennen.

»Peter ... ich liebe dich ...«

»Das höre ich gern«, gab er zurück und zog sie so eng an sich, daß sie fast wie ein einziger Mensch aussahen, »weil ich noch nie im Leben jemanden so geliebt habe. Ich schätze, mit meiner Perfektion als Gentleman ist es doch nicht so weit her«, sagte er ohne großes Bedauern und mit um so mehr Befriedigung über das, was sie getan hatten. Sie bedachte ihn mit einem schläfrigen Lächeln.

»Das freut mich.« Aufseufzend schmiegte sie sich an ihn.

Eine Zeitlang sprachen sie nichts. Sie lagen nur umschlungen da, dankbar für jeden gemeinsamen Moment. Da sie wußten, daß sie einander wieder verlassen mußten, ließen sie sich schließlich ein zweites Mal hinreißen, ein allerletztes Mal. Und als sie danach aufstanden, klammerte Olivia sich unter Tränen an ihn. Sie wollte ihn nicht verlassen, doch sie wußten beide, daß es sein mußte, und sie hatte sich entschlossen, mit ihm nach Paris zurückzufahren. Um vier Uhr gingen sie aus dem Hotel. Dabei sahen sie aus wie zwei Kinder, die eben aus dem Garten Eden vertrieben worden waren.

Ehe sie losfuhren, besorgten sie etwas zu essen. Am Strand sitzend, teilten sie sich Wein und ein paar Sandwiches und blickten hinaus auf den Ozean.

»Ich werde mir jetzt vorstellen können, wie du hier lebst, falls du zurückkommst«, sagte er mit traurigem Blick und wünschte wie sie, sie könnten für immer hier bleiben.

»Wirst du kommen und mich besuchen?« fragte sie mit wehmütigem Lächeln. Das Haar hing ihr in die Augen, Sandkörner hafteten seitlich an ihrem Gesicht, wo sie gelegen hatte.

Peter sagte lange nichts, da er nicht wußte, was er hätte sagen sollen. Er konnte ihr nichts versprechen. Er hatte noch immer sein Leben mit Katie, und erst vor einer Stunde hatte Olivia gesagt, daß sie Verständnis dafür hätte. Sie wollte ihm nichts wegnehmen. Sie wollte nur hochhalten, was sie in den vergangenen zwei Tagen geteilt hatten. Es war mehr, als manchen Menschen in einem ganzen Leben zuteil wurde.

»Ich werde es versuchen«, sagte er schließlich, weil er kein Versprechen brechen wollte, noch ehe er es gemacht hatte. Beide wußten, wie schwer es sie ankommen würde, und doch stand für sie fest, daß sie ihre Affäre nicht fortsetzen konnten. Sie würde Erinnerung bleiben müssen. Ihr Leben war zu kompliziert, ihre verpflichtende Bindung an andere Menschen zu fest. Sobald Olivia wieder in ihrer eigenen Welt war, würden die Paparazzi, die sie ständig verfolgten, nie wieder zulassen, daß so etwas passierte. Was sie hier erlebt hatten, war ein Wunder, das sich niemals wiederholen würde.

»Ich möchte gern hierher zurückkommen und ein Haus mieten«, sagte Olivia ernst. »Ich glaube, hier könnte ich tatsächlich schreiben.«

»Du solltest es versuchen«, sagte er und küßte sie.

Den Rest ihres Essens warfen sie weg. Dann standen sie einen Moment da und sahen Hand in Hand aufs Meer hinaus.

»Ich würde mir gern vorstellen, daß wir eines Tages zurückkehren. Gemeinsam, meine ich«, sagte Peter und machte damit ein Versprechen, das er zuvor nicht zu äußern gewagt hätte, nämlich, daß es eine vage, ferne Hoffnung auf eine Zukunft gab. Wenn auch vielleicht nur auf einen Tag. Auf eine weitere Erinnerung, die sie mit sich tragen konnten. Olivia erwartete nichts von ihm.

»Vielleicht«, sagte sie leise. »Wenn es uns bestimmt ist, wird es vielleicht so kommen.« Aber zuerst mußten sie Hürden und Hindernisse überwinden und durch brennende Reifen springen. Er mußte Vicotec bis zum Ende durchboxen und hatte es dabei mit seinem Schwiegervater zu tun und mit Katie, die in Connecticut auf ihn wartete, und Olivia mußte zurück und sich Andy stellen.

Still gingen sie zu seinem Wagen. Sie hatte unterdessen ein wenig Proviant für die Fahrt eingekauft, den sie auf den Rücksitz stellte. Sie hoffte, er könnte die Tränen in ihren Augen nicht sehen, aber er spürte sie, ohne daß er sie anschauen mußte. Er spürte sie in seinem Herzen.

Und er weinte aus denselben Gründen wie sie. Ihn verlangte nach mehr, als ihnen beiden zustand.

Als sie zum letzten Mal dastanden und aufs Meer hinausblickten, zog er sie eng an sich und sagte ihr, wie sehr er sie liebte. Sie erwiderte seine Worte, und sie küßten einander. Erst dann stiegen sie in den Mietwagen und traten die lange Rückfahrt nach Paris an.

Eine ganze Weile sprachen sie kaum ein Wort, bis sie sich einigermaßen entspannt hatten und ein Gespräch anfingen. Jedem machte das Geschehene zu schaffen, und jeder beschäftigte sich auf seine eigene Weise damit, versuchte es zu verarbeiten, es sich zu eigen zu machen und die unausweichlichen Einschränkungen zu akzeptieren.

»Es wird schlimm sein«, sagte Olivia, die unwillkürlich unter Tränen lächelte, als sie la Vierrerie passierten, »zu wissen, daß du irgendwo dort draußen bist und ich nicht bei dir sein kann.«

»Ich weiß.« Er spürte einen Kloß in der Kehle. »Als wir aus dem Hotel gegangen sind, dachte ich dasselbe. Es wird mich glatt in den Wahnsinn treiben. Mit wem soll ich reden?« Und da sie miteinander geschlafen hatten, hatte er irgendwie das Gefühl, sie gehöre jetzt ihm.

»Du könntest ja ab und zu anrufen«, sagte sie hoffnungsvoll. »Ich könnte dich wissen lassen, wo ich bin.«

Aber beide wußten, daß er, wo immer er sein mochte, immer noch verheiratet sein würde. »Das erschiene mir dir gegenüber unfair.« Nichts war fair. Beide wußten, daß darin die Gefahr dessen lag, was sie getan hatten. Auch wenn sie ihre Liebe nicht körperlich ausgelebt hätten, hätte das nicht viel geändert. In gewisser Weise hätte es alles vielleicht nur erschwert. So aber hatten sie alles miteinander erlebt und konnten es mit sich nehmen.

»Vielleicht sollten wir uns in einem halben Jahr irgendwo treffen, nur um zu sehen, was sich in unserem Leben getan hat.« Momentan wirkte sie verlegen, weil sie an einen ihrer Lieblingsfilme mit Cary Grant und Deborah Kerr dachte. In jüngeren Jahren hatte sie über diesem Klassiker tausend Tränen vergossen. »Vielleicht könnten wir uns auf dem Empire State Building treffen«, meinte sie, und es war nur halb scherzhaft gemeint.

Er schüttelte rasch den Kopf. »Das wäre nicht gut. Du würdest nicht kommen, ich würde den Verstand verlieren, und du würdest im Rollstuhl enden. Versuch es lieber mit einem anderen Film.« Auf sein Lächeln reagierte sie mit einem Auflachen.

»Was werden wir tun?« fragte sie mit einem traurigen Blick aus dem Fenster.

»Zurückgehen. Stark sein. Zu dem zurückkehren, was unser altes Leben war, um dafür zu sorgen, daß es funktioniert. Das wird mir leichterfallen als dir, glaube ich. Ich war so dumm und blind, daß ich nicht einmal gemerkt habe, wie unglücklich ich war. Aber ich glaube, für dich gibt es auch viel zu überdenken. Bei mir ist die

Hauptsache, daß ich mir nichts anmerken lasse und so tue, als hätte ich während meiner Woche in Paris nicht die ganze Wahrheit erkannt. Wie könnte ich es jemals erklären?«

»Vielleicht ist es gar nicht nötig.« Sie fragte sich, wie stark sein Boot ins Wanken geraten würde, wenn die Tests kein gutes Ergebnis brächten und sich mit Vicotec eine Schlappe abzeichnete. Das blieb abzuwarten, und Peters Unruhe deswegen wuchs ständig.

»Könntest du mir nicht schreiben, Olivia?« fragte er schließlich. »Laß mich wenigstens wissen, wo du bist, damit ich nicht vollends den Verstand verliere. Versprichst du mir das?«

»Natürlich.« Sie nickte.

Sie sprachen miteinander, während sie durch die Nacht fuhren, und als sie in Paris eintrafen, war es fast vier Uhr morgens. Er blieb ein paar Blocks vor dem Hotel stehen, obwohl beide müde waren, und fuhr an den Randstein.

»Darf ich dich auf eine Tasse Kaffee einladen?« fragte er, eingedenk seiner Eröffnungsworte auf der Place de la Concorde, und sie lächelte traurig.

»Peter Haskell, du kannst mich einladen, wozu du willst.«

»Was ich dir geben möchte, kann ich dir nicht kaufen, um keinen Preis.« Er meinte seine Gefühle und was er empfunden hatte, seitdem er sie zum erstenmal gesehen hatte. »Ich liebe dich. Vermutlich für den Rest meines Lebens. Jemanden wie dich wird es für mich nie mehr geben. Es hat nie eine gegeben und wird nie wieder eine geben. Denk daran, wo immer du bist, daß ich dich liebe.« Er küßte sie, lange und innig, während sie einander umschlungen hielten wie zwei Ertrinkende.

»Ich liebe dich auch, Peter. Ich wünschte, du könntest mich mitnehmen.«

»Ich auch.« Er wußte, daß sie niemals vergessen würden, was sie in den vergangenen zwei Tagen geteilt hatten und was am Morgen zwischen ihnen geschehen war.

Dann fuhr er sie zurück zum Hotel und ließ sie auf der anderen Seite der Place Vendôme aussteigen. Sie hatte kein Gepäck bei sich, nur den Baumwollrock, den sie trug. Jeans und T-Shirt trug sie zusammengerollt unterm Arm. Sie hinterließ ihm nichts, nur ihr Herz, und nach einem letzten tiefen Blick küßte er sie wieder. Dann rannte sie über den Platz, während ihr Tränen über die Wangen liefen.

Er blieb lange sitzen, in Gedanken bei ihr, und behielt den Hoteleingang im Auge, durch den sie verschwunden war. Er wußte, daß sie inzwischen auf ihrem Zimmer sein mußte. Denn diesmal hatte sie ihm versprochen, sie würde hinaufgehen und nicht wieder verschwinden. Und wenn, dann wollte er, daß sie zu ihm käme oder ihn zumindest auf dem laufenden hielt, wo sie sich befand. Die Vorstellung, daß sie womöglich wieder durch ganz Frankreich vagabundierte, war ihm nicht geheuer. Anders als ihr Mann war Peter weitaus mehr um ihre Sicherheit besorgt. Ihn interessierte alles, was sie getan hatte und was mit ihr geschehen würde, wenn sie zurückging. Er sorgte sich, ob man sie wieder ausnutzen und ausbeuten würde oder ob sie sich entschließen würde, ihren Mann endlich zu verlassen. Und er dachte mit Besorgnis an den Moment, wenn er in Connecticut Katie gegenübertreten mußte. Würde sie spüren, daß sich zwischen ihnen etwas geändert hatte? Und hatte sich etwas verändert? Olivia hatte ihm klargemacht, daß sein Erfolg ihm gehörte, doch hatte er noch immer das Gefühl, Kate sehr viel zu verdanken, ungeachtet all dessen, was Olivia vorgebracht hatte. Er konnte Katie jetzt nicht einfach im Stich lassen und mußte weitermachen, als wäre nichts geschehen. Was mit Olivia passiert war, hatte keine Vergangenheit, keine Gegenwart, keine Zukunft. Es war nur ein Moment, ein Traum, ein Augenblick, ein Juwel, das sie gemeinsam in Händen gehalten hatten. Nun aber hatten für beide andere Verpflichtungen Vorrang. Kate war seine Vergangenheit, seine Gegenwart und Zukunft. Das einzige Problem war der Schmerz in seinem Herzen. Und als er zurück ins Ritz ging, glaubte er, ihm würde das Herz beim Gedanken an Olivia brechen. Er fragte sich, ob er sie je wiedersehen würde und wo sie sich in diesem Moment aufhalten mochte. Ein Leben ohne sie konnte er sich nicht vorstellen, doch das ließ sich nicht ändern.

Und als er die Tür zu seinem Zimmer öffnete, sah er, daß ihn ein schmaler Briefumschlag erwartete. Dr. Paul-Louis Suchard hatte angerufen und gebeten, Mr. Haskell möge ihn so rasch wie möglich zurückrufen.

Er steckte wieder mitten im wirklichen Leben, bei den Dingen, die ihm wichtig waren, bei seiner Frau, seinen Söhnen, seiner Arbeit. Und irgendwo ganz in der Ferne, im Nebel entschwindend, war die Frau, die er gefunden hatte, die er aber nie besitzen konnte, die Frau, in die er sich so sehr verliebt hatte.

Er stand auf dem Balkon, als die Sonne aufging, in Gedanken bei Olivia. Alles erschien ihm wie ein Traum, und vielleicht war es auch einer. Vielleicht war nichts davon real. Die Place de la Concorde ... das Café am Montmartre ... der Strand in La Favière ... alles. Er wußte, daß er sich davon trennen mußte, trotz allem, was er für sie empfand oder wie zauberhaft alles gewesen war.

Siebtes Kapitel

Als der telefonische Weckruf um acht Uhr schrillte, war Peter wie tot. Nachdem er den Hörer aufgelegt hatte, fragte er sich, warum er sich so elend fühlte und das Gefühl hatte, seine Seele sei bleischwer. Und dann, ganz plötzlich, fiel es ihm wieder ein. Sie war fort. Es war vorbei. Er mußte Suchard anrufen, zurück nach New York fliegen und Frank und Katie gegenübertreten. Und Olivia war zu ihrem Mann zurückgekehrt.

Auch unter der Dusche fühlte er sich jämmerlich. Er mußte fortwährend an sie denken und seine Gedanken wiederholt zurück zu den Aufgaben zwingen, die ihm an diesem Morgen bevorstanden.

Um Punkt neun rief er Suchard an, aber Paul-Louis wollte ihm am Telefon nicht sagen, wie es um die Ergebnisse stand, und bestand darauf, daß Peter direkt ins Labor kommen sollte. Er sagte nur, daß die Tests nun abgeschlossen wären und er nur eine Stunde von Peters Zeit in Anspruch nehmen wolle, damit dieser die Maschine um zwei Uhr erreichen könnte. Peter war verärgert, weil Suchard ihn telefonisch nicht wenigstens stichwortartig über die Testergebnisse informieren wollte, und willigte ein, um halb elf im Labor zu sein.

Er bestellte Kaffee und Croissants, brachte aber nichts hinunter. Um zehn Uhr ging er aus dem Hotel und war zehn Minuten zu früh am Ziel. Suchard erwartete ihn bereits mit ernster Miene. Aber am Ende waren die Ergebnisse doch nicht so schlimm, wie Peter befürchtet oder Paul-Louis vorausgesagt hatte. Eine der Grundsubstanzen von Vicotec barg eindeutig gewisse Gefahren, doch bestand die Möglichkeit, einen Ersatz zu finden. Es lag kein Grund vor, gleich das gesamte Produkt fallenzulassen. Man mußte es »überarbeiten«, wie Suchard ausführte, und das konnte sich als langwieriger Prozeß entpuppen. Als Peter in ihn drang, gab er zu, daß man die Veränderungen in sechs Monaten oder einem Jahr bewerkstelligen könne, und wenn ein Wunder geschah, was sehr zweifelhaft war, sogar früher. Viel wahrscheinlicher würde der Prozeß aber etwa zwei Jahre in Anspruch nehmen, was so ziemlich das war, was Peter nach ihrem ersten Gespräch geargwöhnt hatte. Wurden zusätzliche Arbeitsteams darauf angesetzt, konnte man Vicotec allerdings unter Umständen in weniger als einem Jahr wieder auf die Füße bringen. Das war keine Katastrophe, wenn auch sicher sehr enttäuschend. Doch die Substanz, wie sie jetzt existierte und wie sie auf den Markt hätte kommen sollen, war mit einem hohen Risikofaktor behaftet. Das ließ sich ändern, und Suchard hatte bereits etliche Vorschläge für die nötigen Verbesserungen parat. Aber Peter wußte auch, daß Frank dies alles nicht als gute Nachricht auffassen würde. Er haßte Verzögerungen, und die intensive Forschungsarbeit, die noch bevorstand, drohte sehr kostspielig zu werden. Jetzt war auch die Chance vertan, bei der Gesundheitsbehörde um eine vorgezogene Bewilligung für klinische Versuche anzusuchen, oder sich gar der für September angesetzten Anhörung zu stellen, um das Präparat auf die »Überholspur« zu bringen. Natürlich lag Frank sehr an einer möglichst frühen Freigabe des Medikaments, das beachtliche Gewinne versprach, ein ganz anderes Ziel also als das, was Peter vorschwebte. Aber was immer ihre Gründe und Ziele waren, im Moment waren sie weit davon entfernt.

Nachdem Peter sich bei Paul-Louis für seine Information und seine gründliche Arbeit bedankt hatte, saß er auf der Fahrt zum Hotel gedankenverloren da und überlegte, in welcher Form er Frank die Nachricht beibringen sollte. Paul-Louis' Worte klangen ihm noch unangenehm in den Ohren: »In seiner momentanen Zusammensetzung ist Vicotec ein Killer.« Das war nicht das, was in ihrer Absicht lag oder was er sich für seine Mutter und seine Schwester gewünscht hätte. Aber irgendwie konnte Peter sich nicht vorstellen, daß Frank oder Katie auf diese Nachricht vernünftig reagieren würden. Ihr war alles zuwider, was ihren Vater aufregte.

Aber diesmal würde sogar sie Verständnis aufbringen müssen. Niemand wollte eine Reihe von Tragödien auslösen oder auch nur eine einzige. Das konnten sie sich nicht leisten.

Im Hotel klappte Peter seine Reisetasche zu und schaltete dann, während er die letzten zehn Minuten auf das Taxi wartete, die Nachrichten ein. Und da war sie. Es war fast genauso, wie er erwartet hatte. Die große Nachricht dieser Stunde war das Wiederauftauchen von Olivia Douglas Thatcher. Und die Version, mit der die Öffentlichkeit konfrontiert wurde, war zu ausgefallen, um wahr zu sein, und entsprach natürlich auch nicht den Tatsachen. Es hieß, daß sie auf der Fahrt zu einem Treffen mit einer Freundin nach einem kleinen Autounfall an einer leichten Form von Amnesie gelitten hätte. In dem kleinen Krankenhaus, in dem sie behandelt wurde, war sie unerkannt geblieben, weil offenbar niemand die Nachrichten gesehen hatte. Wunderbarerweise hatte sie in der Nacht zuvor ihr Gedächtnis wiedererlangt, so daß sie nun ein glückliches Wiedersehen mit ihrem Ehemann feiern konnte.

»Das also nennt sich faktengetreue Berichterstattung«, sagte Peter kopfschüttelnd und sichtlich angewidert zu sich selbst. Anschließend wurden alle alten, sattsam bekannten Fotos gezeigt, dann folgte ein Interview mit einem Neurologen, der Mutmaßungen über bleibende Gehirnschäden nach einer leichten Gehirnerschütterung anstellte. Zum Schluß wurde dem Wunsch Ausdruck gegeben, Mrs. Thatcher möge rasch und vollständig genesen. »Amen«, sagte er und schaltete aus. Nach einem letzten Blick, der dem Zimmer galt, griff er nach seinem Aktenkoffer. Seine Reisetasche war schon geholt worden, er mußte also nichts weiter tun, als sein Hotelzimmer zu verlassen.

Doch als er diesmal hinausging, tat er es mit einem sonderbar wehmütigen Gefühl. So viel war auf dieser Reise passiert, und plötzlich wollte er zu ihrer Etage hinauflaufen, nur um sie noch einmal zu sehen. Er wollte an die Tür ihrer Suite klopfen und sich als alter Freund ausgeben... aber Andy Thatcher würde ihn vermutlich für einen Irren halten. Peter fragte sich, ob der Senator ahnte, was in den drei Tagen vorgefallen war, oder ob es ihm ohnehin gleichgültig war. Schwer einzuschätzen, und die Geschichte, die man der Presse aufgetischt hatte, war bestenfalls fadenscheinig und so lächerlich, daß sich Peter unwillkürlich die Frage aufdrängte, wer sie zurechtgezimmert hatte.

Als er hinunter in das Foyer kam, traf er dort die übliche bunte Mischung samt Arabern und Japanern an. König Khaled war nach der Bombendrohung nach London abgereist. Eine Gruppe von Neuankömmlingen drängte sich an der Rezeption, wie Peter im Vorübergehen registrierte, und als er durch die Drehtür ins Freie trat, stieß er auf eine Gruppe von Männern mit Sprechfunkgeräten und Kopfhörern. Und dann sah er sie von weitem. Sie stieg eben in eine Limousine ein, in der bereits ihr Mann mit zwei Leuten seines Stabes saß, von ihr abgewendet, mit seinen Begleitern in ein Gespräch vertieft. Als spüre sie seine Nähe, warf Olivia einen Blick über die Schulter. Wie gebannt hielt sie inne und schaute ihn an. Ihre Blicke trafen aufeinander und hielten einander fest, so daß Peter schon fürchtete, es würde jemandem auffallen. Er nickte unmerklich, und sie verschwand im Wagen, als müsse sie sich von ihm losreißen. Schon wurde die Tür zugeschlagen, und Peter stand auf dem Gehsteig und starrte ihr nach, obwohl die dunklen Scheiben keinen Blick ins Innere zuließen.

»Ihr Wagen wartet, Monsieur«, sagte der Portier höflich, bedacht, einen Stau vor dem Ritz zu vermeiden. Zwei Models, die dringend zu einer Fotositzung mußten und von Peters Taxi blockiert wurden, schrien hysterisch und winkten.

»Tut mir leid.« Er gab dem Portier ein Trinkgeld und stieg ein. Ohne ein weiteres Wort und ohne einen letzten Blick auf Olivia starrte er geradeaus, als der Fahrer eilig losfuhr, in Richtung Flughafen.

Andy fuhr mit Olivia zur Botschaft, wo er einen Termin mit zwei Kongreßabgeordneten und mit dem Botschafter hatte. Das Treffen war schon seit einer Woche geplant, und er bestand darauf, daß sie mitkam. Erst war er wütend über das Aufsehen gewesen, daß ihr Verschwinden erregt hatte, aber eine Stunde, nachdem sie wohlbehalten wieder aufgetaucht war, ging ihm auf, daß ihr Verschwinden für ihn ein wahrer Bonus war. Er und seine Strategen hatten eine Reihe von Möglichkeiten ausgearbeitet, die alle Mitgefühl erregten, zumal im Lichte seiner gegenwärtigen Pläne. Sein Plan sah vor, aus ihr eine zweite Jackie Kennedy zu machen. Sie hatte das richtige Aussehen, dieselbe elfenhafte Zartheit, gepaart mit natürlichem Stilgefühl und Eleganz, und dazu das Rückgrat angesichts von Widrigkeiten. Seine Ratgeber hielten sie für perfekt. Man würde ihr mehr Aufmerksamkeit widmen müssen als in der Vergangenheit, und man mußte sie noch ein wenig aufpolieren, aber alle waren überzeugt, daß sie es schaffen konnte.

Doch mit diesen kleinen Untertauchaktionen mußte endgültig Schluß sein. Schon nach Alex' Tod war sie einige Male verschwunden, für ein paar Stunden oder eine Nacht. Meist war sie bei ihrem Bruder oder bei ihren Eltern untergeschlüpft. Diesmal aber war sie länger fortgeblieben als damals. Dennoch hatte er nie das Gefühl gehabt, daß sie in echter Gefahr schwebte. Er wußte, daß sie am Ende wieder auftauchen würde. Blieb nur zu hoffen, daß sie bis dahin keine Dummheiten machte. Kurz ehe sie zur Botschaft fuhren, hatte er ihr seine Meinung gesagt und ihr klargemacht, was jetzt von ihr erwartet wurde. Zunächst hatte sie sich geweigert mitzukommen. Vor allem hatte sie sich energisch gegen die Version ausgesprochen, mit der man die Presse abgespeist hatte.

»Ich stehe ja da wie eine Vollidiotin«, sagte sie entsetzt. »Wie eine Hirngeschädigte«, beklagte sie sich verbittert über die Geschichte.

»Du hast uns nicht viel Auswahl gelassen. Was hätten wir denn sagen sollen? Daß du drei Tage lang volltrunken in einem Hotel am linken Seineufer gelegen hast? Oder hätten wir mit der Wahrheit herausrücken sollen? Wie sieht die Wahrheit übrigens aus, oder sollte ich sie lieber nicht erfahren?«

»Sie ist jedenfalls nicht annähernd so interessant wie alles, was ihr euch ausgedacht habt. Ich habe etwas Zeit für mich gebraucht, das ist alles.«

»Das dachte ich mir«, sagte er. Er wirkte eher gelangweilt als verärgert. Er selbst tauchte ebenfalls sehr oft ab, ging dabei aber subtiler vor als seine Frau. »Nächstes Mal könntest du mir allerdings eine Nachricht hinterlassen oder mir durch jemanden Bescheid geben.«

»Das wollte ich«, sagte sie. Es klang verlegen. »Aber ich war nicht sicher, ob dir mein Verschwinden überhaupt auffallen würde.«

»Du bist offenbar der Meinung, ich würde überhaupt nicht wahrnehmen, was um mich herum vorgeht«, sagte er darauf ungehalten.

»Ist es nicht so? Was mich betrifft jedenfalls.« Und

dann nahm sie ihren ganzen Mut zusammen und sagte, was sie schon lange hatte sagen wollen. »Ich möchte heute nachmittag etwas mit dir besprechen. Wenn wir aus der Botschaft zurück sind vielleicht.«

»Dann habe ich einen Lunch.« Sein Interesse erlosch jäh. Sie war wieder da. Sie hatte ihn nicht in Verlegenheit gebracht. Man hatte die Presse beruhigen können. Er brauchte sie in der Botschaft, und danach kamen andere Dinge, die seine Gedanken in Anspruch nahmen.

»Nachmittags wäre mir lieb«, sagte sie kühl. Sie sah den Blick in seinen Augen, der ihr verriet, daß er für sie keine Zeit hatte. Es war ein Blick, der ihr vertraut war und der nicht dazu angetan war, Gefühle für ihn in ihr zu wecken.

»Ist irgend etwas nicht in Ordnung?« fragte er und sah sie erstaunt an. Es kam selten vor, daß sie seine Zeit beanspruchte, aber auf das, was nun kam, war er nicht im geringsten gefaßt.

»Nein, aber gar nicht. Ich verschwinde doch immer wieder mal für drei Tage in Folge. Was könnte schon los sein?« Ihm gefiel ihr Blick nicht, auch nicht die Art, wie sie es sagte.

»Olivia, du hattest verdammtes Glück, daß ich die Sache für dich bereinigen konnte. An deiner Stelle würde ich den Mund nicht so voll nehmen. Du kannst nicht erwarten, daß nach deinem Auftauchen alle Welt dein Verhalten amüsant findet, nachdem du tagelang verschwunden warst. Wenn die Presse es darauf anlegt, könnte sie dir deswegen die Hölle heiß machen. Also tust du gut daran, die Sache auf sich beruhen zu lassen.« Er wußte nur zu gut, daß Episoden wie diese seine Chancen gewaltig beeinträchtigen konnten.

»Tut mir leid«, sagte sie mit finsterem Blick. »Ich wollte dir keine Mühe machen.« Kein einziges Wort davon, daß er sich ihretwegen Sorgen gemacht hatte, daß er befürchtet hatte, sie wäre irgendwie zu Schaden gekommen. In Wahrheit hatte er keinen einzigen Gedanken an sie verschwendet. Er kannte sie so gut, daß er überzeugt gewesen war, sie hielt sich irgendwo verborgen. »Warum sprechen wir uns nicht aus, nachdem du heute deine Termine erledigt hast? Bis dahin kann ich warten.« Sie bemühte sich, ruhig zu bleiben, obwohl auch sie wütend war. Immer ließ er sie im Stich. Seit Jahren war er nicht für sie dagewesen. Und ihr fiel es immer schwerer, ihn nicht mit Peter zu vergleichen.

Peter war es, der ihre Gedanken völlig in Anspruch nahm, und als sie wenig später aus dem Hotel gingen, brach ihr fast das Herz, als sie ihn zufällig sah. Sie hatte Angst gehabt, ihm ein Zeichen zu geben, da sie wußte, daß die Presse sie eine Zeitlang nicht aus den Augen lassen würde. Das Lügengespinst, das man den Medien aufgetischt hatte, war gewiß auf Argwohn gestoßen. Deswegen würde man sich mit Freuden auf das kleinste Häppchen stürzen, dessen man habhaft werden konnte.

In der Botschaft hing sie die ganze Zeit ihren Gedanken nach. Und Andy bat sie nicht, ihn anschließend zum Lunch zu begleiten. Die Verabredung mit einem französischen Politiker war schon vor einiger Zeit getroffen worden. Als er anschließend um vier Uhr zurückkam, war er in keiner Weise auf das vorbereitet, was sie nun zu sagen hatte. Sie erwartete ihn ruhig im Wohnzimmer der Suite. Sie saß in einem Sessel und starrte aus dem Fenster. Peter mußte mittlerweile längst in der Maschine nach New York sitzen. An etwas anderes konnte sie nicht denken. Er kehrte zu »ihnen« zurück, zu den anderen in seinem Leben, zu jenen, denen nichts an ihm lag. Und auch sie war wieder in den Händen der Ausbeuter, aber nicht mehr für lange.

»Also, wo liegt das große Problem?« fragte Andy, als er eintrat. Er befand sich in Begleitung von zwei Assistenten, doch als er Olivias ernste Miene sah, schickte er die beiden rasch fort. Diesen Ausdruck hatte er nur ein- oder zweimal an ihr gesehen, nach dem Attentat auf seinen Bruder und nach Alex' Tod. Die übrige Zeit wirkte sie meist in sich gekehrt, der Welt entrückt, in der er lebte.

»Ich muß dir etwas sagen«, fing sie leise an, unsicher, womit sie beginnen sollte. Sie wußte nur, daß es endlich heraus mußte.

»Das dachte ich mir.« Er sah besser aus als jeder andere Mann, den sie kannte. Seine blauen Augen waren groß, sein noch immer blondes Haar ließ ihn jungenhaft aussehen. Er hatte breite Schultern und eine schmale Taille, und als er sich in einem der mit Brokat bespannten Sessel niederließ, schlug er seine langen Beine übereinander. Aber Olivia war von ihm nicht mehr geblendet, sie ließ sich von ihm auch nicht mehr bezaubern. Sie wußte, wie selbstsüchtig er war, wie besessen von seinem Ehrgeiz und wie wenig sie ihm bedeutete.

»Ich gehe«, sagte sie schlicht. Das war es. Es war heraus. Es war vorbei.

»Wohin?« Er schien erstaunt und begriff erst gar nicht, was sie sagte. Darüber konnte sie nur lächeln. Es ging über seine Begriffe und sein Vorstellungsvermögen hinaus.

»Ich verlasse dich«, übersetzte sie ihm ihre Worte, »sobald wir wieder in Washington sind. Ich kann so nicht weitermachen. Deshalb bin ich die letzten Tage fortgegangen. Ich mußte nachdenken. Aber jetzt bin ich mir sicher.« Sie wollte, daß es ihr leidtäte, was sie sagte, aber beide wußten, daß es nicht der Fall war. Auch er machte nicht den Eindruck, als würde er es bedauern, er schien nur erschrocken.

»Da hast du dir nicht gerade den günstigsten Zeitpunkt ausgesucht«, sagte er nachdenklich, ohne sie nach ihren Gründen zu fragen.

»Es ist nie die richtige Zeit. Für diese Dinge jedenfalls nicht. Es ist wie eine Krankheit. Die kommt auch immer ungelegen.« Sie dachte an Alex, und er nickte. Er wußte, wie schwer es sie getroffen hatte. Aber das war jetzt zwei Jahre her. In gewisser Weise war sie nie darüber hinweggekommen. Auch ihre Ehe nicht.

»Wurde dein Entschluß durch etwas Spezielles ausgelöst? Bedrückt dich etwas?« Ob es einen anderen gab, fragte er gar nicht. Da er sie gut kannte, dachte er, daß es nicht der Fall war. Und er war absolut überzeugt, daß er alles über sie wußte.

»Sehr vieles sogar, Andy. Das weißt du.« Zwischen ihnen wurde ein langer Blick gewechselt. Keine Frage, sie waren Fremde geworden, so sehr, daß sie gar nicht wußte, wer er jetzt war. »Ich wollte nie die Frau eines Politikers sein. Das habe ich dir schon gesagt, als wir heirateten.«

»Olivia, dafür kann ich nichts. Die Dinge ändern sich. Wer hätte geahnt, daß man Tom töten würde. Für mich ist vieles unerwartet gekommen. Für dich auch. Diese Dinge passieren eben, und man muß sein Bestes tun, sich ihnen zu stellen.«

»Das habe ich getan. Ich war für dich da. Ich habe die Wahlkämpfe mitgemacht. Ich habe alles getan, was du erwartet hast, aber wir sind nicht mehr verheiratet, Andy, und das weißt du genau. Seit Jahren schon bist du nicht mehr für mich da. Ich weiß nicht mal, wer du jetzt bist.«

»Das tut mir leid«, sagte er leise, und es klang aufrichtig. Aber er machte ihr nicht das Angebot, dies zu ändern. »Es ist wirklich ein sehr ungünstiger Zeitpunkt, den du dir ausgesucht hast.« Er sah sie mit einem Blick an, der so scharf war, daß er ihr Angst eingeflößt hätte, wenn sie gewußt hätte, was er insgeheim dachte. Er brauchte sie, und er war nicht gewillt, sie jetzt gehen zu lassen. »Da wäre etwas, das ich mit dir besprechen muß. Meine endgültige Entscheidung ist erst letzte Woche gefallen.« Was immer es für eine Entscheidung sein mochte, es war ihr klar, daß sie daran keinen Anteil hatte. »Du sollst eine der ersten sein, die es erfährt, Olivia.« Eine der ersten, aber nicht die erste. Das drückte die ganze Geschichte der letzten Jahre ihrer Ehe aus. »Ich werde nächstes Jahr für die Präsidentschaft kandidieren. Und um zu gewinnen, brauche ich deine Hilfe.« Sie saß da und starrte ihn an. Hätte er ihr mit dem Baseballschläger eins über den Kopf gegeben, er hätte sie nicht härter treffen können. Nicht daß sie es nicht erwartet hätte. Sie wußte, daß es als Möglichkeit im Raum stand, aber nun war es Realität, und so wie er es sagte, hatte sie das Gefühl, eine Bombe sei in ihren Händen detoniert. Sie hatte keine Ahnung, wie sie reagieren sollte. »Ich habe mir viele Gedanken gemacht, da ich weiß, was du von Wahlkämpfen hältst. Aber ich könnte mir vorstellen, daß es dich irgendwie reizt, First Lady zu werden.« Er sagte es mit einem kleinen Lächeln, das sie ermutigen sollte. Sie erwiderte es nicht. Im Gegenteil,

Entsetzen stand ihr ins Gesicht geschrieben. First Lady zu sein, war das Allerletzte, was sie sich wünschte.

»Es reizt mich nicht im mindesten.«

»Aber mich reizt das Präsidentenamt«, sagte er unumwunden. Er wünschte es sich mehr, als er sich sie oder jede Ehe wünschte. »Und ohne dich schaffe ich es nicht. Ein von seiner Frau getrennter Präsident ist ein Ding der Unmöglichkeit, ganz zu schweigen von einem geschiedenen. Aber das ist für dich ja nichts Neues.« Das Zusammenleben mit ihrem Vater hatte einen politischen Profi aus ihr gemacht. Doch als er sie jetzt ansah, hatte er eine Idee. Er wollte wenigstens versuchen zu retten, was zu retten war, wenn er auch nicht so weit gehen würde, sie davon zu überzeugen, daß er sie noch immer liebte. Dazu war sie zu klug, und sein Schuldkonto war schon zu stark belastet. Sie beide wußten, daß er zu weit gegangen war.

»Ich möchte dir einen Vorschlag machen«, sagte er bedächtig. »Es ist keine sehr romantische Idee, kommt aber wahrscheinlich unseren Bedürfnissen entgegen. Ich brauche dich, zumindest in den nächsten fünf Jahren. Ein Jahr Wahlkampf und vier weitere Jahre für meine erste Amtszeit. Nachher könnten wir entweder neu verhandeln, oder das Land wird sich mit unserer persönlichen Situation abfinden müssen. Vielleicht ist es Zeit, daß die Menschen begreifen, daß ein Präsident auch nur ein Mensch ist. Denk an Prince Charles und Princess Di.

England hat es überlebt, also werden wir es sicher auch schaffen.« In Gedanken war er schon Präsident und erwartete, daß die Menschen sich nach ihm richteten.

»Ich bin nicht sicher, ob wir uns dieser Liga zurechnen dürfen«, sagte sie nicht ohne Ironie, was ihm zu entgehen schien.

»Wir sprechen also von fünf Jahren«, fuhr er unbeirrt fort, ohne ihr Beachtung zu schenken. Er war ganz darauf konzentriert, ihr den Vorschlag schmackhaft zu machen. »Du bist noch sehr jung, Olivia. Du kannst es dir also leisten, und es wird dir eine Aura verleihen, wie du sie nie zuvor hattest. Die Menschen werden dich nicht nur bemitleiden oder sich vor Neugierde nach dir verzehren, sie werden dich förmlich *anbeten*. Meine Leute und ich werden darauf hinarbeiten.« Sie ließ ihn weitersprechen, obwohl sie bei seinen Worten würgenden Ekel spürte. »Am Ende eines jeden Jahres werde ich fünfhunderttausend Dollar nach Steuerabzug für dich auf ein Konto überweisen. Nach fünf Jahren wirst du zweieinhalb Millionen haben.« Er hob eine Hand, um eine Bemerkung ihrerseits abzublocken. »Ich weiß, daß du nicht käuflich bist, aber wenn du nachher ein eigenes Leben führst, hast du einen hübschen kleinen Spargroschen. Und wenn wir noch ein Kind bekommen«, er lächelte ihr zu, um ihr den Handel zu versüßen, »bekommst du noch eine Million. Erst unlängst haben wir davon gesprochen, und ich glaube, das könnte ein wichtiger Punkt werden. Es kann nicht in deinem Sinn sein, daß man uns für absonderlich hält oder behauptet, wir beide seien schwul oder von der Tragödie besessen. Das hat man uns schon oft genug nachgesagt. Höchste Zeit, daß wir einen neuen Schritt setzen und wieder ein Kind bekommen.« Olivia wollte ihren Ohren nicht trauen. ›*Erst unlängst haben wir davon gesprochen*‹, hieß im Klartext, daß er und seine Wahlkampfstrategen davon gesprochen hatten. Es war mehr als widerwärtig.

»Warum mieten wir uns nicht einfach ein Baby?« gab sie kalt zurück. »Niemand müßte es erfahren. Wir könnten es auf den Wahlkampfreisen mitnehmen und es nach der Rückkehr wieder abliefern. Das wäre viel einfacher. Babys machen so furchtbar viel Umstände und soviel Mühe.« Ihr Blick, mit dem sie es sagte, gefiel ihm nicht.

»Bemerkungen dieser Art sind unnötig«, sagte er leise. Dabei sah er wieder aus wie der reiche Junge, der er einmal gewesen war, der die besten Schulen besucht und in Harvard sein Jura-Studium abgeschlossen hatte. Hinter ihm standen ein großes Familienvermögen und die Überzeugung, daß es nichts gab, was er sich nicht anschaffen konnte, sei es, indem er es sich kaufte oder hart genug darauf hinarbeitete. Er war gewillt, beides zu tun, aber nicht für sie. Und daß sie noch ein Kind mit ihm in die Welt setzte, war ganz ausgeschlossen. Er hatte sich um das erste nie gekümmert und war nie dagewesen, auch nicht, als der Kleine an Krebs erkrankte. Einer der

Gründe, weshalb Alex' Tod sie so schwer getroffen hatte und Andy etwas weniger. Seine Bindung an das Kind war lange nicht so eng gewesen wie ihre.

»Ein abstoßender Vorschlag. Etwas ähnlich Widerwärtiges habe ich noch nie gehört«, stieß sie empört hervor. »Du willst fünf Jahre meines Lebens zu einem angemessenen Preis kaufen, und ich soll noch ein Kind bekommen, weil damit deine Chancen im Wahlkampf steigen werden. Wenn ich mir das noch länger anhöre, wird mir speiübel.« Ihr Gesichtsausdruck verriet ihm nur zu deutlich, was sie von seinem Vorschlag hielt.

»Du hast doch Kinder immer gemocht. Ich verstehe nicht, warum das ein Problem sein sollte.«

»Ich mag dich nicht mehr, Andy, und das ist der Grund, zumindest teilweise. Wie kannst du nur so brutal und gefühllos sein? Was ist mit dir passiert?« Tränen brannten ihr in den Augen, doch sie wehrte sich dagegen, um ihn zu weinen. Er war es nicht wert. »Ich liebe Kinder. Immer noch. Aber ich werde kein Kind für diesen Wahlkampf bekommen, mit einem Mann, der mich nicht liebt. Wie stellst du dir das vor ... sollen wir künstliche Befruchtung in Anspruch nehmen?« Seit Monaten hatte er nicht mehr mit ihr geschlafen, was auch in ihrem Sinne war. Er hatte keine Zeit, er hatte andere Quellen, die er regelmäßig ausschöpfte, und sie hatte kein Interesse.

»Ich glaube, du neigst zur Überreaktion«, sagte er, obwohl es ihm doch ein wenig peinlich war, was sie sagte. Es war etwas Wahres dran, das wußte sogar er. Aber er konnte nicht mehr zurück. Sie zurückzugewinnen war für ihn zu wichtig. Er hatte seinen Wahlkampfmanager darauf vorbereitet, daß sie vor einem Kind zurückschrecken würde, da sie sehr an ihrem ersten Kind gehangen hatte und nach seinem Tod völlig verzweifelt gewesen war. Er argwöhnte, daß sie nie wieder bereit sein würde, eines zu bekommen, aus Angst, es zu verlieren. »Na schön, aber ich möchte trotzdem, daß du es dir durch den Kopf gehen läßt. Sagen wir also eine Million pro Jahr. Das sind fünf Millionen für fünf Jahre, und weitere zwei, wenn du dich zu einem Kind entschließen solltest.« Es war sein voller Ernst. Sie konnte nur darüber lachen.

»Du meinst, ich würde also für eine Million pro Jahr ausharren, für zwei, wenn ich ein Kind bekomme? Was ergibt das nur...« Sie tat, als rechne sie nach. »Mal sehen... das wären vier, wenn ich Zwillinge bekäme... sechs, wenn es Drillinge werden. Ich könnte Pergonalspritzen bekommen... dann werden es womöglich sogar Vierlinge...« Sie drehte sich um und sah ihn mit wundem Blick an. Wer war dieser Mann, an den sie einmal geglaubt hatte? Wie hatte sie sich in ihm nur so irren können? Während sie ihm zuhörte, fragte sie sich, ob er je menschlich gewesen war, doch tief in ihrem Herzen wußte sie, daß er es gewesen war, ganz am Anfang.

Wegen des Menschen, der er einst war, und nicht jenem zuliebe, der er jetzt war, blieb sie und hörte zu. »Falls ich auf deine Vorschläge eingehe, und ich bezweifle, daß es dazu kommt, dann wird es aus einem merkwürdigen Gefühl der Loyalität zu dir geschehen, und nicht aus Habgier oder weil ich durch dich zu Reichtum kommen möchte. Aber ich weiß, wie sehr du dir dies wünschst.« Es würde ihr letztes Geschenk an ihn sein. Und sie würde sich dann auch nicht schuldig fühlen müssen, wenn sie ihn verließ.

»Es ist alles, was ich mir wünsche, Olivia«, sagt er mit einer Intensität, die ihn erbleichen ließ. Diesmal war sie sicher, daß es ehrlich gemeint war.

»Ich werde es mir überlegen«, sagte sie leise, ratlos, was sie tun sollte. Noch am Morgen war sie überzeugt gewesen, sie würde Ende der Woche wieder in La Favière sein, und jetzt stand sie davor, First Lady zu werden. Es war ein Alptraum. Trotzdem hatte sie das Gefühl, als schulde sie ihm etwas. Er war noch immer ihr Mann, er war der Vater ihres Kindes gewesen, und sie konnte ihm helfen, das einzige im Leben zu erreichen, das er sich wirklich wünschte. Es war ein großes, ein geradezu unglaubliches Geschenk. Aber ohne sie würde er es nicht schaffen.

»Ich möchte in zwei Tagen meinen Entschluß bekanntgeben. Morgen fliegen wir zurück nach Washington.«

»Nett, daß du mir das mitteilst.«

»Wärst du in der Nähe geblieben, dann wüßtest du über unsere Reisepläne Bescheid«, sagte er rundheraus und ohne sie aus den Augen zu lassen. Zu gern hätte er gewußt, wie sie sich entscheiden würde. Er kannte sie gut genug, um zu wissen, daß er sie nicht zwingen konnte. Er fragte sich, ob es etwas nützen würde, wenn er mit ihrem Vater sprach, doch fürchtete er, daß sich das eher gegenteilig auswirken würde.

Es wurde für sie eine lange und schmerzvolle Nacht im Hotel, und sie wünschte sich sehnlichst, sie hätte wieder einen langen Spaziergang ganz allein unternehmen können. Sie brauchte Zeit zum Nachdenken, wußte aber, daß die Sicherheitsleute darauf nun sehr empfindlich reagieren würden. Und mehr als alles andere wünschte sie sich, mit Peter sprechen zu können. Sie fragte sich, was er darüber denken würde, ob er auch sagen würde, daß sie Andy dieses letzte Geschenk schuldete, diese letzte große Geste der Loyalität, oder ob er sie für verrückt halten würde. Fünf Jahre erschienen ihr wie eine Ewigkeit. Es würden fünf lange Jahre sein, fünf verhaßte Jahre, zumal wenn er die Wahl gewann.

Aber am Morgen stand ihr Entschluß fest. Beim gemeinsamen Frühstück war Andy nervös und blaß, aber nicht weil er fürchtete, sie zu verlieren, sondern aus Angst, sie würde sich nicht für den Wahlkampf einspannen lassen.

»Ich nehme an, ich sollte etwas Tiefsinniges äußern«, sagte sie bei Kaffee und Croissants. Er hatte alle anderen gebeten, sie allein zu lassen, was bei ihm nicht oft vorkam. Sie war seit Jahren nicht mehr mit ihm allein gewesen, von der Zeit nachts im Bett abgesehen, und dies war nun das zweite Mal in zwei Tagen. Er sah sie merkwürdig an, überzeugt, sie würde ihn zurückweisen. »Aber über Tiefsinniges sind wir beide wohl längst hinaus. Ich frage mich nur, wie es so weit hat kommen können, wenn ich an unsere Anfänge denke. Ich glaube, damals warst du wirklich in mich verliebt, und ich kann nicht dahinterkommen, was dann passiert ist, obwohl ich mich an die Ereignisse selbst alle erinnere und sie wie Filme in meinem Kopf ablaufen lasse, ohne daß ich erkennen könnte, von wann an alles danebenging. Weißt du es?« fragte sie ihn traurig.

»Ich bin nicht sicher, ob das so wichtig ist«, sagte er. Es hörte sich bedrückt an. Er ahnte bereits, was sie zu ihm sagen würde. Nie hätte er gedacht, daß sie so rachsüchtig sein könnte. Er hatte seine Affären gehabt, er hatte einiges auf dem Kerbholz, aber nie hatte er angenommen, daß es ihr nahegegangen sein könnte. Jetzt wurde ihm klar, wie dumm er gewesen war. »Ich glaube, im Laufe der Zeit entwickeln sich eben manche Dinge. Und mein Bruder kam ums Leben. Du ahnst nicht, was dies für mich bedeutet hat. Du warst zwar auch betroffen, aber für mich war es anders. Alle Erwartungen, die man in ihn setzte, wurden plötzlich auf mich übertragen. Ich hörte auf, der zu sein, der ich war, und wurde er. Ich glaube, du und ich gingen bei diesem Tausch verloren.«

»Vielleicht hättest du es mir damals sagen sollen.« Vielleicht hätten sie Alex nie bekommen sollen. Vielleicht hätte sie ihn gleich zu Beginn verlassen sollen. Doch die zwei Jahre von Alex' Leben hätte sie um nichts auf der Welt preisgegeben. Trotzdem weckte dies in ihr jetzt nicht den Wunsch nach einem zweiten Kind. Als sie Andy ansah, wurde ihr klar, daß sie ihn schleunigst aus seiner Niedergeschlagenheit herausholen mußte. Das Warten auf ihre Antwort brachte ihn fast um. Sie wollte es rasch hinter sich bringen. »Ich habe mich entschieden, die nächsten fünf Jahre bei dir zu bleiben, für eine Million pro Jahr. Ich habe zwar keine Ahnung, was ich mit dem Geld anfangen werde, ob ich es für wohltätige Zwecke verwende, mir ein Schloß in der Schweiz zulege oder in Alex' Namen eine Stiftung für die Forschung gründe, was immer, das kann ich mir später überlegen. Du hast mir eine Million pro Jahr geboten, und ich nehme an. Aber ich habe auch meine Bedingungen. Ich möchte von dir die Garantie, daß ich am Ende dieser fünf Jahre frei bin, egal ob du wiedergewählt wirst oder nicht. Und wenn du die bevorstehende Wahl verlierst, sind alle Vereinbarungen hinfällig, und ich verschwinde am Tag nach der Wahl. Von nun an sind auch alle Täuschungsmanöver zwischen uns überflüssig. Ich werde für alle Fotos posieren, die du möchtest, und ich werde die Wahlreisen mitmachen, aber ich und du, wir sind nicht mehr verheiratet. Das muß niemand erfahren, aber zwischen uns muß es klar sein, darauf bestehe ich. Ich verlange ein eigenes Schlafzimmer, wo immer wir uns aufhalten, und es wird keine Kinder mehr geben.« Das war klar und unverblümt, es war rasch, es war direkt, und es war vorüber. Aber sie hatte sich damit ein Urteil eingehandelt, das ihr fünf Jahre einbrachte, und er war so geschockt, daß er nicht einmal erfreut aussah.

»Wie soll ich getrennte Schlafzimmer rechtfertigen?« Er wirkte besorgt und erfreut zugleich, da er fast alles erreicht hatte, was er wollte, bis auf das Kind, und das war ohnehin nur eine Idee seines Wahlkampfmanagers gewesen.

»Sag einfach, ich litte an Schlaflosigkeit«, beantwortete sie seine Frage an seiner Stelle, »oder daß ich Alpträume hätte.« Ein gute Idee, und er konnte sich gut vorstellen, daß sich die Sache unter irgendeinem Vorwand erklären ließ… er hätte zuviel Arbeit… der Streß, den das Präsidentenamt mit sich brachte… etwas in dieser Richtung.

»Was hältst du von einer Adoption?« Er konnte es nicht lassen, bis zum Schluß zu feilschen. In diesem Punkt blieb sie jedoch unbeugsam.

»Vergiß es. Es ist nicht mein Stil, der Politik zuliebe Babys zu kaufen. Das möchte ich niemandem antun, und einem unschuldigen Kind schon gar nicht. Kinder verdienen ein besseres Leben als ein solches, und vor allem bessere Eltern.« Eines Tages würde sie sich vielleicht wieder ein Kind wünschen oder eines adoptieren, aber nicht mit ihm, und nicht als Teil eines geschäftlichen Abkommens, das so lieblos war wie dieses. »Und das alles möchte ich in einem Vertrag festgeschrieben sehen. Du bist Anwalt, du kannst ihn also selber aufsetzen, als Vertrag zwischen uns beiden, den niemand sonst zu Gesicht bekommen muß.«

»Man braucht dazu Zeugen«, sagte er, noch immer in Gedanken. Ihre Antwort hatte ihn absolut überwältigt. Nach allem, was sie am Abend zuvor gesagt hatte, war er überzeugt gewesen, sie würde sich nicht darauf einlassen.

»Dann suche jemanden, dem du vertrauen kannst«, sagte sie leise, aber das war in seiner Welt viel verlangt. Jeder einzelne in seiner Umgebung hätte nicht gezögert, ihn von einem Moment zum anderen zu hintergehen.

»Ich weiß gar nicht, was ich jetzt sagen soll«, brachte er noch immer ganz verdutzt heraus.

»Es gibt auch nicht viel zu sagen, Andy, findest du nicht auch?« Seine Kandidatur für die Präsidentschaft und das endgültige Scheitern ihrer Ehe war mit einem Schlag aus heiterem Himmel gekommen. Es machte sie traurig, wenn sie daran dachte, doch zwischen ihnen war keine Zärtlichkeit, keine Freundschaft geblieben. Es würden fünf lange Jahre für sie werden, und sich selbst zuliebe hoffte sie, er würde die Wahl nicht gewinnen.

»Was hat dich dazu bewogen?« fragte er leise. Noch nie im Leben war er jemandem so dankbar gewesen.

»Ich weiß es nicht. Ich hatte das Gefühl, es dir zu schulden. Es wäre mir unrecht erschienen, dir etwas vorzuenthalten, das ich dir geben kann. Du enthältst mir eigentlich außer meiner Freiheit nichts vor, was ich mir wirklich wünsche. Ich möchte später einmal schreiben, aber das hat Zeit.« Sie sah ihn interessiert an, und zum ersten Mal seit Jahren dämmerte ihm, daß er sie nie gekannt hatte.

»Danke, Olivia«, sagte er leise, als er aufstand.

»Viel Glück«, sagte sie ebenso leise. Er nickte und ging ohne einen Blick zurück hinaus. Und als er gegangen war, wurde ihr bewußt, daß er sie nicht einmal geküßt hatte.

Achtes Kapitel

Als Peters Maschine auf dem Kennedy-Flughafen aufsetzte, stand schon eine Limousine für ihn bereit. Er hatte bereits während des Fluges alles arrangiert, und Frank erwartete ihn im Büro. In mancher Hinsicht waren die Nachrichten nicht so schlimm, wie Peter befürchtet hatte, aber gut waren sie auch nicht. Da dies alles für Frank neu war, wußte er, daß es vieler Erklärungen bedürfen würde. Noch vor fünf Tagen, als Peter von Genf abgeflogen war, hatte alles rosig ausgesehen.

Der Freitagabendverkehr in der Stadt hätte nicht schlimmer sein können. Es war Stoßzeit, und es war Juni. Die Autos standen dicht an dicht, und als Peter endlich den Firmensitz von Wilson-Donovan erreichte, war es sechs Uhr vorbei, und er sah abgespannt und mitgenommen aus. Während des Fluges hatte er Stunden damit zugebracht, Suchards Berichte durchzugehen, was ihn von Olivia abgelenkt hatte. Seine Gedanken waren einzig und allein um Frank gekreist, um Vicotec und um die Zukunft. Am schlimmsten war die Nachricht, daß der Termin für die Anhörung bei der Gesundheitsbehörde nicht eingehalten werden konnte und daß damit auch eine vorzeitige Freigabe hinfällig war. Obwohl damit nur die logistische Seite der ganzen Sache betroffen war, wußte Peter, daß Frank bitter enttäuscht sein würde.

Sein Schwiegervater erwartete ihn oben, im vierundvierzigsten Stock von Wilson-Donovan, in der großen Ecksuite, die er seit nahezu dreißig Jahren innehatte, seitdem Wilson-Donovan das Gebäude bezogen hatte. Seine Sekretärin, die noch im Vorzimmer saß, bot Peter einen Drink an, aber er wollte nur ein Glas Wasser.

»Also, du hast es geschafft!« Sein dunkler Nadelstreifenanzug und die volle weiße Mähne ließen Frank distinguiert und jovial aussehen. Aus dem Augenwinkel nahm Peter wahr, daß in einem silbernen Eimer französischer Champagner kühlte. »Wozu diese Geheimniskrämerei? Du machst es richtig spannend.« Die zwei Männer wechselten einen Händedruck, und Peter erkundigte sich nach seinem Befinden, obwohl Frank Donovan gesünder aussah als er selbst. Ungeachtet seiner siebzig Jahre war er ungeheuer vital, erfreute sich bester Gesundheit und hatte immer alles unter Kontrolle, so wie auch jetzt. Als er Peter aufforderte, ihm zu berichten, was sich in Paris zugetragen hatte, hörte es sich fast wie ein Befehl an.

»Ich war heute bei Suchard«, sagte Peter und setzte sich. Jetzt wünschte er sich, er hätte seinen Schwiegervater telefonisch vorgewarnt. Er hatte das Gefühl, die ungeöffnete Champagnerflasche starrte ihn anklagend an. »Er hat sich mit den Tests unendlich lange Zeit gelassen, aber ich glaube, es hat sich gelohnt.« Er spürte, daß seine Knie zitterten wie bei einem Kind. Fast wünschte er sich, er hätte nicht hier sein müssen.

»Was soll das heißen? Ein einwandfreies Attest, nehme ich an.« Er zwinkerte seinem Schwiegersohn zu, aber Peter schüttelte den Kopf und sah ihn direkt an.

»Leider nein, Sir. Eine der Sekundärkomponenten spielte in der ersten Testreihe verrückt, und er wollte uns um keinen Preis grünes Licht geben, ehe er nicht noch eine Testreihe laufen ließ, um festzustellen, ob bei unserem Produkt ein ernstes Problem vorliegt oder ob das Testsystem sich geirrt hat.«

»Und was war es?« Nun machten beide Männer ernste Gesichter.

»Leider unser Produkt. Es ist aber nur ein einziges Element, das wir ändern müßten. Und wenn wir es tun, sind wir aus dem Schneider. Aber im Moment ist Vicotec ein Killer, um es mit Suchards Worten auszudrücken.« Peter sah aus, als wäre er bereit, sich allem zu stellen, aber Frank schüttelte nur ungläubig den Kopf und lehnte sich zurück. Er überdachte, was Peter ihm eben eröffnet hatte.

»Das ist lächerlich. Wir wissen es besser. Sieh dir die Ergebnisse aus Berlin an. Oder aus Genf. Dort hat man die Tests monatelang durchgeführt, und jedesmal lief alles glatt.«

»Aber nicht in Paris. Das können wir nicht übergehen. Es sieht ganz danach aus, als handle es sich zum Glück nur um ein einziges Element, und er ist der Meinung, daß es sich ›ziemlich einfach‹ austauschen läßt.« Jetzt zitierte er Suchard.

»Wie einfach?« Frank sah ihn finster an. Er wollte nur eine Antwort hören.

»Er meint, daß die Forschungsarbeit mit etwas Glück ein halbes bis ein Jahr dauern könnte. Möglicherweise auch zwei Jahre. Aber wenn wir unsere Teams verdoppeln, könnten wir meiner Meinung nach bereits im nächsten Kalenderjahr fertig sein. Eher schaffen wir es wohl nicht.« Er hatte während des Fluges auf seinem Computer alles gewissenhaft ausgerechnet.

»Das ist blanker Unsinn. In drei Monaten soll die Gesundheitsbehörde Versuche an Testpersonen genehmigen. Uns bleibt also nur ein Vierteljahr, und länger werden wir auch nicht brauchen. Deine Aufgabe ist es, die Sache durchzuziehen. Wenn es sein muß, hol dir diesen französischen Schaumschläger herüber, damit er dir hilft.«

»In drei Monaten schaffen wir es nie.« Peter war entsetzt über Franks Ansinnen. »Das ist ausgeschlossen. Wir müssen das Ansuchen um vorzeitige Freigabe bei der Gesundheitsbehörde zurückziehen und unser Erscheinen vor dem Ausschuß verschieben.«

»Das werde ich nicht tun«, kläffte Frank ihn an. »Damit machen wir uns nur lächerlich. Du hast ausreichend Zeit, um die paar Kinkerlitzchen auszumerzen, ehe wir vor dem Ausschuß auftreten.«

»Und wenn wir es nicht schaffen und man uns die Genehmigung trotzdem erteilt, werden wir jemanden umbringen. Du hast gehört, was Suchard sagte. Es ist gefährlich. Frank, ich möchte dieses Produkt mehr als jeder andere auf dem Markt sehen, aber ich werde deswegen keine Menschenleben opfern.«

»Ich sage dir eines«, stieß sein Schwiegervater zähneknirschend hervor. »Du hast drei Monate Zeit, um vor der Anhörung alles zu bereinigen.«

»Frank, mit einem gefährlichen Produkt trete ich nicht vor die Gesundheitsbehörde. Verstehst du?« Es war das erste Mal, daß auch Peter lauter wurde. Aber er war müde. Hinter ihm lag ein langer Flugtag, und er hatte seit Tagen nicht richtig geschlafen. Und Frank führte sich auf wie ein Irrer und bestand darauf, bei der FDA um eine Genehmigung für vorgezogene klinische Versuche anzusuchen und Vicotec auf die »Überholspur« zu setzen, obwohl Suchard die Gefährlichkeit des Präparates betont hatte. »Hast du gehört?« wiederholte er, worauf der alte Mann in stummem Zorn den Kopf schüttelte.

»Nein, habe ich nicht. Du weißt, was ich von dir möchte. Also tu es. Ich bin nicht gewillt, noch mehr Geld zum Fenster hinauszuwerfen, um die Sache weiterzuentwickeln. Das Ding hebt entweder jetzt ab oder nie. Ist das klar?«

»Sehr klar«, gab Peter leise zurück. Er hatte sich wieder in der Gewalt. »Dann wird es wohl nie fliegen lernen. Ob weitere Forschungsgelder dafür aufgewendet werden oder nicht ist allein deine Entscheidung«, sagte er voller Respekt, aber Frank funkelte ihn nur zornig an.

»Ich gebe dir drei Monate.«

»Frank, ich brauche mehr Zeit. Das weißt du.«

»Mir egal, was du brauchst. Sorge dafür, daß bis zur Anhörung im September alles geklärt ist.«

Am liebsten hätte Peter ihm entgegengeschleudert, daß er den Verstand verloren habe, doch das wagte er nicht. Noch nie hatte er erlebt, daß Frank eine gewagte Enscheidung getroffen hatte. Aber im Moment reagierte er völlig unvernünftig und stand im Begriff, etwas zu tun, das das Unternehmen ernsthaft in Schwierigkeiten bringen konnte. Er benahm sich lächerlich, und Peter konnte nur hoffen, daß er bis zum Morgen wieder zur Vernunft kommen würde. Wie bei Peter war auch bei ihm die Enttäuschung groß.

»Tut mir leid, daß ich schlechte Nachrichten überbringen mußte«, sagte Peter leise. Dabei fragte er sich, ob Frank erwartete, daß er ihn im Wagen nach Greenwich mitnehmen würde. Wenn ja, dann würde die Fahrt sich ziehen und sehr ungemütlich werden, aber Peter war gewillt, es auf sich zu nehmen.

»Ich glaube, daß Suchard den Verstand verloren hat«, sagte Frank verärgert. Er ging durchs Büro und machte die Tür auf, als Zeichen, daß Peter gehen sollte.

»Ich war auch außer mir«, sagte dieser offen, aber wenigstens hatte er mehr Verstand als Frank bewiesen, der sich über die Folgen dessen, was er da forderte, nicht im klaren zu sein schien. Wenn man um Genehmigung für klinische Tests ansuchte, die auf die vorzeitige Freigabe eines Medikaments abzielten, das noch Tücken aufwies und sich als gefährlich entpuppen konnte, war es unvermeidlich, daß man sich große Schwierigkeiten einhandelte. Peter war unbegreiflich, weshalb Frank das nicht einsehen wollte.

»Bist du deshalb die ganze Woche in Paris geblieben?« fragte Frank, sichtlich noch immer wütend. Es war nicht Peters Schuld, doch war er der Überbringer der schlechten Nachrichten.

»Ja. Ich war der Meinung, Suchard würde sich beeilen, wenn ich vor Ort bliebe und wartete.«

»Vielleicht hätten wir uns die Mühe sparen sollen, ihn die Tests machen zu lassen.« Peter wollte seinen Ohren nicht trauen.

»Sicher wirst du anders darüber denken, wenn du die Sache ausführlicher erwogen und die Berichte gelesen hast.« Peter übergab ihm einen Stapel Papiere aus seinem Aktenkoffer.

»Das kannst du der Forschungsabteilung geben.«

Frank schob den Stapel ungeduldig von sich. »Ich denke nicht daran, den ganzen Kram durchzulesen. Man will uns nur unnötig Verzögerungen aufzwingen. Ich kenne die Arbeiten, die Suchard für uns macht. Er ist ein hysterisches altes Waschweib.«

»Er ist ein renommierter Wissenschaftler«, sagte Peter mit Nachdruck, entschlossen, nicht an Boden zu verlieren, doch die Besprechung mit Frank war vom Anfang bis zum Ende wie ein Alptraum verlaufen. Er konnte es kaum erwarten, sich zu empfehlen und nach Hause nach Greenwich fahren zu können. »Ich glaube, wir setzen unser Gespräch besser am Montag fort, nachdem du etwas Zeit hattest, die Sache zu verarbeiten.«

»Es gibt nichts zu verarbeiten. Und nichts zu besprechen. Ich bin sicher, daß Suchards Bericht purer Hysterie entspringt. Deshalb nehme ich ihn nicht zur Kenntnis. Wenn du dich weiterhin damit befassen möchtest, ist das deine eigene Sache.« Dann kniff er die Augen zusammen und hob drohend den Zeigefinger. »Und ich möchte nicht, daß du mit jemandem über die Sache sprichst. Sorg dafür, daß unsere zwei hiesigen Forschungsteams den Mund halten. Das fehlte uns noch, daß dem FDA irgendein Gerücht zu Ohren kommt. Dann schmettert die Behörde von sich aus unseren Antrag ab.« Peter kam sich vor wie in einem surrealistischen Film. Wenn Frank weiterhin so unsinnige Entscheidungen traf, war es höchste Zeit, daß er sich zur Ruhe setzte. Sie hatten schließlich keine andere Wahl. Solange Vicotec nicht ausgereift war, konnte man keinen Antrag an die Behörde stellen. Peter hatte nicht die leiseste Ahnung, warum Frank sich so uneinsichtig zeigte. Aber der Zorn seines Schwiegervaters stieg noch beträchtlich, als er die Rede auf den nächsten Punkt brachte.

»Während deiner Abwesenheit ist bei uns eine Aufforderung des Kongresses eingetroffen«, eröffnete er Peter barsch. »Wir sollen im Herbst vor einem Unterausschuß über das derzeitige hohe Preisniveau der Arzneimittel referieren. Es steht uns also wieder Gejammer von seiten der Regierung ins Haus, warum wir unsere Präparate nicht gratis an allen Straßenecken abgeben. In Kliniken und in der dritten Welt tun wir das reichlich. Aber wir sind ein Industrieunternehmen, verdammt noch mal, und kein Wohltätigkeitsverein. Und glaube ja nicht, daß wir Vicotec als Geschenk unter die Leute bringen. Das werde ich nicht dulden!« Peters Nackenhaare sträubten sich, als er das hörte. Das Präparat war mit der Absicht entwickelt worden, es für alle zugänglich zu machen, für Menschen, die in entlegenen ländlichen Gebieten lebten oder deren häusliche Situation ärztliche Behandlung erschwerte oder unmöglich machte wie bei seiner Mutter und seiner Schwester. Wenn Wilson-Donovan Vicotec als Luxus-Artikel einstufte, dann war der eigentliche Zweck des Produkts verfehlt. Peter mußte gegen eine Woge der Panik ankämpfen.

»Ich glaube, der Preis ist in diesem Fall ein sehr wichtiger Punkt«, sagte er gelassen.

»Das glaubt auch der Kongreß«, fuhr Frank ihn an. »Man will nicht nur in diesem Punkt unsere Stellungnahmen, nein, es geht um viel mehr, aber wir müssen für unsere Preise standhaft eintreten, sonst stopft man uns unsere eigenen Worte in den Rachen, wenn Vicotec auf den Markt kommt.«

»Ich glaube, wir sollten uns in diesem Punkt sehr zurückhalten«, sagte Peter, dessen Herz sank. Nichts von dem, was er zu hören bekam, war in seinem Sinn. Hier ging es nur um Profit. Sie waren dabei, ein Wundermittel zu entwickeln, und Frank Donovan beabsichtigte, daraus alle nur möglichen Vorteile zu ziehen.

»Ich habe dein Erscheinen vor dem Kongreß bereits zugesagt. Du wirst also vor dem Ausschuß sprechen. Ich dachte mir, du könntest es im September einschieben, wenn du ohnehin in Washington bist, weil du bei der FDA zu tun hast.«

»Vielleicht auch nicht«, sagte Peter ernst, entschlossen, die Kampfhandlungen auf später zu verschieben. Er war zu erschöpft. »Soll ich dich nach Greenwich mitnehmen?« fragte er höflich, in der Hoffnung, das Thema wechseln zu können. Er hatte noch immer nicht verkraftet, daß Frank sich so stur und bar aller Vernunft zeigte.

»Ich bin zum Dinner in der Stadt verabredet«, sagte

Frank knapp. »Wir sehen uns am Wochenende.« Peter war sich sicher, daß Kate und er bereits etwas arrangiert hatten und daß er es von ihr erfahren würde, wenn er nach Hause käme. Als er endlich ging, kreisten alle seine Überlegungen um die Unvernunft von Franks Standpunkt. Gut möglich, daß er schon senil war. Kein Mensch, der bei klarem Verstand war, würde bei der Gesundheitsbehörde die vorzeitige Freigabe eines Produktes beantragen, das Risiken in sich barg; nicht nach allem, was Suchard gesagt hatte, nicht, wenn auch nur die geringste Gefahr bestand. Für Peter hatte das nichts mit Rechtmäßigkeit oder Haftung zu tun, sondern mit moralischer Verantwortung. Man stelle sich vor, Vicotec würde nach der Zulassung den Tod eines Menschen herbeiführen. Für ihn stand unbestritten fest, daß in diesem Fall Frank und er die Verantwortung trugen und nicht das Medikament. Daran war nicht zu rütteln.

Er brauchte die gesamte Fahrzeit von einer Stunde, um sich von der Unterredung mit Frank zu erholen. Als er zu Hause eintraf, machten sich Katie und alle drei Jungen gerade in der Küche zu schaffen. Katie war beim Grillen, und Mike, der versprochen hatte, ihr zu helfen, hing am Telefon, um eine Verabredung für den späteren Abend zu treffen. Paul behauptete, er hätte etwas anderes zu tun. Peter sah seine Frau reumütig an, legte seine Jacke ab und band sich eine Schürze um. Für ihn war es zwei Uhr morgens, doch plagten ihn Gewissensbisse, weil er die ganze Woche über nicht dagewesen war.

Er versuchte Kate zur Begrüßung zu küssen, nachdem er sich die Schürze umgebunden hatte, und wunderte sich, wie kühl sie sich gab, so daß er sich schon fragte, ob sie wegen Paris etwas argwöhnte. Die hellseherischen Fähigkeiten des weiblichen Geschlechtes hatten ihm immer schon Grund zum Staunen geliefert. In achtzehn Jahren Ehe hatte er sie nie betrogen, und das eine Mal, da er es getan hatte, vermutete er prompt, daß sie es wußte, da beim Dinner Eiseskälte von ihr auszugehen schien. Erst als die Jungen gleich nach Tisch verschwanden, um ihre eigenen Pläne zu verfolgen, machte sie den Mund auf, und sein Herz sank klaftertief, als er hörte, was sie zu sagen hatte.

»Mein Vater hat mir gesagt, daß du heute ziemlich rüde mit ihm umgesprungen bist«, sagte sie ruhig und durchbohrte ihren Mann förmlich mit spitzen Blicken. »Das halte ich für unfair. Du warst die ganze Woche nicht da, und er hatte sich so darauf gefreut, daß es mit Vicotec endlich losgehen kann. Jetzt hast du alles verdorben.« Es war also keine andere Frau, über die sie sich aufregte, sondern ihr Vater. Wie immer verteidigte sie ihn, ohne zu wissen, was vorgefallen war.

»Kate, nicht ich habe es ihm verdorben, sondern Suchard«, sagte er völlig ausgelaugt. Mit beiden konnte er den Kampf nicht aufnehmen. Da er die ganze Woche über kaum geschlafen hatte, war er dazu nicht imstande, ganz abgesehen von der Tatsache, daß es ihn aufbrachte, seine Geschäftsprinzipien vor ihr verteidigen zu müssen. »Das Labor in Frankreich hat ein ernstes Problem entdeckt, einen Fehler in der Zusammensetzung von Vicotec, der sich tödlich auswirken könnte. Wir müssen die Komponenten ändern.« Das sagte er ganz ruhig und sachlich, aber ihre Miene blieb mißtrauisch, als er es ihr erklärte.

»Dad sagt, daß du dich weigerst, es zu einer Anhörung kommen zu lassen.« Ihre Stimme drang anklagend durch die Küche.

»Natürlich weigere ich mich. Glaubst du, ich möchte der Gesundheitsbehörde ein fehlerhaftes Produkt vorstellen und eine vorzeitige Freigabe beantragen, um es dann einer arglosen Öffentlichkeit zu verkaufen? Mach dich nicht lächerlich. Ich habe keine Ahnung, warum dein Vater so reagiert hat. Aber ich nehme doch an, daß er Vernunft annehmen wird, wenn er die Testberichte studiert hat.«

»Vater sagt, du seist kindisch und die Berichte seien hysterisch. Es bestünde kein Grund zur Panik.« Sie ließ nicht locker. In Peters Wange zuckte nervös ein Muskel. Er hatte nicht die Absicht, die Sache mit ihr weiter zu diskutieren.

»Ich glaube nicht, daß dies der richtige Zeitpunkt ist, um darüber zu reden. Dein Vater war außer sich, und ich ebenso. Und wie er bin ich von den Resultaten enttäuscht. Aber sie zu leugnen und zu ignorieren ist nicht die richtige Antwort.«

»Das klingt ja so, als wäre er nicht bei Trost«, stieß sie wütend hervor, und diesmal konnte Peter nicht an sich halten.

»Er hat sich jedenfalls so benommen, und du führst dich auf, als wärst du seine Mutter, Kate. Das ist keine Sache, die nur uns betrifft. Es handelt sich um Interessen, die die Firma betreffen, und um eine wichtige Entscheidung, bei der es um Leben und Tod geht. Diese Entscheidung liegt nicht bei dir, und es steht dir darüber auch kein Urteil zu. Meiner Meinung nach solltest du dich nicht einmischen.« Es erbitterte ihn, daß Frank offenbar zum Telefonhörer gegriffen hatte, kaum daß er aus dem Büro gegangen war. Plötzlich mußte er an alles denken, was Olivia gesagt hatte. Sie hatte recht. Kate und ihr Vater verfügten über sein Leben. Und was ihn daran vor allem erbitterte, war der Umstand, daß er selbst es bis jetzt nicht erkannt hatte.

»Dad sagt, daß du auch nicht vor dem Kongreß erscheinen und dich zur Frage der Preisgestaltung äußern willst.« Es hörte sich verwundert an, und Peter, den ein Gefühl der Hilflosigkeit überkam, seufzte.

»Das habe ich so nicht gesagt. Ich sagte nur, wir sollten uns momentan in diesem Punkt nicht zu sehr exponieren, aber eine Entscheidung bezüglich des Kongreßausschusses habe ich nicht getroffen. Ich weiß ja noch gar nichts darüber.« Dafür hatte Frank sie jedoch bereits eingehend informiert. Wie immer wußte sie mehr als Peter.

»Warum machst du nur solche Schwierigkeiten?« Kate folgte ihm, als er in dem Bemühen, sich nützlich zu machen, das Geschirr in die Spülmaschine einräumte. Er war so erschöpft und litt so unter Jet-Lag, daß er kaum die Augen offenhalten konnte.

»Kate, halte dich da raus. Überlaß es deinem Vater, Wilson-Donovan zu leiten. Er weiß, was er tut.« Und er hätte sich nicht bei seiner Tochter ausweinen sollen. Peter war außer sich.

»Genau das habe ich eben zu dir gesagt«, äußerte Kate siegessicher. Sie machte nicht den Eindruck, als freue sie sich über das Wiedersehen. Sie wollte nichts als ihren Vater verteidigen. Es schien sie nicht zu kümmern, wie müde Peter war oder wie enttäuscht über den Fehler in der Zusammensetzung von Vicotec, über die Unmöglichkeit, beim FDA eine Freigabe des Medikaments durchzusetzen oder mit der Produktion zu beginnen. Ihr einziger Gedanke galt ihrem Vater. So deutlich hatte er es noch nie gemerkt, und der Blick in ihren Augen verletzte ihn zutiefst. »Überlaß die Entscheidungen meinem Vater. Wenn er sagt, du kannst mit Vicotec zur FDA gehen, dann liegt kein Grund vor, es nicht zu tun. Und wenn es ihn glücklich macht, daß du vor dem Kongreßausschuß über die Preisgestaltung diskutierst, dann tu es doch.« Peter hätte bei diesen Worten am liebsten laut aufgeschrien.

»Es geht hier nicht darum, ob ich vor dem Ausschuß auftrete oder nicht. Und mit einem nicht ausgereiften und noch dazu gefährlichen Produkt zur FDA zu gehen, ist reiner Selbstmord, sowohl für die Firma als auch für die Patienten, die sich für das Präparat entscheiden, ohne von den möglichen tödlichen Folgen etwas zu ahnen. Würdest du mit dem heutigen Wissensstand zu einem Mittel wie Contergan greifen? Natürlich nicht. Würdest du bei der FDA dafür eine vorzeitige Freigabe beantragen? Natürlich nicht. Kate, sobald man von möglicherweise tödlichen Faktoren eines Medikaments Kenntnis hat, darf man sie nicht ignorieren. Das wäre reiner Wahnsinn, und ebenso wahnsinnig wäre es, voreilig bei der FDA um Freigabe anzusuchen. Wenn man das Produkt voreilig oder unsachgemäß auf den Markt bringt, läuft man Gefahr, die öffentliche Meinung im ganzen Land dagegen aufzubringen.«

»Ich glaube, Vater hat recht. Du bist ein Feigling«, sagte sie unumwunden.

»Das kann ich nicht glauben.« Er starrte sie fassungslos an. »Das hat er zu dir gesagt?« Sie nickte. »Ich glaube, er ist überanstrengt, und ich möchte, daß du dich aus dieser Sache heraushältst. Ich war jetzt fast zwei Wochen fort und will mit dir keinen Streit über deinen Vater.«

»Dann quäle ihn nicht. Er hat sich ungeheuer aufgeregt über die Art, wie du ihn heute behandelt hast. Peter, ich finde das ausgesprochen fies, häßlich und respektlos.«

»Wenn ich von dir ein Führungszeugnis brauche, Kate, dann werde ich dich um eines bitten. Aber bis dahin können dein Vater und ich die Sache allein bewältigen. Er ist ein erwachsener Mensch und hat es nicht nötig, daß du ihn verteidigst.«

»Vielleicht doch. Er ist fast doppelt so alt wie du, und wenn du ihm nicht mit mehr Achtung begegnest und ihn weiterhin so rücksichtslos überfährst, wirst du ihn noch vorzeitig ins Grab bringen.« Den Tränen nahe überschüttete sie ihren Mann mit Vorwürfen. Er setzte sich und nahm seinen Schlips ab. Was er da zu hören bekam, war unglaublich.

»Hör jetzt auf, um Himmels willen! Das ist doch lächerlich. Er ist erwachsen und kann auf sich selbst aufpassen. Seinetwegen müssen wir uns nicht streiten. Du wirst mich noch vor der Zeit ins Grab bringen, wenn du mir nicht eine Atempause gönnst. Aus Sorge um die Testergebnisse habe ich die ganze Woche kaum ein Auge zugetan.« Und wegen Olivia und der drei Nächte, die er damit verbracht hatte, mit ihr zu reden und die Hin- und Rückfahrt nach und von La Favière zu bewältigen. Aber das ließ er unerwähnt. Es kam ihm schon jetzt so unwirklich vor, daß er es kaum glauben konnte. Kate hatte ihn mit der Gewalt einer Kernexplosion zurück in seine eigene Welt katapultiert.

»Ich weiß gar nicht, warum du so grausam zu ihm warst«, sagte sie und putzte sich die Nase. Peter starrte sie an. Waren sie und ihr Vater übergeschnappt? Es ging um ein Medikament, das mit Problemen behaftet war, die es zu lösen galt. Seine Weigerung, das Produkt bei der FDA zu präsentieren, stellte keine Meuterei gegen Frank dar, und seine Offenheit ihm gegenüber sollte kein Affront gegen Katie sein. Waren sie denn alle verrückt geworden? War es immer schon so gewesen? Oder war es plötzlich schlimmer als je zuvor? Er war so müde, daß er nicht mehr aus noch ein wußte, und als Katie in Tränen ausbrach, war es der absolute Gipfel. Er stand auf und legte die Arme um sie.

»Katie, glaube mir, ich war nicht grausam. Vielleicht hatte er einen schlechten Tag. Und ich auch. Laß uns zu Bett gehen, bitte … ich bin hundemüde.« Oder war vielleicht der Verlust Olivias an seinem Zustand schuld? Im Moment war er außerstande, sich darüber klarzuwerden.

Als Kate sich widerstrebend bequemte, mit ihm zu Bett zu gehen, beklagte sie sich noch immer, wie ungerecht er zu ihrem Vater gewesen war. Es war so lächerlich, daß er ihr darauf nicht mehr antwortete. Fünf Minuten später war er eingeschlafen und träumte von einem jungen Mädchen an einem Strand. Das Mädchen lachte und winkte, und er lief auf sie zu, in der Meinung, es sei Olivia, doch als er sie erreichte, war es Katie, die ihn wütend anschrie, und während er ihr Geschimpfe über sich ergehen ließ, sah er Olivia in der Ferne entschwinden.

Beim Erwachen am nächsten Tag spürte er wieder bleierne Müdigkeit und dazu ein überwältigendes Gefühl der Verzweiflung, als wären Felsbrocken auf ihn herabgestürzt. Er konnte sich erst nicht besinnen, warum er sich so fühlte, doch als er um sich blickte und den vertrauten Raum sah, fiel ihm alles wieder ein. Er entsann sich eines anderen Raumes, eines anderen Tages, einer anderen Frau. Kaum zu glauben, daß es erst zwei Tage her war. Ebensogut hätte seither ein ganzes Leben vergangen sein können. Und während er im Bett liegend an sie dachte, kam Katie herein und eröffnete ihm, daß für den Nachmittag Golf vorgesehen war, mit ihrem Vater.

Olivia war endgültig verschwunden, der Traum ausgeträumt. Dies war die Wirklichkeit, in die er heimgekehrt war. Es war das Leben, das er immer geführt hatte, nur kam ihm plötzlich alles so anders vor.

Neuntes Kapitel

Nach einiger Zeit beruhigte sich alles wieder. Katies Laune hob sich, und sie hörte auf, ihren Vater ununterbrochen zu verteidigen, als sei er ein kleines Kind im Sandkasten. Sie kamen auf geselliger Basis oft mit ihm zusammen, und als ein paar Tage vergangen waren, zeigten sie und ihr Vater sich merklich besser aufgelegt. Peter fand es immer schön, wenn die Jungen dawaren, wenngleich sie in diesem Jahr immer weniger Zeit bei ihren Eltern verbrachten. Mike hatte jetzt den Führerschein und brachte Paul überallhin, was eine Entlastung darstellte, zugleich aber bedeutete es, daß sie die beiden weniger zu Gesicht bekamen. Sogar Patrick ließ sich viel seltener zu Hause blicken. Er hatte sich in das Mädchen von nebenan verknallt und verbrachte den Großteil seiner wachen Zeit bei ihr.

»Was ist dieses Jahr nur mit uns los? Leiden wir an Aussatz?« beklagte Peter sich eines Morgens beim Frühstück bei Kate.

»Wir bekommen die Kinder kaum noch zu sehen. Ständig sind sie unterwegs. Ich dachte, wir würden etwas von ihnen haben, wenn sie aus dem Internat nach

Hause kämen, statt dessen sind sie immer mit Freunden aus.« Er kam sich tatsächlich beraubt vor, da er sie gern um sich hatte und es ihn traurig stimmte, wenn er sie nicht sah. Das Zusammensein mit ihnen verlief in einer Ungezwungenheit, wie er sie mit Kate schon lange vermißte.

»Du wirst sie im Sommer in Vineyard noch genug sehen«, bemerkte sie gelassen. Sie war an ihr Kommen und Gehen und an ihr geselliges Leben gewöhnt. Außerdem genoß sie ihre Gesellschaft nicht annähernd so wie er. Er war immer ein fabelhafter Vater gewesen, auch als die Kinder noch klein gewesen waren.

»Soll ich mich mit ihnen etwa verabreden? Bis August sind es, verdammt noch mal, fünf Wochen. Sie fehlen mir, und das behagt mir nicht. Ich werde nur einen Monat dort sein.« Er sagte es halb im Scherz, und sie lachte dazu.

»Sie sind alle erwachsen«, sagte sie nüchtern.

»Heißt das, daß ich als Vater gefeuert wurde?« Er schien echt erschrocken. Mit vierzehn, sechzehn und achtzehn schienen die Jungen für ihre Eltern nicht mehr viel Verwendung zu haben.

»Mehr oder weniger. Du kannst mit meinem Vater an den Wochenenden Golf spielen.« Ironischerweise verbrachte sie jedoch noch immer mehr Zeit mit ihrem Vater als ihre eigenen Söhne mit ihnen. Aber er verkniff sich eine diesbezügliche Bemerkung und sagte auch nicht, daß die Reaktion ihrer Söhne bei weitem normaler war.

Zwischen Peter und Frank herrschte allerdings noch eine gewisse Spannung. Erst letzte Woche hatte Frank eine Riesensumme für die Weiterentwicklung von Vicotec bewilligt. Damit war gewährleistet, daß Doppelteams rund um die Uhr arbeiten konnten. Er hatte sich aber noch nicht bereit erklärt, das Ansuchen bei der FDA zurückzuziehen, obwohl Peter grollend und nur Katies Vater zuliebe eingewilligt hatte, vor dem Kongreßausschuß über ihre Preisgestaltung Rede und Antwort zu stehen.

Er tat es höchst ungern, doch war die Sache keinen Streit wert, zudem bedeutete es für die Firma einen Prestigezuwachs, wenn Peter vor dem Kongreß erschien. Es ging ihm nur total gegen den Strich, daß er die hohen Preise verteidigen mußte, die sein Unternehmen und die anderen in der Branche für Produkte forderten, bei denen es nicht nötig gewesen wäre. Aber wie Frank betont hatte, waren sie im Geschäft, um Profit zu machen. Sie trugen zwar dazu bei, die Leiden der Menschheit zu lindern, erwarteten aber, damit Geld zu machen. Doch Peter wollte, daß mit Vicotec anders verfahren wurde, und er hoffte, Frank davon überzeugen zu können, daß sich in diesem Fall der Profit über den Umsatz und nicht über astronomische Preise einstellen würde, denn zumindest anfangs würde das Produkt konkurrenzlos sein.

Aber im Moment war Frank nicht gewillt, darüber auch nur zu diskutieren. Er wollte nur Peters Versprechen, daß er noch immer versuchen würde, das Medikament im September bei der Gesundheitsbehörde durchzubringen. Er war förmlich besessen davon und wollte Vicotec möglichst schnell und um jeden Preis auf den Markt bringen, entschlossen, Geschichte zu schreiben und etliche Millionen Dollar zu machen.

Ständig beharrte er darauf, daß sie ausreichend Zeit hätten und mit etwas Glück »die Kinkerlitzchen« bis September ausmerzen konnten. Peter hatte es längst aufgegeben, ihm zu widersprechen. Er wußte, daß man nötigenfalls den Antrag bei der FDA auch noch später zurückziehen konnte. Es bestand eine winzige Chance, daß sie rechtzeitig fertig werden würden, aber laut Suchard war dies sehr zweifelhaft. Peter hielt Franks Zielsetzungen für unrealistisch.

»Könnten wir Suchard nicht herüberkommen lassen? Damit könnte man das Verfahren vielleicht ein wenig beschleunigen«, schlug Peter vor, aber Frank hielt das für keine gute Idee. Und als Peter Paul-Louis anrief, um die Sache zu besprechen, teilte man ihm mit, daß Suchard auf Urlaub sei. Das kam Peter höchst merkwürdig vor, zugleich war er verärgert über die Wahl des Zeitpunkts. Da in Paris niemand wußte, wo der Wissenschaftler seine Ferien verbrachte, blieb er für Peter unauffindbar.

Bis sich die Wogen geglättet hatten, wurde es Ende Juni und damit Zeit für Frank, Kate und die Jungen, nach Vineyard überzusiedeln. Peter wollte das Wochenende des vierten Juli mit ihnen verbringen und dann wieder in die Stadt zurückkehren und hin- und herpendeln. Die Woche über gedachte er, das Firmenapartment in der Stadt zu benutzen und Überstunden zu machen, die Wochenenden wollte er in Martha's Vineyard verbringen. Aber von Montag bis Freitag wollte er für die Forschungsteams erreichbar sein, nur für alle Fälle und falls er gebraucht würde. Außerdem blieb er gern in der Stadt, da es in Greenwich für ihn ohne Kate und die Kinder sehr einsam war und er gern diese günstige Gelegenheit nutzte, um vieles aufzuarbeiten.

Doch es war nicht nur die Arbeit, die ihn Ende Juni beschäftigte. Zwei Wochen zuvor hatte er die Ankündigung gesehen, daß Andy Thatcher für das Präsidentenamt zu kandidieren gedachte, erst bei den Vorwahlen, und wenn er diese gewann, bei den Wahlen im November des nächsten Jahres. Und Peter hatte auch mit großem Interesse gesehen, daß Olivia bei seiner ersten und den folgenden Pressekonferenzen an seiner Seite auftrat. Sie hatten einander versprochen, nicht anzurufen, so daß er sich jetzt nicht bei ihr melden und sie nach dem Grund fragen konnte. Daß man sie plötzlich so oft an der Seite Andy Thatchers sah, war für ihn verwirrend, und er fragte sich, was das in Anbetracht ihrer früheren

Absicht, ihn zu verlassen, zu bedeuten hatte. Da sie aber nun einmal übereingekommen waren, Anrufe zu vermeiden, hielt sich Peter an die Abmachung, so schwer es ihm auch fiel. Ihre regelmäßigen Auftritte an Andys Seite in der politischen Arena ließen den Schluß zu, daß sie sich entschieden hatte, doch bei ihm zu bleiben. Ihn hätte nur interessiert, was sie empfand und ob Andy diese Entscheidung irgendwie manipuliert hatte. Da er wußte, wie Thatcher sie behandelte und was ihm seine Ehe bedeutete, kam es ihm unwahrscheinlich vor, daß sie es aus Zuneigung getan hatte. Wenn überhaupt, dann hatte sie sich aus Pflichtbewußtsein entschlossen, bei ihm zu bleiben. Daß sie es aus Liebe getan hatte, wollte er nicht glauben.

Sonderbar, wie sie beide ihr Leben weiterführen mußten, nach der kurzen gemeinsamen Zeit in Frankreich. Und daran schloß sich für ihn die Frage an, ob auch für sie plötzlich alles anders geworden war, genauso wie für ihn. Anfangs hatte er verzweifelt versucht, gegen dieses Gefühl anzukämpfen, sich zu sagen, daß sich nichts geändert hatte. Doch Dinge, die ihn zuvor nie gestört hatten, waren plötzlich zu großen Problemen geworden. Auf einmal hatte es den Anschein, als hätte alles, was Kate sagte oder tat, etwas mit ihrem Vater zu tun. Dazu empfand er seine Arbeit als viel schwieriger. Mit Vicotec war man noch nicht weitergekommen, neue Ergebnisse gab es nicht, und Frank war noch nie so uneinsichtig gewesen wie im Moment. Nicht einmal seine Söhne brauchten ihn noch. Was aber am schlimmsten war, Peter hatte das Gefühl, als gäbe es in seinem Leben keine Freude mehr, keine Erregung, kein Geheimnis, keine Romanze. Es gab nichts von alledem, was er mit Olivia in Frankreich geteilt hatte. Aber am schmerzlichsten empfand er, daß er sich mit niemandem aussprechen konnte. Er hatte im Laufe der Jahre gar nicht gemerkt, wie weit er und Katie auseinandergedriftet waren, wie sehr andere Dinge sie beschäftigten und wie vollständig sie von ihren eigenen Aktivitäten und Bekannten, ihren Ausschußsitzungen und Freundinnen in Anspruch genommen wurde. Für ihn schien kein Platz mehr in ihrem Leben vorhanden zu sein, und der einzige Mann, der für sie eine Rolle spielte, war ihr Vater.

Er fragte sich, ob er überempfindlich oder unvernünftig war, noch immer übermüdet oder nach der Enttäuschung mit Vicotec noch zu mitgenommen. Aber das war unwahrscheinlich. Und auch als er am vierten Juli mit ihnen nach Vineyard fuhr, war alles für ihn ein Grund zur Mißstimmung. Ihrem gemeinsamen Freundeskreis war er entfremdet, die Harmonie mit Katie war dahin, und auch hier hatte er das Gefühl, die Jungen kaum zu sehen. Es war, als hätte sich alles verändert, ohne daß er es bemerkt hatte, und als sei sein Leben mit Katie vorbei. Es war unglaublich, zusehen zu müssen, wie das eigene Leben sich auflöste. Er fragte sich auch, ob er, ohne es zu wollen, eine endgültige Entzweiung mit ihr herbeiführen wollte, quasi als Rechtfertigung dessen, was er mit Olivia in Südfrankreich erlebt hatte. In einer kaputten Ehe wäre eine Affäre eher verständlich und eher verzeihlich gewesen, in einer intakten erschwerte sie einem das Leben.

Er ertappte sich dabei, wie er die Zeitungen nach Fotos von Olivia durchsuchte, und am vierten Juli sah er Andy anläßlich einer Wahlveranstaltung auf Cape Cod im Fernsehen. Hinter ihm sah man sein riesiges Segelboot im Hafen. Olivia war vermutlich irgendwo in der Nähe, doch so sehr er sich anstrengte, er konnte sie nicht sehen.

»Was machst du denn da… am hellichten Tag fernsehen?« Katie hatte ihn im Schlafzimmer entdeckt. Als er sie ansah, konnte er nicht umhin zu bemerken, wie rank und schlank sie noch war. Sie trug einen hellblauen Badeanzug und das Goldarmband mit dem Herzen daran, das er ihr aus Paris mitgebracht hatte. Doch selbst mit ihrem blonden Haar und dem aparten, lebhaften Gesicht übte sie nicht die Wirkung auf ihn aus wie Olivia. Wieder regte sich bei ihm Schuldbewußtsein, und Katie erschrak ob seiner sorgenvollen Miene. »Ist etwas?« fragte sie. Eine ganze Weile schon lief es zwischen ihnen nicht mehr so richtig. Er schien empfindlicher als sonst und auch reizbarer, was ihm gar nicht ähnlich sah. Seit seiner letzten Europareise war er so.

»Nein, es ist alles in Ordnung. Ich wollte nur die Nachrichten sehen.« Er wich ihrem Blick aus und zielte mit undeutbarem Gesichtsausdruck mit der Fernsteuerung auf das Fernsehgerät.

»Warum kommst du nicht hinaus und schwimmst ein wenig?« sagte sie lächelnd. Hier war sie immer glücklich. Es war ein schöner Ort, das Haus machte wenig Arbeit. Und sie genoß es, von ihren Kindern und deren Freunden umgeben zu sein. Für sie und Peter war es immer ein schöner Aufenthalt gewesen. Obwohl diesen Sommer alles irgendwie anders war. Er stand unter großem Druck, solange die Arbeit an Vicotec nicht abgeschlossen war, und sie konnte nur hoffen, daß alles gutgehen würde und man die Ergebnisse bekäme, die Peter und ihr Vater sich wünschten. Im Moment wirkte Peter jedenfalls geistesabwesend und unglücklich.

Es vergingen zwei volle Wochen, ehe er vom Labor die Wahrheit erfuhr. Peter saß reglos da und starrte ins Leere, nachdem er aufgelegt hatte. Er konnte nicht glauben, was er eben gehört hatte, und fuhr die ganze Strecke nach Martha's Vineyard, um es persönlich mit Katies Vater zu besprechen.

»Du hast ihn *gefeuert*? Warum? Wie konntest du das nur tun?« Frank Donovan hatte den Überbringer der schlechten Nachricht abgeschossen. Daß sie Paul-Louis auf lange Sicht ihre Rettung verdankten, begriff er anscheinend nicht.

»Er ist ein Dummkopf. Ein hysterisches altes Waschweib, das im Dunkeln Gespenster sieht. Es gab keinen Grund, ihn zu behalten.« Zum ersten Mal in achtzehn Jahren regte sich in Peter der Verdacht, sein Schwiegervater könnte den Verstand verloren haben.

»Frank, er ist in Frankreich einer der angesehensten Wissenschaftler seines Fachs. Und er ist neunundvierzig. Was hast du nur gemacht? Wir hätten ihn hier gut gebrauchen können, damit er unsere Arbeiten vorantreibt.«

»Mit den Laborarbeiten geht es gut voran. Erst gestern habe ich mit den Leuten gesprochen. Es hieß, zum Labor Day sei alles startklar. Bis dahin werden alle Mängel ausgemerzt sein, es wird keine ›Makel‹ mehr geben, keine Gespenster, keine Gefahr.« Aber Peter glaubte ihm nicht.

»Kannst du das beweisen? Bist du sicher? Paul-Louis sagte, es würde ein Jahr dauern.«

»Darum geht es ja. Er wußte nicht, was er daherredete.« Franks Vorgehen jagte Peter einen so großen Schrecken ein, daß er sich mit Hilfe von Firmenunterlagen daranmachte, den Aufenthaltsort von Paul-Louis herauszufinden. Und an seinem ersten Abend, den er wieder in New York war, rief er ihn an, um ihm zu sagen, wie leid es ihm tat, und um mit ihm über Vicotec und die erzielten Fortschritte zu reden.

»Sie werden jemanden töten«, sagte Paul-Louis in seinem mit schwerem Akzent behafteten Englisch. Der Anruf rührte ihn sehr. Von Peter hatte er immer schon eine hohe Meinung gehabt. Zuerst hatte es zwar geheißen, seine Entlassung sei Peters Entscheidung gewesen, später hatte er jedoch erfahren, daß die Anordnung in Wahrheit vom Vorstandsvorsitzenden gekommen war. »Sie können das Risiko noch nicht eingehen«, wiederholte Paul-Louis. »Sie müssen alle Tests durchmachen, und das wird Monate dauern, auch wenn doppelte Teams Tag und Nacht daran arbeiten. Sie dürfen nicht zulassen, daß das Präparat in seiner jetzigen Zusammensetzung auf den Markt kommt.«

»Das werde ich nicht. Ich verspreche es Ihnen. Und ich weiß zu würdigen, was Sie für uns getan haben. Es tut mir sehr leid, wie alles gekommen ist.« Er meinte es aufrichtig.

»Schon gut.« Der Franzose zog die Schultern hoch. Ihm lag bereits das Angebot einer großen deutschen Pharma-Firma mit Niederlassungen in Frankreich vor, doch wollte er sich mit seiner Entscheidung Zeit lassen. Er hatte sich in die Bretagne zurückgezogen, um alles reiflich zu überlegen. »Ich verstehe. Und ich wünsche Ihnen viel Glück. Vicotec hat das Zeug zu einem wunderbaren Produkt in sich.«

Die beiden Männer plauderten noch eine Weile, und Paul-Louis versprach, mit ihm in Verbindung zu bleiben. In der folgenden Woche verfolgte Peter die Forschungsergebnisse noch gewissenhafter. Hatte Paul-Louis recht, dann lag noch viel Arbeit vor ihnen, ehe sie dem Produkt guten Gewissens grünes Licht geben konnten.

Bis Ende Juli schien es gut voranzugehen, und Peter schöpfte neuen Mut, als er seinen Urlaub antrat und nach Martha's Vineyard fuhr. Die Forschungsabteilung hatte versprochen, ihn täglich per Fax auf dem laufenden zu halten, was zur Folge hatte, daß es für ihn viel schwerer war als sonst, sich zu erholen. Durch die Nabelschnur seines Faxgerätes war er ständig mit der Forschungsabteilung und seinem Büro verbunden.

»In diesem Jahr hast du hier nicht viel Ablenkung und Entspannung«, klagte seine Frau, die sich andererseits aber auch nicht um ihn kümmerte. Sie hatte hier viele Freunde, die es zu besuchen galt, dazu Gartenarbeit, die getan werden mußte, und es war selbstverständlich, daß sie viel Zeit drüben bei ihrem Vater verbrachte. Sie ging ihm bei der Renovierung des Hauses zur Hand und half ihm bei der Entscheidung, ob er seine Sommerküche neu einrichten sollte oder nicht. Sie bewirtete auch seine Freunde und organisierte Dinnerpartys für ihn, an denen sie zusammen mit Peter teilnahm. Aber auch darüber beklagte sich Peter. Nie sei sie da, sagte er, und immer, wenn er sie sähe, sei sie schon unterwegs zu ihrem Vater.

»Was ist denn in dich gefahren? Du warst doch sonst nicht eifersüchtig auf Daddy. Langsam bekomme ich das Gefühl, zwischen euch beiden hin und her gerissen zu werden«, entgegnete sie ärgerlich. Peter hatte immer gebilligt, was sie mit ihrem Vater unternahm, und jetzt beklagte er sich laufend. Und ihr Vater war nicht viel besser, er war auf Peter noch immer wütend, weil dieser sich wegen Vicotec so anstellte.

In diesem Sommer herrschte zwischen den beiden Männern spürbare Spannung, und Mitte August war Peter soweit, daß er unter dem Vorwand, arbeiten zu müssen, am liebsten in die Stadt zurückgekehrt wäre. Er hatte die Nase voll. Er war nicht sicher, was es genau war, vielleicht war er ja selbst schuld, aber er war etliche Male mit den Jungen in Streit geraten und empfand Katie als ungewöhnlich schwierig. Vor allem aber hatte er es satt, dauernd zum Dinner zu Frank gehen zu müssen. Zu allem Überfluß war auch das Wetter elend, es hatte eine Woche nur Sturm und Unwetter gegeben, und nun drohte ein von den Bermudas heraufziehender Hurrikan. Am dritten Tag nach der Hurrikan-Warnung schickte er alle ins Kino, sicherte die Fensterläden und zurrte die Terrassenmöbel fest. Später nahm er den Lunch vor dem Fernsehgerät ein und sah sich dabei ein Baseballspiel an. In der Pause schaltete er auf die Nachrichten um, weil er die letzten Meldungen über den Hurrikan Angus hören wollte. Erschrocken fuhr er auf, als er ein großes Segelboot sah, dem ein Foto von Senator Andy Thatcher folgte. Er war mitten in den Bericht geraten, und der Sprecher sagte eben: »... als es gestern am späten Abend zur Tragödie kam. Die Leichen konnten bis zur Stunde noch nicht geborgen werden. Der Senator ist im Moment zu einer Äußerung nicht bereit.«

»O mein Gott«, sagte Peter laut und stand unvermittelt auf, nachdem er sein Sandwich auf den Tisch hinter sich gelegt hatte. Er mußte wissen, was ihr zugestoßen war. War sie noch am Leben oder tot? War es ihr Leichnam, nach dem gesucht wurde? Den Tränen nahe starrte er den Bildschirm an und machte sich daran, in verzweifelter Hast die Kanäle abzusuchen.

»Hi, Dad. Na, wie viele Spiele waren es?« fragte Mike, als er, vom Kino zurückgekehrt, durch den Raum ging. Peter hatte sie nicht kommen hören und starrte ihn an wie ein Gespenst.

»Keine Spiele ... kein Treffer ... ich weiß nicht ... ach, einerlei ...« Sein Blick hing wieder gebannt am Bildschirm, als Mike sich trollte. Aber zunächst konnte Peter nichts finden. Endlich stieß er auf Kanal Zwei auf einen Bericht, und diesmal hörte er alles fast vollständig. Die Segelpartie war in Andys hundertzehn Fuß langem Boot vor Gloucester in tückischen Gewässern in einen Sturm geraten. Trotz der Größe und angeblichen Stabilität waren sie auf Felsen aufgelaufen. Das Boot, auf dem sich etwa ein Dutzend Menschen befunden hatte, war in wenig mehr als zehn Minuten gesunken. Da es über Computersteuerung verfügte, hatte Thatcher es mit Hilfe nur eines Mitgliedes der Besatzung und einiger Freunde segeln können. Im Moment wurden einige Passagiere vermißt, der Senator befand sich jedoch unter den Überlebenden. Seine Frau war mit an Bord gewesen, ebenso ihr Bruder Edwin Douglas, der junge Kongreßabgeordnete aus Boston. Tragischerweise waren die Frau des Abgeordneten und seine zwei kleinen Kinder über Bord gespült worden. Ihren Leichnam hatte man am frühen Morgen gefunden, bislang aber war keines der toten Kinder geborgen worden. Und im nächsten Atemzug meldete der Berichterstatter, Olivia Douglas Thatcher, die Frau des Senators, sei kurz vor dem Ertrinken am Abend zuvor von der Küstenwache gerettet worden. Sie befände sich im Addison Gilbert Hospital, und ihr Zustand sei noch immer kritisch. Als man sie fand, war sie bewußtlos. Nur ihre Schwimmweste hätte sie über Wasser gehalten.

»O mein Gott ... mein Gott ...« Olivia. Das mußte ausgerechnet ihr zustoßen, die so große Angst vor dem Meer hatte! Nicht annähernd imstande, sich vorzustellen, was ihr da widerfahren war, überlegte er verzweifelt, wie er zu ihr gelangen konnte. Aber wie hätte er es erklären sollen? Was würden dann die Nachrichten melden? »Ein unbekannter Geschäftsmann, der heute im Krankenhaus auftauchte und zu Mrs. Thatcher vorgelassen werden wollte, wurde abgewiesen. Man hat ihn in eine Zwangsjacke gesteckt und zurück zu seiner Frau geschickt, damit er wieder zur Vernunft kommt ...« Er hatte keine

Ahnung, wie er zu ihr kommen oder sie sehen konnte, ohne für sie beide Probleme zu schaffen. Und als er sich wieder setzte und den Bildschirm anstarrte, wurde ihm klar, daß es im Moment, solange ihr Zustand kritisch war, keine Möglichkeit gab. Ein anderer Sender meldete, sie wäre noch nicht wieder bei Bewußtsein und läge in tiefem Koma. Es folgten wie bei den Vorfällen in Paris sämtliche Pressefotos von ihr, und sämtliche Tragödien wurden aufgezählt. Auch vor ihrem Elternhaus in Boston hatten die Reporter Stellung bezogen. Und dann zeigte man ihren gramgebeugten Bruder, der Frau und Kinder verloren hatte, beim Verlassen des Spitals. Es war ein unbeschreiblich schmerzlicher Anblick, und Peter spürte, wie ihm die Tränen über die Wangen liefen.

»Ist etwas passiert, Dad?« Mike, der zurückgekommen war, zeigte sich sehr besorgt, als er seinen Vater in dieser Stimmung antraf.

»Nein … schon gut … es ist nur … ein paar Bekannten ist etwas zugestoßen. Es ist schrecklich. Gestern ist in einem Unwetter vor Cape Cod Senator Thatchers Boot gesunken. Es sieht aus, als hätte es einige Tote und Verletzte gegeben …« Und sie lag noch immer im Koma. Warum hatte ihr dies zustoßen müssen? Und wenn sie nun starb? Nicht auszudenken.

»Kennst du sie?« Katie zeigte sich erstaunt, als sie durchs Wohnzimmer in die Küche ging. »Schon heute morgen stand etwas vom Unfall in der Zeitung.«

»Ich bin ihnen in Paris begegnet«, sagte er, ängstlich darauf bedacht, nicht mehr verlauten zu lassen, damit sie seinem Ton nichts entnahm oder schlimmer noch, seine Tränen bemerkte.

»Sie soll sehr sonderbar sein. Es heißt, daß er Präsident werden will«, sagte Katie durch die Küchentür, aber Peter gab keine Antwort. Er hatte sich ganz leise ins Obergeschoß zurückgezogen, um vom Schlafzimmer aus das Krankenhaus anzurufen.

Aber von den Schwestern im Addison Gilbert war nichts zu erfahren. Obwohl er sich als enger Freund der Familie ausgab, bekam er genau das zu hören, was er bereits aus den Fernsehnachrichten wußte. Sie befand sich auf der Intensivstation und war noch nicht wieder bei Bewußtsein. Und wie lange sollte das so weitergehen? Er fragte sich, ob ein dauernder Hirnschaden zurückbleiben würde, falls sie durchkäme, ob sie sterben mußte und ob er sie jemals wiedersehen durfte. Allein der Gedanke genügte, um in ihm den Wunsch zu wecken, bei ihr zu sein. Aber er mußte sich damit begnügen, sich auf dem Bett liegend seinen Erinnerungen hinzugeben.

»Ist etwas mit dir?« Katie war heraufgekommen, um nach ihm zu suchen, und staunte nicht schlecht, als sie ihn ausgestreckt auf dem Bett liegen sah. Seit Tagen schon hatte er sich merkwürdig benommen, eigentlich den ganzen Sommer über, wenn sie es recht bedachte. Und ihr Vater ganz ähnlich. Nach allem, was sie mitbekommen hatte, hatte Vicotec sich auf die beiden katastrophal ausgewirkt, und sie bedauerte im nachhinein, daß man sich zur Entwicklung des Präparates entschlossen hatte. Der Preis, den beide bezahlen mußten, war zu hoch. Als Katie auf Peter hinunterblickte, hatte sie den Eindruck, seine Augen seien feucht. Sie hatte keine Ahnung, was mit ihm los war. »Ist etwas?« fragte sie wieder, diesmal schon besorgter. Sie legte eine Hand auf seine Stirn. Fieber hatte er nicht.

»Mir geht es gut.« Wieder regte sich sein schlechtes Gewissen, doch stand er so große Angst um Olivia aus, daß er kaum vernünftig denken konnte. Selbst wenn er sie nie mehr wiedersähe, würde die Welt anders sein ohne ihr sanftes Gesicht, ohne ihre Augen, die an braunen Samt erinnerten. Er wollte zu ihr, diese Augen öffnen und Olivia küssen. Er wollte für sie da sein. Und als er Andy wieder im Fernsehen sah, hätte er ihn am liebsten erwürgt, weil er nicht bei ihr war. Der Senator schilderte, was getan worden war, wie rasch das Unwetter gekommen war und wie tragisch es war, daß man die Kinder nicht hatte retten können. Ohne es auszusprechen, schaffte er es irgendwie, den Eindruck zu vermitteln, daß er Heldentaten vollbracht hatte, obwohl es Tote gegeben und seine Frau noch immer nicht das Bewußtsein wiedererlangt hatte.

An jenem Abend war Peter noch wortkarger als sonst. Der angekündigte Hurrikan war vorübergezogen, und er rief wieder im Krankenhaus an. Für ihn und für die Familie Douglas, die im Krankenhaus wartete, wurde das Wochenende zu einem wahren Alptraum. Spät am Sonntagabend, nachdem Katie zu Bett gegangen war, riskierte er noch einmal einen Anruf. Es war an diesem Tag das vierte Mal, und seine Knie drohten nachzugeben, als die Schwester die Worte aussprach, um die er gebetet hatte.

»Sie ist zu sich gekommen«, sagte sie, und er spürte ein Würgen in der Kehle. »Sie wird genesen«, sagte sie sanft. Als er auflegte, schlug er die Hände vor das Gesicht und weinte. Da er ganz allein war, konnte er seinen Tränen freien Lauf lassen. Die letzten zwei Tage hatte er an nichts anderes denken können. Es war ihm nicht einmal geglückt, eine Nachricht für sie zu hinterlassen, doch hatte er ihr alle seine guten Wünsche und Gebete geschickt. Katie hatte sich sehr gewundert, als er am Sonntag morgen allein in die Kirche gegangen war.

»Ich weiß nicht, was mit ihm los ist«, hatte sie abends am Telefon zu ihrem Vater gesagt. »Ich möchte wetten, dieser Unsinn mit Vicotec ist daran schuld. Wie ich das Zeug hasse. Es macht ihn krank, und mich macht es wahnsinnig.«

»Er wird darüber hinwegkommen«, gab ihr Vater zurück. »Wir alle werden aufatmen, wenn es endlich produktionsreif ist.«

Aber Katie war sich dessen nicht mehr so sicher. Ihre Auseinandersetzungen zu diesem Thema waren zu schmerzlich.

Am nächsten Morgen rief Peter wieder im Krankenhaus an, doch man wollte ihn nicht mit ihr verbinden. Er hatte sich immer unter falschem Namen gemeldet, diesmal als ihr Cousin aus Boston. Es gab keine Möglichkeit, ihr auch nur eine verschlüsselte Nachricht zukommen zu lassen, da man nicht wissen konnte, ob sie nicht abgefangen würde. Aber sie war am Leben und befand sich auf dem Weg der Besserung. Ihr Mann erklärte in einer Pressekonferenz, daß sie sich glücklich schätzen könnten, da sie in wenigen Tagen nach Hause dürfte. Nach der Pressekonferenz flog er an die Westküste. Er war wieder voll in den Wahlkampf eingestiegen, und sie war endlich außer Gefahr.

Zur Beerdigung von Edwins Frau und Kindern kam er rechtzeitig zurück. Peter verfolgte wie gebannt sämtliche TV-Berichte und war erleichtert, als er sah, daß Olivia nicht an den Begräbnisfeierlichkeiten teilnahm. Peter kannte sie gut genug, um zu wissen, daß es ihr unerträglich gewesen wäre, da es sie zu sehr an den Verlust ihres eigenen Kindes erinnert hätte. Aber ihre Eltern waren zugegen und Edwin, der sichtlich gebrochen neben ihnen stand, und natürlich Andy, der einen Arm um Olivias Bruder gelegt hatte. Sie boten das Idealbild einer Politikerfamilie. Keine Zeitung und keine Fernsehgesellschaft, die nicht vertreten gewesen wäre und aus diskreter Entfernung berichtete.

Olivia, die auf der Intensivstation im Fernsehen alles verfolgte, vergoß bittere Tränen. Die Schwestern waren dagegen, daß sie überhaupt fernsah, doch sie hatte darauf bestanden. Es betraf immerhin ihre Familie, und persönlich konnte sie nicht anwesend sein. Als sie später Andys Interview sah, in dem er berichtete, wie tapfer sich alle verhalten hätten und welch ein Held er selbst war, hätte sie ihn am liebsten umgebracht.

Nach dem Begräbnis machte er sich nicht einmal die Mühe, sie anzurufen und ihr zu sagen, wie es Edwin ging. Als sie zu Hause anrief, hörte sich ihr Vater betrunken an und sagte, daß ihre Mutter starke Beruhigungsmittel hätte nehmen müssen. Es war für sie alle zu schrecklich, und Olivia bedauerte aufrichtig und aus tiefstem Herzen, daß nicht sie anstatt ihrer Schwägerin umgekommen war. Die Kinder waren noch so klein und ihre Schwägerin war wieder schwanger gewesen, was niemand gewußt hatte. Olivia hingegen, als Marionette eines Egoisten zu einem leeren Dasein verdammt, glaubte nichts mehr zu haben, wofür es sich zu leben lohnte. Von ihren Eltern abgesehen, hätte es niemanden getroffen, wenn sie ums Leben gekommen wäre. Da fielen ihr Peter und ihre gemeinsamen Stunden ein, und sie wünschte, es gäbe die Möglichkeit eines Wiedersehens. Aber wie andere Menschen, die sie geliebt hatte, war auch er nun Teil der Vergangenheit, und es gab keine Möglichkeit, ihn in ihre Gegenwart oder Zukunft einzubeziehen.

Nachdem der Fernseher ausgeschaltet worden war, lag sie weinend im Bett und grübelte über die Sinnlosigkeit ihres Lebens nach. Neffe und Nichte waren ums Leben gekommen, deren Mutter, ihr eigenes Kind ... und Andys Bruder Tom. So viele gute Menschen. Es war unbegreiflich, warum manche verschont wurden und andere nicht.

»Wie geht es Ihnen, Mrs. Thatcher?« Eine der Schwestern stellte ihr leise diese Frage, als sie Olivias Tränen sah. Dem Pflegepersonal war nicht entgangen, wie unglücklich sie war. Und da ihre ganze Familie in Boston an der Beerdigung teilnahm, war niemand gekommen, um sie zu besuchen, so daß die Schwester sich schon Sorgen um sie machte. Doch da fiel ihr etwas ein. »Jemand hat alle paar Stunden angerufen, seitdem Sie eingeliefert wurden, und nach Ihnen gefragt. Ein Herr. Er sagte, er sei ein alter Freund.« Lächelnd setzte sie hinzu: »Und heute sagte er, er sei Ihr Vetter. Ich bin sicher, es war derselbe. Er hat nie einen Namen hinterlassen, doch hat er sich immer sehr besorgt nach Ihnen erkundigt.«

Olivia wußte sofort, daß es Peter sein mußte. Wer sonst würde anrufen, ohne seinen Namen zu hinterlassen? Er mußte es sein, und sie hob den Blick ihrer verhärmten Augen zu der Schwester, die neben ihr stand.

»Könnte ich nächstes Mal mit ihm sprechen?« Sie sah fast aus wie ein verprügeltes Kind, übersät mit blauen Flecken, da die Teile, die vom Boot weggerissen worden waren, sie getroffen hatten. Sie wußte, daß sie nach dieser schrecklichen Tragödie das Meer für immer meiden würde.

»Ich will versuchen, Sie zu verbinden, wenn er wieder anrufen sollte«, versicherte die Schwester ihr und ging wieder. Doch als Peter zeitig am nächsten Morgen wieder anrief, schlief Olivia. Und später hatte eine andere Schwester Dienst.

Danach lag Olivia im Bett und dachte ständig an ihn. Sie fragte sich, wie es ihm gehen mochte, und hätte zu gern gewußt, was aus Vicotec und dem Ansuchen bei der Gesundheitsbehörde geworden war. Da sie aber vereinbart hatten, von jeglichem Kontakt abzusehen, nachdem sie Paris verlassen hatten, bestand für sie keine Möglichkeit, etwas von ihm zu erfahren. Es wäre auch sehr schwierig gewesen, Kontakt zu ihm aufzunehmen, besonders hier im Krankenhaus. Es gab so vieles, was ihr durch den Kopf ging, so vieles an ihrem Leben, das sie haßte. Sie hatte Andy versprochen, bei ihm zu bleiben, doch kostete es ihre ganze Kraft, dieses Versprechen zu halten. Und plötzlich kreisten ihre Gedanken einzig und allein darum, wie kurz und unabwägbar das Leben war. Und wie kostbar. Und sie hatte ihre Seele für die nächsten fünf Jahre verkauft, die sich nun wie eine ganze

Ewigkeit vor ihr erstreckten. Sie konnte nur hoffen, daß ihr Mann die Wahlen nicht gewinnen würde, da sie wußte, daß sie es nicht überleben würde. Und als Frau eines Präsidenten konnte man nicht einfach so verschwinden. Die nächsten fünf Jahre mußte sie ausharren und sich den Dingen stellen.

Sie verbrachte weitere vier Tage auf der Intensivstation, bis ihre Lungen wieder in Ordnung waren und man sie in einen anderen Raum verlegen konnte. Nun erst flog Andy von Virginia aus, wo er etwas zu erledigen gehabt hatte, zu ihr und besuchte sie. Kaum war er im Krankenhaus eingetroffen, als es plötzlich überall von Presseleuten wimmelte, ein Kamerateam tauchte auf, und einem der Kameraleute gelang es sogar, sich in Olivias Zimmer zu schmuggeln. Sie verkroch sich sofort unter der Decke, und eine Schwester komplimentierte die Leute aus der Etage. Andy zog die Presse an wie Blut einen Hai, und Olivia war der kleine Fisch, den sie zu verspeisen gedachten.

Da kam Andy auf eine großartige Idee. Er ließ für den nächsten Tag eine Pressekonferenz im Krankenhaus anberaumen, direkt vor ihrem Zimmer. Er wollte sogar einen Friseur und einen Make-up-Spezialisten für sie kommen lassen. Alles war arrangiert, sie konnte die Presse im Rollstuhl empfangen. Doch als er es ihr beizubringen versuchte, fing ihr Herz heftig zu pochen an, und sie wurde von Übelkeit übermannt.

»Ich bin dazu noch nicht bereit.« Es erinnerte sie an die Zeit, als Alex gestorben war. Damals hatte die Presse sie ständig gejagt. Und jetzt würde man wissen wollen, ob sie den Tod der Kinder oder den ihrer Schwägerin mitangesehen hatte und was für ein Gefühl es sei, selbst überlebt zu haben, während die drei anderen ums Leben gekommen waren. Und was für eine Erklärung sie für alles hätte. Allein der Gedanke daran raubte ihr den Atem. Sie konnte nichts tun, als von Panik erfaßt den Kopf zu schütteln. »Ich kann nicht, Andy... es tut mir leid...«, stieß sie hervor und wandte sich ab, einzig von der Frage bewegt, ob Peter wieder angerufen hatte. Seit sie von der Intensivstation verlegt worden war, hatte sie die Schwester nicht mehr gesehen, und von einer anderen hatte sie nichts erfahren. Und nach ihm zu fragen, einem Mann ohne Namen, der seit Tagen anrief, wagte sie nicht. Sie konnte überhaupt nichts tun, was eventuell Aufmerksamkeit auf sie lenken würde.

»Hör zu, Olivia, du mußt mit der Presse sprechen, damit man nicht glaubt, wir hätten etwas zu verbergen. Du warst vier Tage im Koma und wirst doch nicht wollen, daß alle Welt glaubt, du hättest einen bleibenden Hirnschaden davongetragen.« Er redete auf sie ein, als wäre dies tatsächlich der Fall, und sie mußte an ihr tränenreiches Gespräch mit ihrem Bruder denken, das sie am Morgen geführt hatte. Er war völlig niedergeschmettert, und nach allem, was sie mit Alex mitgemacht hatte, konnte sie ihm gut nachfühlen, wie ihm zumute war. Im Gegensatz zu ihr hatte er sogar seine ganze Familie verloren, und nun verlangte Andy von ihr, sie solle vom Rollstuhl aus die Fragen der Presse beantworten.

»Mir egal, was man glaubt, ich mache es nicht«, erklärte sie mit Nachdruck.

»Du mußt«, fuhr er sie an. »Wir haben einen Vertrag.«

»Du machst mich krank«, erwiderte sie und wandte sich ab, und als die Presseleute am nächsten Tag kamen, weigerte sie sich, sie zu empfangen. Sie wollte auch den Friseur und den Make-up-Spezialisten nicht sehen und verließ ihr Zimmer kein einziges Mal im Rollstuhl. Da die Presse sich natürlich betrogen und auf den Arm genommen fühlte, mußte Andy ohne Olivia in der Lobby eine Pressekonferenz geben. Er sprach von dem Trauma, das sie erlitten hatte, und von ihrem Schuldgefühl, zu den Überlebenden zu gehören. Er selbst litte auch unter Schuldgefühlen, behauptete er, doch war kaum vorstellbar, daß Andy Thatcher an etwas anderem als an dem überwältigenden Verlangen litt, um jeden Preis ins Weiße Haus zu gelangen. Aber er hatte nicht die Absicht, sich diese günstige Gelegenheit für Publicity entgehen zu lassen, und gestattete am nächsten Tag drei Reportern den Zutritt zu ihrem Zimmer. Als Olivia aufblickte und die Eindringlinge sah, wirkte sie mitleiderregend zerbrechlich. Total verängstigt brach sie in Tränen aus, und eine Schwester und zwei Krankenwärter drängten die Leute hinaus, die es immerhin geschafft hatten, ein halbes Dutzend Schnappschüsse von ihr zu machen, ehe sie wieder hinaus mußten und sich auf dem Gang zu einem Gespräch mit Andy zusammenfanden. Als Andy schließlich zu Olivia kam, nachdem die Reporter das Krankenhaus verlassen hatten, raffte sie sich aus ihrem Bett auf und stellte ihn erstaunlich heftig zur Rede.

»Wie hast du mir das antun können? Edwins Familie ist ums Leben gekommen, und ich bin noch nicht mal aus dem Krankenhaus entlassen.« Schluchzend trommelte sie mit den Fäusten gegen seine Brust. Das Gefühl, mißbraucht worden zu sein, überwältigte sie. Er hatte den Leuten jedoch beweisen müssen, daß sie am Leben und unversehrt war, vor allem aber, daß sie nicht übergeschnappt war. Vermutungen in diese Richtung waren laut geworden, da es ganz den Anschein hatte, als meide sie die Öffentlichkeit. Daß sie im Moment versuchte, ihre Würde zu wahren, hätte Andy nicht gleichgültiger sein können. Ihm lag einzig und allein daran, sein politisches Überleben zu sichern.

Am Abend sah Peter die Fotos von Olivia im Fernsehen, und sein Herz floß über vor Mitleid. In Tränen aufgelöst, machte sie einen verängstigten und entkräfteten Eindruck. Ihr Blick, aus dem Verlassenheit sprach, war herzzerreißend. Sie trug ein Krankenhausnachthemd,

Kanülen ragten aus ihren Armen, und einer der Reporter meldete, daß sie noch immer an Lungenentzündung litt. Die Aufnahmen waren höchst dramatisch und mitleiderregend, ganz im Sinn ihres Mannes. Nachdem er abgeschaltet hatte, konnte Peter nur an sie denken.

Als Olivia erfuhr, daß man sie am Wochenende entlassen wollte, überraschte sie Andy mit der Ankündigung, sie hätte nicht die Absicht, mit ihm nach Hause zurückzukehren. Sie habe bereits mit ihrer Mutter gesprochen. Sie würde nach Boston fahren, ins Haus der Douglas, zu ihren Eltern, die sie jetzt dringend bräuchten.

»Olivia, das ist lächerlich«, beklagte Andy sich, als sie ihm telefonisch ihre Pläne erklärte. »Du bist kein kleines Mädchen mehr, du gehörst zu mir nach Virginia.«

»Warum?« fragte sie rundheraus. »Damit du jeden Morgen die Presse in mein Zimmer lassen kannst? Meine Familie hat schlimme Tage hinter sich, und ich möchte bei ihr sein.« Die Schuld am Unfall gab sie ihm nicht. Für das Unwetter konnte er nichts, wohl aber für die Art und Weise, wie alles seither gelaufen war, ohne Würde, ohne Mitgefühl und Anstand. Sie wußte, daß sie ihm das nie verzeihen konnte. Er hatte aus ihnen allen Nutzen gezogen. Und er tat es wieder, als sie beim Verlassen des Addison Gilbert Hospital entdecken mußte, daß sie in der Lobby von einem Reporterheer erwartet wurde. Andy war der einzige, der wußte, wann sie entlassen wurde, der einzige, der den Termin an die Medien weitergegeben haben konnte. Auch vor ihrem Elternhaus tauchten sie auf, aber diesmal legte ihr Vater Protest ein.

»Wir möchten hier ungestört bleiben«, erklärte er, und da er der Gouverneur war, hörte man auf ihn. Er gab ein paar ausgewählte Interviews, erklärte aber, daß weder seine Frau noch seine Tochter und schon gar nicht sein Sohn in der Verfassung wären, sich der Presse zu stellen. »Sicher haben Sie Verständnis dafür«, sagte er verbindlich und gestattete ein einziges Foto. Ferner erklärte er, Mrs. Thatchers Anwesenheit in seinem Haus sei einzig darauf zurückzuführen, daß sie ihrer Mutter und ihrem ebenfalls im Elternhaus weilenden Bruder Beistand leisten wolle. Edwin Douglas trage so schwer an seinem Verlust, daß er es noch nicht über sich brächte, in sein eigenes Haus zurückzukehren.

»Ist zwischen den Thatchers seit dem Unfall eine Entfremdung eingetreten?« rief ihm einer der Reporter zu, und der Gouverneur schien erstaunt. Er selbst wäre nie auf den Gedanken gekommen, und er stellte seiner Frau am Abend dieselbe Frage. Gut möglich, daß sie mehr wußte als er.

»Ich glaube nicht.« Janet Douglas sah ihn mit gerunzelter Stirn an. »Olivia hat zumindest nichts gesagt.« Aber beide wußten, daß sie viel für sich behielt. Sie hatte in den letzten Jahren viel durchgemacht und war in ihren Äußerungen sehr zurückhaltend.

Andy war rasch mit einem Vorwurf zur Hand, als er

von der Frage des Reporters erfuhr. Wenn sie nicht bald nach Hause käme, würde die Gerüchteküche heftig brodeln, behauptete er.

»Ich werde kommen, sobald mir danach zumute ist«, sagte sie kalt.

»Und wann wird das sein?« In zwei Wochen mußte er wieder nach Kalifornien und wollte, daß sie mitkam.

Eigentlich hatte sie ohnehin beabsichtigt, in ein paar Tagen nach Virginia zurückzukehren, aber sein Drängen weckte nur den Wunsch in ihr, noch länger bei ihren Eltern zu bleiben. Nachdem sie eine Woche bei ihren Eltern war, kam es zu einem Gespräch mit ihrer Mutter.

»Was ist los?« fragte sie sanft, als Olivia bei ihr im Schlafzimmer saß. Ihre Mutter litt häufig an Migräne und erholte sich eben mit einem Eisbeutel von einem Anfall. »Ist zwischen dir und Andy alles in Ordnung?«

»Das hängt davon ab, was man unter ›in Ordnung‹ versteht«, sagte Olivia kühl. »Aber es ist nicht schlechter als sonst. Er ist nur verärgert, daß ich mich von der Presse nicht zu Tode prügeln lasse und den Unfall nicht vor der Fernsehkamera nachstelle. Aber laß ihm ein paar Tage Zeit, dann wird er das auch noch durchsetzen, Mom.«

»Tja, die Politik bringt Männer dazu, die merkwürdigsten Dinge zu tun«, ließ sich ihre Mutter vernehmen. Sie hatte es am eigenen Leib erlebt und wußte, wieviel es sie gekostet hatte. Sogar ihre kürzlich vorgenommene Brustamputation war samt Schaubildern und Interviews mit den Ärzten im Fernsehen abgehandelt worden. Aber als Frau eines Gouverneurs wußte sie, was sie zu erwarten hatte. Sie hatte nahezu ihr ganzes Leben im Blickpunkt der Öffentlichkeit gestanden und einen hohen Tribut dafür bezahlt. Jetzt sah sie, daß auch ihrer Tochter viel abgefordert wurde. Der Preis war immer ein hoher, für einen Wahlsieg ebenso wie für eine Niederlage.

Olivia blickte sie wortlos an und fragte sich, was ihre Mutter sagen mochte, wenn sie ihr die Wahrheit eingestand. Seit Tagen schon hatte sie es erwogen. Jetzt merkte sie, daß sie es tun mußte. »Mom, ich werde ihn verlassen. Ich kann so nicht mehr weitermachen. Schon im Juni habe ich einen Anlauf genommen, ihn zu verlassen, aber ihm lag so viel an der Kandidatur für das Präsidentenamt, daß ich einverstanden war, den Wahlkampf mitzumachen und im Falle eines Sieges die erste Amtszeit durchzustehen.« Sie sah ihre Mutter unglücklich an. »Er zahlt mir eine Million Dollar pro Jahr, nur damit ich es tue. Und das Komische daran ist, daß mir das egal ist. Als er mir das Angebot gemacht hat, war es für mich nicht mehr als Spielgeld. Ich habe es ihm zuliebe getan, weil ich ihn einmal geliebt habe. Aber ich habe ihn wohl nicht genug geliebt, auch anfangs nicht. Jetzt weiß ich, daß ich es nicht tun kann.« So viel war sie niemandem schuldig, auch Andy nicht.

»Dann tu es nicht«, riet Janet Douglas ihr, ohne zu zögern. »Nicht einmal eine Million würde rechtfertigen, daß du weitermachst. Auch nicht zehn Millionen. Es gibt keinen Betrag, um den es sich lohnt, sein Leben zu ruinieren. Sieh zu, daß du rauskommst, solange du es noch kannst, Olivia. Ich hätte es vor Jahren tun sollen. Jetzt ist es zu spät. Dieses Leben hat mich zur Alkoholikerin gemacht, es hat meine Gesundheit ruiniert, meine Ehe kaputtgemacht, es hat mich daran gehindert, alles das zu tun, was ich vorhatte, es hat unserer Familie geschadet und uns allen das Leben schwergemacht. Olivia, wenn es nicht das ist, was du willst, wenn du es dir selbst nicht sehnlichst wünschst, dann laß die Finger davon und zieh dich zurück, solange es noch möglich ist. Bitte, Schätzchen.« Ihre Augen füllten sich mit Tränen, und sie drückte die Hand ihrer Tochter. »Ich bitte dich darum. Egal, was dein Vater sagen wird, ich stehe voll und ganz hinter dir.« Dann sah sie Olivia noch ernster an. Es war eine Sache, der Politik den Rücken zu kehren, eine andere aber, eine Ehe aufzugeben, deren Rettung sich vielleicht noch lohnte. »Und was ist mit ihm? Mit Andy?«

»Das ist schon lange vorbei, Mom.«

Wieder nickte Janet. Es wunderte sie nicht. »Das dachte ich mir, aber sicher war ich mir nicht.« Sie lächelte zögernd. »Dein Vater wird sicher glauben, ich hätte ihn neulich angelogen. Er fragte mich nämlich, ob zwischen euch alles in Ordnung sei, und ich bejahte. Aber damals war ich nicht sicher.«

»Danke, Mom«, sagte Olivia und legte die Arme um

sie. »Ich habe dich lieb.« Ihre Mutter hatte ihr eben das größte Geschenk gemacht, das sie ihr machen konnte, indem sie ihr ihren Segen gab.

»Ich habe dich auch sehr lieb, mein Schatz«, sagte sie, ihre Tochter umarmend. »Tu, was du tun mußt, und kümmere dich nicht darum, was dein Vater sagt. Er wird sich schon beruhigen. Andy und er werden erst eine Weile toben und es dann irgendwann schlucken. Und Andy ist noch jung. Er kann wieder heiraten und es beim nächsten Anlauf schaffen. Washington ist für ihn noch nicht außer Reichweite. Aber laß dich von ihm nicht wieder zurückpfeifen, wenn du nicht möchtest.« Sie wünschte sich, ihre Tochter würde weit fortgehen. Sie wünschte ihr die Freiheit.

»Mom, ich möchte nicht zurück. Ich werde nie zu ihm zurückgehen. Schon vor Jahren hätte ich ihn verlassen sollen ... ehe Alex geboren wurde oder spätestens, nachdem er starb.«

»Du bist jung, du wirst dir ein neues Leben aufbauen«, sagte ihre Mutter. Sie selbst hatte es nie geschafft. Sie hatte ihr eigenes Leben aufgegeben, ihren Beruf, ihre Freunde, ihre Träume. Sie hatte ihre gesamte Energie für die politische Laufbahn ihres Mannes aufgewendet und wünschte ihrer Tochter etwas ganz anderes. »Und was möchtest du jetzt machen?«

»Ich möchte schreiben.« Zu diesen Worten ließ sie ein schüchternes Lächeln sehen, und ihre Mutter lachte auf.

»So schließt sich der Kreis, findest du nicht? Also, tu es und laß dich von niemandem daran hindern.«

Den ganzen Nachmittag saßen sie beisammen und sprachen sich aus, und dann machten sie sich gemeinsam in der Küche an die Zubereitung des Abendessens. Olivia überlegte sogar, ob sie ihr von Peter erzählen sollte, tat es dann aber doch lieber nicht. Sie sagte nur, daß sie vielleicht nach Frankreich zurückkehren würde, in das kleine Fischerdorf, das sie so liebte.

Es war ein guter Ort zum Schreiben und um Zuflucht zu finden, aber ihre Mutter warnte sie in diesem Punkt eindringlich.

»Du kannst dich nicht ewig verstecken.«

»Warum nicht?« Sie lächelte betrübt. Im Moment blieb ihr gar nichts anderes übrig, als zu verschwinden, diesmal ganz legitim. Mit der Presse und mit der Öffentlichkeit wollte sie nichts mehr zu tun haben.

An jenem Abend leistete ihnen ihr Bruder beim Dinner Gesellschaft. Er war noch immer gramgebeugt und niedergeschlagen, doch Olivia schaffte es dennoch, ihn wenigstens ein- oder zweimal zum Lachen zu bringen. Daß er sich über die Vorgänge in Washington täglich per Telefon und Fax auf dem laufenden hielt, ja, daß er an diese Dinge jetzt überhaupt nur denken konnte, fand Olivia unbegreiflich. Auch angesichts dieses großen persönlichen Verlustes konnte er seine Ähnlichkeit mit ihrem Vater nicht leugnen. Wie ihr Vater und ihr Mann war Edwin ein Vollblutpolitiker. Spätabends rief sie Andy an und kündigte ihm an, daß sie sich zu einem entscheidenden Schritt entschlossen hätte.

»Ich werde nicht mehr zurückkehren«, sagte sie klipp und klar.

»Nicht schon wieder.« Es klang verärgert. »Hast du unseren Vertrag vergessen?«

»Er enthält nichts, das besagt, daß ich bei dir bleiben oder dir in die Präsidentschaft folgen muß. Er besagt nur, daß du mir eine Million Dollar pro Jahr bezahlst, *falls* ich es tue. Nun, ich habe dir eben eine Menge Geld erspart.«

»Das kannst du nicht machen«, herrschte er sie an, wütender, als sie ihn je erlebt hatte, weil sie sich seinem Lebensziel in den Weg stellte.

»Doch, ich kann. Und ich werde es tun. Morgen in aller Herrgottsfrühe fliege ich nach Europa.«

Eigentlich hatte sie erst in einigen Tagen fliegen wollen, aber sie wollte sichergehen, daß er wußte, daß alles vorbei war. Am nächsten Tag kam er jedoch nach Boston, und wie ihre Mutter prophezeit hatte, nahm ihr Vater den Kampf mit ihr auf. Doch mit vierunddreißig wußte sie, was sie wollte, und war eine erwachsene Frau. Vor allem wußte sie, daß ihr Entschluß unumstößlich feststand.

»Ist dir klar, was du da aufgibst?« schrie ihr Vater sie über den ganzen Raum hinweg an, worauf Andy ihm einen dankbaren Blick zuwarf. Olivia hatte das Gefühl, einem Lynch-Mob gegenüberzustehen.

»Ja«, sagte sie leise und sah die beiden direkt an. »Schmerz und Lügen. Beides kenne ich nun schon seit geraumer Zeit, und ich kann gut darauf verzichten. Ach, ich vergaß ganz das Ausgenutztwerden.«

»Spar dir deine hochtrabenden Phrasen«, äußerte ihr Vater angewidert. Er war ein Politiker vom alten Schlag und gab sich nicht annähernd so vornehm wie Andy. »Du weißt genau, daß du ein großartiges Leben, eine große Chance ausschlägst.«

»Für dich ist es das vielleicht«, sagte sie und sah ihren Vater mit unverhüllter Bitterkeit an. »Für uns andere ist es ein Leben voll Einsamkeit und Enttäuschung, voll gebrochener Versprechen entlang der Wahlkampfroute. Ich möchte ein richtiges Leben mit einem richtigen Mann oder ein Leben allein, wenn es sein muß. Das ist mir einerlei. Ich möchte nur möglichst weit weg von der Politik. Dieses Wort möchte ich nie wieder hören.« Ein Seitenblick auf ihre Mutter zeigte ihr, daß diese lächelte.

»Du bist ganz schön dumm«, tobte ihr Vater, und Andy war haßerfüllt, als er an jenem Abend aus dem Haus ging. Er drohte ihr an, sie würde für das büßen, was sie ihm angetan hatte. Es war keine leere Drohung. Als sie drei Tage später nach Frankreich flog, erschien in der Bostoner Presse ein Artikel, von dem sie wußte, daß nur er ihn plaziert haben konnte. Darin hieß es, daß sie nach dem jüngsten tragischen Unglück, bei dem drei Familienmitglieder ums Leben gekommen waren, ein schweres Trauma erlitten hätte und mit einem Nervenzusammenbruch in eine Klinik eingeliefert worden wäre. Weiter hieß es, daß ihr Mann in großer Sorge um sie sei. Obwohl im Artikel nicht deutlich ausgesprochen, ließen Andeutungen auf eine durch ihren psychischen Zustand herbeigeführte Entfremdung zwischen den Eheleuten schließen. Insgesamt war die Story so gehalten, daß sie Mitgefühl für Andy weckte, der nun eine Irre am Hals hatte. Er hatte alles sehr geschickt gedreht. Erklärte er sie für nicht zurechnungsfähig, dann würde man nichts dabei finden, wenn er sie später fallenließ. Runde eins ging an Andy... oder war es gar schon Runde zwei... oder zehn? Hatte er sie k.o. geschlagen, oder hatte sie, während er wegschaute, einfach Reißaus genommen, um ihr Leben zu retten? Sie war ihrer Sache nicht sicher.

Auch in Peter regte sich, als er den Artikel las, sofort der Verdacht, daß Andy ihn lanciert haben mußte. Das alles klang nicht nach Olivia, das glaubte er trotz der Kürze ihrer Bekanntschaft beurteilen zu können. Aber diesmal konnte er der Sache nicht auf den Grund gehen, da das Krankenhaus nicht genannt wurde, in dem sie sich befand. Es gab also keine Möglichkeit, die Wahrheit herauszufinden, so daß er vor Sorge fast den Verstand verlor.

Ein paar Tage, nachdem sie Andy eröffnet hatte, daß

sie ihn verlassen wollte, brachte ihre Mutter sie an einem Donnerstagnachmittag zum Flughafen. Mittlerweile war es Ende August, und Peter war mit seiner Familie noch in Vineyard. Janet Douglas brachte ihre Tochter an die Maschine und wartete bis zum Start. Sie wollte sicher sein, daß sie wirklich fort und in Sicherheit war. Ihrer Meinung nach war Olivia einem Schicksal entronnen, das schlimmer als der Tod war, und sie war erleichtert, als sie das Flugzeug langsam an Höhe gewinnen und mit Kurs nach Paris entschwinden sah.

»Gute Reise, Olivia«, sagte sie leise, in der Hoffnung, sie würde lange nicht in die Staaten zurückkehren. Hier erwarteten sie zuviel Schmerz, zu viele Erinnerungen, zu viele vom Eigennutz besessene Menschen, die nur darauf warteten, ihr weh zu tun. Ihre Mutter war glücklich, daß sie nach Frankreich zurückkehrte. Erst als die Maschine außer Sicht war, gab Janet den Leibwächtern ein Zeichen und verließ aufatmend den Flughafen. Olivia war in Sicherheit.

Zehntes Kapitel

Während der August verstrich und die Fax-Berichte über die Arbeit an Vicotec kein Ende nahmen, schien die Spannung zwischen Peter und seinem Schwiegervater noch zu steigen. Am Wochenende des Labor Day war sie fast greifbar, so daß sogar die Jungen sie spürten.

»Was ist nur zwischen Großvater und Dad los?« fragte Paul eines Sonntagnachmittags seine Mutter. Kate antwortete ihm mit gerunzelter Stirn.

»Dein Vater ist im Moment etwas schwierig«, sagte sie leise, aber sogar ihr Sohn merkte, daß sie die Schuld an der Spannung bei Peter suchte.

»Gab es Krach oder so was?« Er war alt genug, um so etwas verstehen zu können, und seine Mutter war ihm gegenüber meist sehr offen, obwohl ein »Krach« in ihrer Familie eher selten war. Aber er wußte, daß Vater und Großvater hin und wieder Meinungsverschiedenheiten hatten.

»Sie arbeiten an einem neuen Produkt«, lautete ihre simple Antwort, doch die Wahrheit war viel komplizierter, wie sie sehr gut wußte. Sie hatte Peter wiederholt gebeten, Rücksicht auf ihren Vater zu nehmen, der sich den ganzen Sommer lang über die Sache aufgeregt hatte, und das konnte sich in seinem Alter schädlich auswirken, obwohl auch Kate zugeben mußte, daß ihr Vater besser aussah als je zuvor. Mit siebzig spielte er noch täglich eine Stunde Tennis und schwamm allmorgendlich eine Meile.

»Ach so.« Paul gab sich mit ihrer Erklärung zufrieden. »Dann ist es vermutlich keine große Sache.« Er tat die millionenschweren Schwierigkeiten mit Vicotec mit der lockeren Haltung des Sechzehnjährigen ab.

Am Abend war geplant, den Sommerausklang mit einer großen Party zu feiern. Alle ihre Freunde würden kommen, und in zwei Tagen stand die Abreise bevor. Patrick und Paul würden wieder auf ihre Schule gehen und Mike nach Princeton. Aber am Montag ging es erst mal für alle zurück nach Greenwich.

Kate hatte viel zu tun, da sie sich nicht nur um ihr Haus, sondern auch um das ihres Vaters in Vineyard kümmern mußte. Sie war eben dabei, ein paar Stücke ihrer Garderobe wegzuräumen, als Peter hereinkam und ihr zusah. Für ihn war der Sommer nie richtig in Fahrt gekommen. Der doppelte Schlag, nämlich die Beinahe-Pleite mit Vicotec und die Tatsache, daß er Olivia kurz nach dem Kennenlernen wieder hatte aufgeben müssen, hatten ihm den ganzen August hindurch schwer zu schaffen gemacht. Besonders die Sorgen mit Vicotec hatten sich als Stimmungsdämpfer ausgewirkt, und daß Frank ständig Druck machte, hatte die Situation nicht eben erleichtert, ebensowenig wie Katies ständige Einmischung in Dinge, die sie nichts angingen. Sie konnte es einfach nicht lassen, sich vor ihren Vater zu stellen. Es war nicht zu leugnen, daß die Erlebnisse in Frankreich für Peter viel verändert hatten, ohne daß er es gewollt hatte. Er war fest entschlossen gewesen, zurückzukommen und dort weiterzumachen, wo er aufgehört hatte, doch war es nicht dazu gekommen. Es war, als hätte man ein Fenster aufgestoßen und eine neue Aussicht genossen, ehe das Haus wieder verdunkelt wurde.

Er starrte die kahle Wand an und versuchte sich zu erinnern, was, wenn auch nur kurz, gewesen war. Die Szenerie, die er mit Olivia gesehen hatte, war unvergeßlich, und er wußte jetzt, daß sie ungewollt sein Leben verändert hatte. Doch würde er nichts verändern und keine Schritte unternehmen. Er hatte mit Olivia keinen Kontakt aufgenommen, von den Anrufen im Krankenhaus nach ihrem Unfall abgesehen, als er sich bei der Schwester auf der Intensivstation nach ihrem Zustand erkundigt hatte. Aber vergessen konnte er sie auch nicht. Ihr Unfall hatte ihm einen großen Schrecken eingejagt, die Tatsache, daß sie fast ums Leben gekommen war, erschien ihm nun als beängstigende Vergeltung. Aber warum sie und nicht er? Warum mußte Olivia bestraft werden?

»Es tut mir leid, daß es ein so lausiger Sommer war«, sagte Peter traurig und setzte sich aufs Bett, während Katie einen Stapel Pullover in einem Karton mit Mottenkugeln verstaute.

»So schlimm war es nicht«, sagte sie begütigend und warf ihm von der Leiter aus einen Blick über die Schulter zu.

»Für mich schon«, sagte er ehrlich. Er hatte sich den ganzen Sommer über elend gefühlt. »Ich hatte so viel, was mich beschäftigte«, lieferte er ihr eine höchst vereinfachte Erklärung, und Katie lächelte wieder. Dann sah sie ihn an und wurde ernst, weil sie an ihren Vater dachte.

»Dad aber auch. Für ihn war es auch nicht leicht.« Sie dachte nur an Vicotec, während Peter an die außergewöhnliche Frau dachte, der er in Paris begegnet war. Olivia hatte die Rückkehr zu Katie so gut wie unmöglich gemacht. Katie war so unabhängig und so kühl, so darauf gepolt, auch ohne ihn zu funktionieren. Von abendlichen Besuchen bei Freunden und Tennispartien mit ihrem Vater abgesehen, unternahmen sie nichts mehr gemeinsam. Er aber wollte mehr. Er war vierundvierzig und verspürte plötzlich das Verlangen nach Romantik. Er wollte Kontakt mit ihr, wollte Verständnis und Freundschaft, ja sogar etwas Aufregung. Er wollte sich an sie schmiegen und ihre Haut an seiner spüren. Er wollte, daß sie ihn begehrte. Aber er kannte Katie jetzt seit vierundzwanzig Jahren, und zwischen ihnen war sehr wenig Romantik übriggeblieben. Es gab eine geistige Beziehung, dazu Achtung und eine Vielzahl gemeinsamer Interessen, doch bei ihm rührte sich nichts, wenn er sie neben sich liegen sah, und wenn sich doch etwas rührte, dann mußte sie meist gerade einen Anruf erledigen oder hatte irgendwo einen Termin oder eine Verabredung mit ihrem Vater. Es sah aus, als ließen sie sich jede Gelegenheit zur Liebe entgehen, jede Chance, allein zu sein, ein wenig Spaß zu haben oder einfach dazusitzen und miteinander zu reden. Das fehlte ihm. Olivia hatte ihm gezeigt, was ihm fehlte. Aber in Wahrheit hatte er mit Katie nie erlebt, was er mit ihr erlebt hatte. Alles, was er mit Olivia getan hatte, war schwindelerregend und atemberaubend gewesen. Das Leben mit Katie war einem Schulabschlußball vergleichbar, während man mit Olivia das Gefühl hatte, einen Ball am Arm einer Märchenprinzessin zu erleben. Ein alberner Vergleich, der ihm ein Lächeln entlockte. Plötzlich bemerkte er, daß Katie ihn anstarrte.

»Warum lächelst du? Ich sagte eben, daß es für meinen Vater auch hart war.« Er hatte kein Wort von dem gehört, was Katie gesagt hatte, während er von Olivia Thatcher träumte.

»Das ist der Preis, den man bezahlt, wenn man ein Unternehmen wie unseres leitet«, sagte Peter nüchtern. »Es ist eine große Bürde und eine gewaltige Verantwortung, und kein Mensch kann behaupten, daß es einfach ist.« Er hatte es satt, sich laufend etwas über ihren Vater anhören zu müssen. »Aber im Moment habe ich gerade an etwas anderes gedacht. Warum verreisen wir beide nicht einfach irgendwohin? Wir müssen hier mal weg.« Martha's Vineyard hatte ihnen diesmal nicht den erholsamen Urlaub geboten wie in den vorangegangenen Jahren. »Warum fahren wir nicht nach Italien oder sonstwohin? In die Karibik oder nach Hawaii?« Mit ihr dort zu sein, hätte eine angenehme, ja aufregende Abwechslung bedeutet. Eine Urlaubsreise würde vielleicht wieder etwas Leben in ihre Ehe bringen.

»Jetzt? Warum? Wir haben September, und du und ich, wir müssen tausend Dinge erledigen. Die Jungen müssen zur Schule gebracht werden, und nächste Woche muß Mike nach Princeton.« Sie sah ihn an, als hätte er den Verstand verloren, aber er ließ sich nicht so einfach abspeisen. Nach all den Jahren mußte er wenigstens einen Versuch unternehmen, ihre Beziehung zu retten.

»Dann eben, sobald die Kinder aus dem Haus sind. Ich meinte ja nicht heute, sondern irgendwann in den nächsten Wochen. Na, was hältst du davon?« Er sah sie hoffnungsvoll an, als sie die Leiter herunterstieg. Er wünschte sich, mehr für sie zu empfinden, als es der Fall war. Es war sehr schmerzlich, daß es ihm nicht gelingen wollte. Vielleicht würde ein Urlaub in der Karibik etwas daran ändern.

»Du mußt im September vor der Gesundheitsbehörde zur Anhörung erscheinen. Mußt du dich nicht darauf vorbereiten?«

Er verschwieg ihr, daß er nicht die Absicht hatte, vor der FDA zu erscheinen, mochte ihr Vater sagen, was er wollte, und er würde auch nicht zulassen, daß ihr Vater vor der Behörde erschien. Sie durften keinen Meineid leisten, nur auf die kleine Chance hin, daß alle Probleme gelöst sein würden, ehe Vicotec auf den Markt käme. »Laß das meine Sorge sein«, war alles, was er sagte. »Sag mir nur, wann du wegkannst, dann richte ich meine Planung danach.« Auf seinem Terminkalender stand nur die Anhörung vor dem Kongreßausschuß, zu dem er sich schließlich doch bereit erklärt hatte. Aber er wußte, daß er sein Erscheinen verschieben konnte. Es handelte sich dabei mehr um eine Sache von Anstand und Prestige und um keine, bei der es um Leben und Tod ging. Ihm war seine Ehe wichtiger.

»Diesen Monat habe ich jede Menge Komiteesitzungen«, sagte Katie vage und zog die nächste Lade voller Stricksachen auf. Während Peter ihr bei der Arbeit zusah, fragte er sich plötzlich, was sie wirklich damit sagen wollte.

»Wäre es dir lieber, gar nicht fortzufahren?« Wenn dem so war, dann wollte er es wissen. Vielleicht plagte ja auch sie etwas, aber dann kam ihm plötzlich ein Gedanke, der ihn wie ein Blitz traf. Hatte sie am Ende auch eine Affäre? War sie in einen anderen verliebt? Wich sie ihm aus? Das hätte ihr schließlich genausogut passieren können wie ihm, obwohl ihm nie der Gedanke gekommen war. Er kam sich mit einem Mal sehr töricht vor, als ihm aufging, daß sie ebenso empfänglich für so etwas war wie er. Sie war noch immer attraktiv und einigermaßen jung, und es gab sicher viele Männer, denen sie gefiel. Aber Peter hatte keine Ahnung, wie er es herausbekommen sollte. Sie war immer eher kühl und ein wenig zimperlich, und sie einfach zu fragen, ob sie eine Affäre hatte, kam nicht in Frage. Statt dessen sah er sie aus zusammengekniffenen Augen an, als sie ein paar Mottenkugeln in den nächsten Stricksachenkarton tat. »Gibt es einen bestimmten Grund, warum du mit mir nicht verreisen möchtest?« fragte er so direkt wie möglich. Endlich blickte sie auf und gab ihm eine Antwort, die ihn sehr verärgerte.

»Ich glaube nur nicht, daß es im Moment meinem Vater gegenüber fair wäre. Vicotec macht ihm große Sorgen. Er hat den Kopf voll. Ich meine nur, es wäre reichlich egoistisch von uns, wenn wir fortfahren und uns an einem Strand aalen, während er im Büro sitzt und sich sorgt.« Peter mußte sehr an sich halten, um sich seinen Unwillen nicht anmerken zu lassen. Er hatte es satt, auf Frank Rücksicht nehmen zu müssen. Achtzehn Jahre lang hatte er nichts anderes getan.

»Vielleicht wäre es im Moment angebracht, wenn wir

egoistisch wären«, drängte Peter sie. »Gibt es dir nicht hin und wieder zu denken, daß wir seit achtzehn Jahren verheiratet sind und kaum an uns gedacht haben, an unsere Bedürfnisse, an unsere Ehe?« Er wollte ihr damit etwas zu verstehen geben, ohne bei ihr sofort Alarmglocken schrillen zu lassen.

»Was willst du damit sagen? Daß du dich mit mir langweilst und mich an irgendeinem exotischen Strand sehen möchtest, damit unsere Ehe mehr Pfiff bekommt?« Sie drehte sich um und sah ihn an. Einen Augenblick war er ratlos, was er sagen sollte. Sie war der Wahrheit näher, als er ihr gegenüber zuzugeben gewagt hätte.

»Ich meine nur, daß es nett wäre, mal von deinem Vater, den Kindern, dem Anrufbeantworter, deinen Sitzungen und sogar Vicotec wegzukommen. Sogar hier verfolgt uns ständig das Faxgerät, oder zumindest mich. Es ist wie im Büro, nur mit Sandstrand. Ich möchte einfach mit dir irgendwohin, wo es keine Ablenkungen gibt und wir miteinander reden und uns erinnern können, wieso wir bei der ersten Begegnung oder als wir heirateten so verrückt aufeinander waren.«

Sie lächelte ihn an. Allmählich begriff sie. »Ich glaube, dich hat die Midlife-Crisis erwischt. Außerdem glaube ich, daß dich der Termin bei der FDA nervös macht und daß du mich zum Vorwand nehmen möchtest, um dich davor zu drücken. Also, das kannst du getrost vergessen, mein Lieber. Du wirst es großartig meistern. Nach einem einzigen Tag ist alles ausgestanden, und wir alle werden stolz auf dich sein.« Als sie das sagte, lächelte sie, und er spürte, wie sein Herz sank. Sie begriff nichts, am allerwenigsten die Tatsache, daß er etwas von ihr brauchte, das er nicht bekam. Aber sie begriff auch nicht, daß er nicht die Absicht hatte, der FDA Rede und Antwort zu stehen. Als einziges plante er, vor dem Kongreßausschuß die Preisgestaltung zu diskutieren.

»Das hat nichts mit der FDA zu tun«, sagte er mit Nachdruck, aber betont gelassen, da er nicht gewillt war, sein Erscheinen vor der Gesundheitsbehörde von neuem mit ihr zum Streitpunkt zu machen. Ihm reichten die Debatten mit ihrem Vater zu diesem Thema. »Ich rede von uns, Kate. Nicht vom Termin bei der FDA.« In diesem Moment wurden sie gestört, da Mike die Autoschlüssel brauchte und Patrick, der zwei Freunde mitgebracht hatte, wissen wollte, ob es noch irgendwo Tiefkühlpizzas gäbe, sie wären am Verhungern.

»Ich wollte eben einkaufen fahren«, rief sie nach unten, und die Gelegenheit war vertan. Sie drehte sich um und warf ihrem Mann vor dem Hinausgehen einen Blick zu. »Keine Angst, alles wird gutgehen.« Und fort war sie. Er blieb noch lange auf dem Bett sitzen und empfand nichts als Leere. Er hatte nichts erreicht. Aber er hatte es wenigstens versucht, was allerdings nur ein kleiner Trost war. Sie hatte keine Ahnung, wovon er überhaupt redete. Das einzige, woran sie denken konnte, waren ihr Vater und die Anhörungen.

Frank kam auf der Party wieder darauf zu sprechen. Es war, als hörte man einer gesprungenen Schallplatte zu, und Peter tat sein Bestes, um das Thema zu wechseln. Frank hatte ihm zugeredet, ein »guter Junge« zu sein und eine Weile »mitzuspielen«. Er war überzeugt, die Entwicklungsteams würden die Mängel ausmerzen, ehe die Produktion anlief. Ein Rückzieher war seiner Meinung nach gleichbedeutend mit einem Verlust an Gesicht und Terrain. Verzichtete man auf den Antrag auf vorzeitige Freigabe, zeigte man der gesamten Industrie die rote Flagge und gab zu erkennen, daß es mit dem Produkt ernsthafte Probleme gab.

»Es könnte uns Jahre kosten, das wieder wettzumachen. Du weißt, wie es ist, wenn erst einmal Gerüchte im Umlauf sind. Sie könnten Vicotec für immer in Mißkredit bringen.«

»Dieses Risiko müssen wir eingehen, Frank«, sagte Peter mit einem Drink in der Hand. Diese Litanei kannte er inzwischen auswendig. Die zwei Männer verharrten unverändert auf ihren entgegengesetzten Positionen.

Sobald es sich einrichten ließ, ließ Peter ihn stehen. Wenig später sah er, wie Frank auf Katie einredete. Wovon die Rede war, konnte er sich denken, und es bedrückte ihn, die beiden zu beobachten. Ihm war klar, daß sie nicht über den vorgeschlagenen Urlaub sprachen. Er war sich inzwischen sicher, daß dieser kleine Plan nie Wirklichkeit werden würde. An diesem Abend schnitt er das Thema ihr gegenüber nicht mehr an. Und in den nächsten zwei Tagen waren sie damit beschäftigt, das Haus zu schließen. Es war nicht winterfest, und sie würden erst nächsten Sommer zurückkehren.

Auf der Rückfahrt nach Greenwich war für die Jungen der Schulanfang das große Thema. Paul freute sich auf das Wiedersehen mit seinen Freunden in Andover, Patrick wollte sich im Herbst Choate und Groton ansehen, und wenn Mike den Mund aufmachte, sprach er nur von Princeton. Seinen Großvater, der dort studiert hatte, hatte er sein Leben lang von Speiseklubs und geselligen Anlässen schwärmen gehört.

»Zu schade, daß du nicht dort warst, Dad. Es klingt alles so großartig.« Ein Abschluß der University of Chicago, in Abendkursen erworben, war mit Princeton eben nicht zu vergleichen.

»Sicher ist es großartig, mein Sohn, aber hätte ich dort studiert, wäre ich nie deiner Mutter begegnet«, sagte er in Erinnerung an ihre erste Begegnung an der University of Michigan.

»Das ist ein gewichtiger Punkt«, sagte Mike lächelnd. Er wollte möglichst rasch Mitglied im Speiseklub seines Großvaters werden. Ein Jahr mußte er damit zwar noch warten, aber in der Zwischenzeit wollte er mit ein paar Studentenverbindungen Kontakt aufnehmen. Er hatte alles genau geplant und schon exakt ausgearbeitet. Es war das einzige Thema auf der Rückfahrt, so daß Peter sich ausgeschlossen und ein wenig einsam fühlte. Sonderbar, achtzehn Jahre lang war er einer von ihnen gewesen, und dennoch fühlte er sich zuweilen als Außenseiter, auch jetzt bei seinen Kindern.

Während sie weiter gen Süden fuhren und die anderen ihn nicht in ihre Unterhaltung einbezogen, schweiften seine Gedanken zu Olivia ab. Er dachte an ihr Gespräch am ersten Abend auf dem Montmartre und an den Strandspaziergang in La Favière. Es hatte so viel zu sagen gegeben, so viel zu überlegen. Fast wäre er wegen seiner Tagträume mit einem anderen Wagen zusammengestoßen, und alle schrien laut auf, als er das Steuer herumriß und im letzten Moment einen Unfall verhinderte.

»O Gott, was machst du da, Dad?!« Mike konnte es nicht fassen, was eben passiert war.

»Tut mir leid«, sagte er und fuhr nun mit mehr Vorsicht weiter. Aber Olivia hatte ihm etwas gegeben, was niemand sonst ihm gegeben hatte. Ihm war auch im Gedächtnis geblieben, daß sie gesagt hatte, er hätte alles Erreichte allein sich und nicht den Donovans zu verdanken, doch das war schwer zu glauben. Für ihn war klar, daß Katie und ihr Vater ihm alle Wege geebnet hatten.

Als seine Gedanken wieder zu Olivia zurückwanderten, fragte er sich, wo sie jetzt sein mochte und ob die Story mit ihrem Klinikaufenthalt stimmte. Alles daran hatte erfunden gewirkt. Es war eine jener zurechtgebastelten Meldungen, die wie geschaffen waren als Tarnung für eine Scheidung, eine Affäre oder eine Schönheitsoperation. Er wußte aber, daß in ihrem Fall zumindest zwei dieser Möglichkeiten unwahrscheinlich waren. Und plötzlich fragte er sich, ob sie Andy trotz seiner Kandidatur für das Präsidentenamt verlassen hatte. Es hätte Andy ähnlich gesehen, daraufhin zu behaupten, sie sei verrückt geworden.

Zwei Tage später sollte er merken, daß er recht gehabt hatte, als er im Büro eine Postkarte von ihr bekam. Nach dem Lunch lag sie auf seinem Schreibtisch. Sie zeigte die Zeichnung eines kleines Fischerbootes, und der Poststempel verriet, daß sie in La Favière aufgegeben worden war.

Der Text, in ihrer kleinen, exakten Handschrift verfaßt, war ein wenig geheimnisvoll: »Bin wieder da und schreibe. Endlich. Ich bin für immer aus dem Rennen. Ich habe es nicht fertiggebracht. Hoffe, daß bei Dir alles gut ist. Vergiß nicht, wie tapfer Du bist. Alles bist *Du*. *Du* bist es, der alles geschafft hat. Es erfordert mehr Mut, es zu tun, als davonzulaufen, so wie ich es getan habe. Aber ich bin glücklich. Gib acht auf Dich. Immer in Liebe.« Unterschrieben hatte sie nur mit »O«. Doch zusätzlich zu ihren Worten spürte er, was zwischen den Zeilen stand. Er konnte sich noch erinnern, wie heiser ihre Stimme geklungen hatte, als sie zu ihm gesagt hatte, daß sie ihn liebte. Und er wußte, daß sie ihn noch immer liebte, ebenso wie er sie liebte. Immer lieben würde. Sie würde für immer in seinem Herzen und in seinen Erinnerungen fortleben.

Wieder las er die Postkarte und sann darüber nach. Sie war viel stärker, als sie ahnte. Das Fortgehen war es, das echten Mut erforderte, und nicht das Bleiben. Er bewunderte sie. Und er freute sich für sie, daß sie dem Leben, das sie geführt hatte, entronnen war. Er hoffte, daß sie in Frankreich glücklicher und zufriedener sein würde. Aber er war sicher, daß es brillant ausfallen würde, was immer sie schrieb. Sie war so tapfer in ihren Gefühlen, so bestrebt, sie selbst zu sein, zu sagen, was sie dachte. Sie war imstande, messerscharf den vernebelnden Dunst zu durchschneiden, so wie sie es bei ihm getan hatte. Bei ihr gab es kein Versteckspiel, kein Verfälschen. Sie war eine Frau, die für die Wahrheit lebte, mochte der Preis auch noch so hoch sein. Auch sie hatte Kompromisse gemacht, wie sie zugab. Aber jetzt nicht mehr. Olivia war jetzt frei, und bei ihm regte sich Neid, als er die Postkarte in der Hoffnung beiseite legte, niemand hätte sie gesehen.

Am nächsten Tag trafen die Testergebnisse von Vicotec ein. Sie waren besser als erhofft, aber im Hinblick auf eine vorzeitige Freigabe des Medikaments katastrophal, wie Peter auf den ersten Blick sah. Inzwischen hatte er es in der Einschätzung der Werte zum Profi gebracht, und er wußte, was sie bedeuteten. Bei Katies Vater war es nicht anders. Die zwei Männer hatten für Freitag eine Besprechung angesetzt, um ausführlich darüber zu diskutieren. Man traf sich um zwei Uhr im Konferenzraum neben Franks Büro. Frank erwartete ihn mit ernster Miene, da er ahnte, was Peter vorbringen würde. Sie verschwendeten keine Zeit mit leerem Geplauder, außer daß sie kurz von Mike sprachen. Peter und Katie wollten ihn am nächsten Tag nach Princeton bringen, und Frank war sichtlich stolz auf ihn. Kaum aber war das Thema berührt worden, als er sich schon wieder den geschäftlichen Dingen zuwandte.

»Wir beide wissen, warum wir hier sind, nicht?« sagte er mit einem tiefen Blick in Peters Augen. »Und ich weiß auch, daß du mit mir nicht einer Meinung bist«, fuhr er behutsam fort. Sein ganzer Körper schien angespannt wie bei einer angriffsbereiten Kobra. Peter kam sich vor wie das Beutetier und machte sich bereit, sich und die Integrität des Unternehmens zu verteidigen. Frank kam ihm jedoch zuvor, entschlossen, nötigenfalls auf seine Position als Vorstandsvorsitzender zu pochen. »Ich glaube, du wirst dich in diesem Punkt meinem Urteil beugen müssen. Ich habe ähnliches schon oft durchgestanden, schließlich bin ich fünfzig Jahre in diesem Geschäft, und du mußt mir glauben, wenn ich dir sage, daß ich weiß, was ich tue. Es ist nicht falsch, sich jetzt schon an die Behörde zu wenden. Wenn das Produkt dann offiziell auf den Markt kommen kann, werden wir soweit sein. Wenn ich nicht der Meinung wäre, wir könnten es produzieren, würde ich kein Risiko eingehen.«

»Und wenn du dich irrst? Wenn es jemandem das Leben kostet? Einem einzigen Menschen, ... sei es Mann, Frau oder Kind ... was dann? Was sagen wir dann? Wie können wir damit leben? Wie können wir dieses Risiko eingehen, indem wir um vorzeitige Freigabe ansuchen?« Peter klang wie die Stimme seines Gewissens, aber für Frank war es die Stimme der Verdammnis. Er nannte ihn ein ebensolches altes Waschweib wie »diesen Idioten in Paris«. »Suchard kennt sich in diesen Dingen aus, Frank. Und wir haben ihn schließlich engagiert, damit er uns die Wahrheit sagt. Wir müssen auch schlechte Nachrichten zur Kenntnis nehmen. Ich weiß, daß man hier nichts mehr auf seine Meinung gibt, doch er hat die Büchse der Pandora geöffnet, und darüber dürfen wir nicht einfach hinwegsehen. Das weißt auch du.«

»Ich würde einen Aufwand von zehn Millionen für zusätzliche Forschungsarbeit in zwei Monaten kaum ›Hinweggehen‹ nennen, Peter. Und wir haben nichts Gefährliches gefunden. Mach dir nichts vor, er hat uns auf Hexenjagd geschickt ... schlimmer noch, wir sind einem Hirngespinst nachgejagt. Es gibt nichts. Wir sprechen von einem Element, das die Reaktion zeigen *könnte* oder *vielleicht* eine außerordentlich seltene Kettenreaktion auf der Basis von eins zu einer Million auslösen könnte, und auch das nur, wenn alles schiefläuft und die Probleme sich häufen. Und jetzt sag mir, verdammt noch mal, ob das nicht ein tragbares Risiko ist! Man kann zwei Aspirin mit einem Glas Wasser einnehmen, und es kann einem schaden. Wozu also hier diese Besorgnis?«

»Zwei Aspirin in einem Glas Wasser bringen niemanden um. Aber Vicotec tut es, wenn wir nicht mit größter Vorsicht vorgehen.«

»Genau das tun wir doch. Eben darum geht es ja. Jedes Medikament hat seine Risiken, seine Nebenwirkungen und Nachteile. Wenn wir damit nicht leben könnten, müßten wir zusperren und Zuckerwatte auf dem Rummelplatz verkaufen. Um Himmels willen, Peter, verdirb nicht alles. Sei vernünftig. Begreife endlich, daß ich in diesem Fall keine Rücksicht auf dich nehmen werde. Wenn es sein muß, trete ich selbst vor die FDA, aber ich möchte, daß du weißt, warum. Du sollst wissen, daß ich Vicotec für absolut sicher halte und daß ich meinen Kopf dafür verwette!« sagte er. Er hatte sich immer mehr in ein Gebrüll hineingesteigert und war vor Erregung puterrot angelaufen. Plötzlich sah Peter, daß er zitterte. Frank hatte vollkommen die Fassung verloren. Er schwitzte, und sein Gesicht war grau, als er einen Moment innehielt und einen Schluck Wasser trank.

»Fühlst du dich nicht wohl?« fragte Peter halblaut, ohne ihn aus den Augen zu lassen. »Die Sache ist es nicht *wert*, daß du dafür dein Leben aufs Spiel setzt. Wir müssen alles mit klinischem Blick betrachten und uns dem Problem mit Ruhe und Gelassenheit nähern. Es ist nur ein Produkt, Frank, nicht mehr. Am Ende wird es wirken oder auch nicht oder nur vielleicht, aber ebensogut könnte es länger dauern, als wir geplant haben. Niemand wünscht sich dringender, daß es auf den Markt kommt, als ich. Aber nicht ›um jeden Preis‹, nicht, solange es einen einzigen Unsicherheitsfaktor gibt. Das Produkt hat irgendwo eine Macke. Das wissen wir. Wir haben die Anzeichen dafür gesehen. Und solange wir diesen Faktor nicht finden, dürfen wir nicht zulassen, daß es zum allgemeinen Gebrauch freigegeben wird. So einfach ist das.« Er sagte es klipp und klar. Je mehr Frank sich aufregte, desto ruhiger wurde er selbst.

»Nein, Peter, nein... so einfach ist das eben *nicht*!« brüllte Frank ihn an, durch die Gelassenheit seines Schwiegersohns zu noch größerer Wut gereizt. »Siebenundvierzig Millionen Dollar in vier Jahren sind keinesfalls ›einfach‹. Wieviel Geld sollen wir deiner Meinung nach noch in das Projekt hineinpumpen? Was glaubst du, wieviel Geld noch da ist?« Jetzt wurde er bösartig, aber Peter ging ihm nicht auf den Leim, als er antwortete.

»Ausreichend, um es richtig zu machen, hoffe ich, oder um das Produkt endgültig einzusargen. Diese Möglichkeit bleibt uns immer noch offen.«

»Der Teufel bleibt uns offen!« Frank war aufgesprungen und brüllte weiter: »Glaubst du denn, ich würde an die fünfzig Millionen Dollar einfach so aus dem Fenster werfen? Bist du denn total übergeschnappt? Was glaubst du, wessen Geld das ist? Deines? Nein, denk dir, es ist meines und Katies und das der Firma, und ich will verdammt sein, wenn ich mir von dir etwas sagen lasse. Du wärst gar nicht hier, wenn ich dich nicht mit allem Drum und Dran für meine Tochter gekauft hätte.« Seine Worte trafen Peter wie ein Keulenschlag und raubten ihm den Atem. Plötzlich fielen ihm die Worte seines Vaters wieder ein, der auf die Eröffnung hin, er wolle Katie heiraten, vor achtzehn Jahren gesagt hatte: »*Du wirst für sie immer nur der Angestellte bleiben, Sohn ... tu es nicht.*« Doch er hatte es getan, und was war daraus geworden! So dachte man also nach achtzehn Jahren über ihn!

Inzwischen war auch Peter aufgesprungen. Wäre Frank Donovan ein paar Jahre jünger und nicht einem Tobsuchtsanfall nahe gewesen, Peter hätte ihn geschlagen. »Ich habe nicht die Absicht, mir das weiter anzuhören«, sagte er. Er zitterte am ganzen Leib, so sehr beherrschte er sich, nicht handgreiflich zu werden. Doch Frank gab nicht auf. Er packte Peters Arm und fuhr fort, ihn anzuschreien.

»Du wirst dir gefälligst anhören, was ich dir verflucht noch mal zu sagen habe, und du wirst hier tun, was ich will. Und verschon mich mit deinem salbungsvollen Getue, du Dreckskerl! Sie hätte jeden kriegen können, aber sie wollte ausgerechnet dich, deshalb habe ich dich zu dem gemacht, der du heute bist, damit sie sich nicht schämen muß. Aber du bist nichts, hörst du mich, du bist *nichts*! Du leierst das ganze verdammte Projekt an, du kostest uns Millionen, du machst Versprechungen, siehst alles in den rosigsten Farben, und wenn dann ein kleines Problem auftaucht, das ein französischer Schwachkopf in der Finsternis zu sehen glaubt, fällst du uns in den Rücken und quiekst aus Angst vor der FDA wie ein Schwein. Laß dir eines gesagt sein, lieber sehe ich dich tot, als daß ich das zulasse!« Plötzlich faßte er sich krampfhaft an die Brust und fing zu keuchen an. Sein Gesicht war tiefrot, fast purpurn, und er konnte sichtlich keine Luft mehr bekommen. Er umklammerte Peters Arme, und dieser fing das volle Gewicht des alten Mannes auf, als dieser zu Boden sank und Peter beinahe mit sich riß. Im ersten Moment konnte Peter nicht fassen, was da vor sich ging, doch gleich darauf wußte er Bescheid. Er legte seinen Schwiegervater behutsam auf den Boden, wählte rasch den Notruf und gab die Einzelheiten durch. Unterdessen hatte Frank erbrochen, noch immer schwer nach Atem ringend. Kaum hatte Peter aufgelegt, kniete er neben ihm nieder, drehte ihn auf die Seite, stützte ihn und bemühte sich, Franks Gesicht vom Erbrochenen fernzuhalten. Frank atmete noch, wenn auch nur mit großer Mühe, er war kaum bei Bewußtsein. Peter hatte sich noch immer nicht von dem erholt, was er ihm an den Kopf geworfen hatte. Nie hätte er gedacht, Frank könnte zu so viel Haß fähig sein, daß es ihn fast selbst umgebracht hätte. Und während Peter neben ihm kauerte und ihn hielt, dachte er einzig und allein daran, was Katie wohl sagen würde, wenn er jetzt stürbe. Sie würde Peter anklagen, würde behaupten, es sei seine Schuld, weil er wegen Vicotec schwierig und unzugänglich gewesen sei. Aber sie würde nie erfahren, was Peter eben zu hören bekommen hatte, was ihr Vater zu ihm gesagt hatte, die unverzeihlichsten Dinge, die er Peter an den Kopf geworfen hatte. Als der Rettungsdienst eintraf, wußte er, daß er ihm das nie vergeben konnte, egal, was mit Frank jetzt passieren mochte. Es waren keine in Wut geäußerten Schmähungen, die Frank ihm entgegengeschleudert hatte, sondern tiefsitzende, häßliche Waffen, die er jahrelang versteckt und vor ihm verborgen hatte, um sie eines Tages gegen ihn einsetzen zu können. Es waren Dolche, die ihn schmerzhaft getroffen hatten, und Peter wußte, daß er sie nie vergessen würde.

Inzwischen waren die Sanitäter um Frank bemüht, und Peter stand auf und trat zurück. Seine eigene Kleidung war von Erbrochenem beschmutzt, und Franks Sekretärin stand an der Tür, einem hysterischen Zusammenbruch nahe. Draußen auf dem Gang hatten sich ein paar Leute versammelt, als einer der Sanitäter mit einem Kopfschütteln zu Peter aufblickte. Bei seinem Schwiegervater hatte der Atem ausgesetzt. Die anderen zwei Rettungsleute griffen zum Herzmassagegerät und rissen Franks Hemd auf. In dem Moment stürmte ein halbes Dutzend Feuerwehrleute herein. Es sah aus wie eine Versammlung. Alle knieten und bearbeiteten ihn eine halbe Stunde lang, während Peter ihnen zusah und sich fragte, was er Katie sagen sollte. Schon glaubte er, es bestünde keine Hoffnung mehr, als die Sanitäter die Feuerwehrleute aufforderten, eine Tragbahre zu holen. Das Herz schlug wieder, unregelmäßig zwar, aber es flatterte nicht mehr, und er atmete wieder. Hinter seiner Sauerstoffmaske hervor blickte Frank Peter mit trübem Blick an, ohne etwas zu sagen, und Peter faßte nach seiner Hand, während er neben der Trage hinausging. Man trug ihn zum Krankenwagen, und Peter wies die Sekretärin an, seinen Arzt zu verständigen. Im New York Hospital würde ihn ein ganzes Team von Kardiologen in Empfang nehmen. Er war dem Tod nur um Haaresbreite entgangen.

»Ich komme nach«, sagte Peter zu den Sanitätern und lief auf die Toilette, um Hose und Jacke zu säubern. Ein sauberes Hemd hatte er immer in einer Lade vorrätig, aber alles andere war eine Katastrophe. Sogar seine Schuhe trugen Spuren von Erbrochenem. Aber was viel schlimmer war, Peter hatte das Gefühl, der üble Brodem dessen, was Frank ihm haßerfüllt entgegengeschleudert hatte, hüllte ihn ein. Die Bösartigkeiten, die er ihm an den Kopf geworfen hatte, waren von solcher Niedertracht, daß sie ihn fast getötet hätten.

Fünf Minuten später kam Peter mit einem frischen Hemd, einer notdürftig gesäuberten Hose, im Pullover und mit sauberen Schuhen aus der Toilette und ging ins Büro, um Katie anzurufen. Zum Glück war sie zu Hause, sie hatte eben ausgehen und Erledigungen machen wollen. Als sie abhob, erstickte Peter beinahe an seinen Worten. Er wußte buchstäblich nicht, wie er es ihr beibringen sollte.

»Katie... gut... gut... daß du zu Hause bist.« Sie wollte ihn schon fragen, warum. Er war neuerdings so sonderbar zu ihr, merkwürdig klammernd und gedämpfter Stimmung. In den letzten Wochen hatte er viel vor dem Fernsehgerät gesessen, und dann wieder gar nicht. Tagelang war er geradezu süchtig nach CNN, und dann hatte er sich zu dem seltsamen Wunsch verstiegen, mit ihr in Urlaub zu fahren.

»Ist etwas passiert?« Sie sah auf die Uhr. Ehe Mike am nächsten Morgen nach Princeton fahren würde, gab es noch einiges zu tun.

Er brauchte noch einen Teppich für sein Zimmer, und sie wollte ihm noch einen Bettüberwurf besorgen. Doch als ihr Mann antwortete, ließ sein Ton sie stutzen.

»Ja... es ist etwas passiert... Katie, es geht ihm schon

besser ... es handelt sich um deinen Vater.« Fast stockte ihr der Atem, als sie das hörte. »Er hatte im Büro einen Herzanfall.« Wie nahe er dem Tod gewesen war, verschwieg er, auch daß sein Herz sekundenlang ausgesetzt hatte. Das konnten ihr die Ärzte später beibringen. »Man hat ihn eben ins New York Hospital gebracht, und ich bin praktisch auf dem Weg dorthin. Du solltest auch schleunigst hinkommen. Sein Zustand ist ziemlich wacklig.«

»Geht es ihm einigermaßen gut?« Das hörte sich an, als sei ihre Welt zusammengebrochen, und so war es auch. Einen häßlichen Augenblick lang konnte Peter nicht umhin, sich zu fragen, ob sie auch so geklungen hätte, wäre es um ihn, anstatt um ihren Vater gegangen. Hatte Frank recht? War er nur ein Spielzeug, das sie sich zugelegt und für das sie bezahlt hatten?

»Ich glaube, er wird über den Berg kommen. Eine Weile sah es ziemlich schlecht aus, aber die Sanitäter waren großartig ...« Draußen stand noch immer ein Polizist, der alle beruhigte und von Franks Sekretärin einen Bericht entgegennahm, obwohl sie gar nicht genau wußte, was passiert war. Man wartete auf ein Gespräch mit Peter, obgleich der Fall eigentlich klar war. Nun erst merkte Peter, daß seine Frau weinte. »Nimm es nicht so tragisch, mein Schatz. Es geht ihm schon besser. Aber du solltest kommen und ihn besuchen.« Da fiel ihm ein, ob sie überhaupt in der Verfassung war, um fahren zu können. Er wollte nicht, daß sie auf der Fahrt von Greenwich in die Stadt einen Unfall baute. »Ist Mike da?« Sie verneinte schluchzend. Mike hätte seine Mutter fahren können, wenn er greifbar gewesen wäre. Paul besaß nur den Schein für Fahrschüler, und um seine Fahrkünste war es noch nicht so bestellt, daß er die ganze Strecke von Greenwich zur Klinik ohne weiteres hätte bewältigen können. »Könnte nicht einer der Nachbarn dich fahren?«

»Ich kann selbst fahren«, sagte sie noch immer unter Tränen. »Was ist nur passiert? Gestern war er noch topfit. Er hatte immer eine eiserne Gesundheit.« Das hatte er, doch gab es beeinträchtigende Faktoren.

»Er ist siebzig, Kate, und er steht unter großem Druck.«

Da verstummte ihr Schluchzen, und sie stellte in schneidendem Ton die Frage: »Gab es zwischen euch wieder Streit wegen der Anhörungen?« Sie hatte gewußt, daß es Thema ihrer Besprechung sein würde.

»Wir hatten eine Diskussion.« Aber diese war ausgeartet, und Frank hatte ihn wüst beschimpft, doch das brauchte Katie nicht zu wissen. Was ihr Vater geäußert hatte, war zu schmerzlich, um es zu wiederholen, besonders im Lichte dessen, was anschließend geschehen war. Für den Fall seines Todes wollte Peter nicht, daß Kate erfuhr, was sich zwischen sie geschoben hatte.

»Es muß mehr als nur eine Diskussion gewesen sein,

wenn er danach einen Herzanfall hatte«, sagte sie und klagte ihn damit indirekt an, aber er wollte mit ihr am Telefon keine Zeit vergeuden und brachte dies auch zum Ausdruck.

»Ich glaube, du solltest jetzt besser rasch losfahren. Alles andere können wir später besprechen. Er wird auf die Intensivstation der Herzabteilung gebracht«, sagte er ohne Umschweife, worauf sie von neuem in Tränen ausbrach. Peter gefiel es nach wie vor nicht, daß sie selbst fahren wollte. »Ich fahre jetzt auch hin und stelle fest, was sich tut. Sollte eine Veränderung eintreten, rufe ich dich per Autotelefon an. Achte darauf, daß du es eingeschaltet läßt.«

»Worauf du dich verlassen kannst«, gab sie kalt zurück und putzte sich die Nase. »Und du achte darauf, daß du nichts sagst, was ihn aufregen könnte.«

Aber Frank war weit davon entfernt, etwas wahrzunehmen, als Peter zwanzig Minuten später im New York Hospital eintraf. Bevor er sich auf den Weg machen konnte, hatte Peter noch mit der Polizei sprechen und ein paar Formulare unterschreiben müssen, die der Notdienst hinterlassen hatte, und unterwegs zum East River war er prompt in einen Stau geraten. Als er endlich ankam, hatte Frank schon starke Beruhigungsmittel bekommen und stand unter genauer Beobachtung. Sein Gesicht war nicht mehr rot, sondern grau, sein Haar wirr. An seinem Kinn hafteten getrocknete Spuren von

Erbrochenem, und seine nackte Brust war mit Drähten und Sensoren bedeckt. Er war an ein halbes Dutzend Apparate angeschlossen und wirkte sehr krank und weitaus älter als noch vor einer Stunde. Die Ärzte erklärten Peter klipp und klar, daß Frank noch bei weitem nicht außer Gefahr sei. Er hatte einen schweren Herzanfall hinter sich, man mußte immer noch mit Herzrhythmusstörungen rechnen. Und wenn man ihn so ansah, glaubte man den Ärzten aufs Wort. Um so unglaublicher, daß er vor zwei Stunden, als Peter sein Büro betreten hatte, noch jugendlich und gesund ausgesehen hatte.

Peter erwartete Kate in der Lobby im Erdgeschoß und versuchte, sie auf das vorzubereiten, was sie erwartete. Sie war in Jeans und T-Shirt gekommen, ihre Haare waren eine Katastrophe, und als sie mit ihrem Mann im Lift nach oben fuhr, waren ihre Augen angstvoll aufgerissen.

»Wie geht es ihm?« fragte sie zum fünften Mal seit ihrer Ankunft. Sie war völlig durcheinander und ungewöhnlich konfus.

»Du wirst schon sehen. Beruhige dich. Ich glaube, er sieht schlimmer aus, als es ihm tatsächlich geht.« Die Geräte, an die er angeschlossen war, wirkten angsteinflößend, und er sah eher aus wie ein Toter, an dem man sich zu schaffen machte, als ein Patient. Jedenfalls war Katie keinesfalls auf das gefaßt, was sie beim Betreten der Intensivstation zu sehen bekam. Ein einziger erster

Blick, und sie fing zu schluchzen an und mußte sich sehr zurückhalten, um nicht wieder in Tränen auszubrechen. Sie stand neben Peter und umklammerte seine Hand. Frank öffnete die Augen und erkannte sie, ehe er sofort wieder in einen tiefen, medikamentös herbeigeführten Schlaf versank. Er sollte die nächsten fünf Tage in völliger Ruhe verbringen. Man hoffte, auf diese Weise seine Überlebenschancen zu erhöhen.

»O mein Gott«, stieß Katie hervor und sank in Peters Armen fast zusammen, als sie hinausging. Er mußte sie schleunigst zu einem Stuhl schaffen. Eine Schwester brachte ihr ein Glas Wasser. »Ich kann es nicht glauben.« Die nächste halbe Stunde hörte sie nicht auf zu weinen, und Peter blieb neben ihr sitzen. Als endlich der Arzt kam, um mit ihnen zu sprechen, erfuhren sie, daß die Überlebenschance fünfzig Prozent betrug.

Diese Eröffnung versetzte Katie von neuem in Hysterie, so daß sie den Rest des Nachmittags in einem Stuhl vor der Intensivstation verbrachte und ihren Vater alle halbe Stunde für fünf Minuten besuchte, wenn man sie hereinließ. Aber er war meist ohne Bewußtsein. Gegen Abend versuchte Peter, sie zu überreden, mitzukommen und etwas zu essen, doch sie weigerte sich beharrlich. Sie sagte, sie würde im Warteraum schlafen, solange es nötig sei, und dächte nicht daran, sich auch nur einen einzigen Augenblick zu entfernen.

»Kate, du mußt«, redete Peter ihr liebevoll zu. »Es

nützt doch nichts, wenn es auch dir schlecht geht. In der nächsten Stunde wird ihm schon nichts zustoßen. Du kannst zur Firmenwohnung fahren und dich hinlegen, und wenn es unumgänglich sein sollte, wird man dich anrufen.«

»Spar dir deine Worte«, entgegnete sie stur und mit dem Gesicht eines Kindes, das nicht nachzugeben gewillt ist. »Ich bleibe bei ihm. Ich werde hier schlafen … und zwar so lange, bis er außer Gefahr ist.« Es war eigentlich mehr oder weniger das, was Peter erwartet hatte.

»Ich sollte irgendwann nach Hause fahren und nach den Jungen sehen«, sagte er nachdenklich, und sie nickte. Hier im kahlen Korridor waren die Kinder das Allerletzte, woran sie dachte. »Ich könnte es gleich tun und am späten Abend wieder herkommen«, schlug er vor und machte sich im Kopf einen Plan zurecht. Sie nickte wieder. »Kommst du so lange allein zurecht?« fragte er leise, doch sie sah ihn kaum an. Sie starrte aus dem Fenster und erweckte den Eindruck, als hätte sie schon einen Verlust erlitten. Eine Welt ohne ihren Vater war für sie unvorstellbar. Die ersten zwanzig Jahre ihres Lebens hatte sie nur ihn allein gehabt. Die nächsten zwanzig Jahre war er einer der wichtigsten Menschen in ihrem Leben gewesen. Peter war der Ansicht, Frank sei für sie ein Objekt der Liebe, eine Art Leidenschaft, fast eine Besessenheit, und obwohl er es nie ausgesprochen hätte, schien sie ihn mehr zu lieben als ihre eigenen Kinder. »Er wird es schaffen«, sagte er leise, doch sie schüttelte nur weinend den Kopf, als er ging. Er wußte, daß er nichts für sie tun konnte. Sie wollte nur ihren Daddy.

Peter beeilte sich, im Verkehrschaos des Freitagabends möglichst rasch nach Hause zu kommen. Zum Glück waren alle drei Jungen da, als er ankam, so daß er ihnen die Nachricht von Franks Herzanfall schonend beibringen konnte. Alle drei waren zutiefst betroffen, und er mußte sie nach besten Kräften beruhigen. Auf Mikes Frage nach den Umständen sagte er nur, daß es während einer Besprechung passiert sei. Mike wollte sofort in die Stadt, um seinen Großvater zu besuchen, Peter aber hielt es für besser, sich damit Zeit zu lassen. Sobald Frank danach zumute war, konnte sein ältester Enkel ihn von Princeton aus besuchen.

»Und was ist mit morgen, Dad?« fragte Mike. Am nächsten Tag hatten sie ihn nach Princeton bringen wollen, und soweit Peter informiert war, lag fast alles bereit, bis auf Teppich und Bettüberwurf, die Kate nicht mehr hatte besorgen können. Aber Mike würde gut ohne diese Dinge auskommen.

»Ich bringe dich morgen hin. Deine Mutter wird sicher bei Großvater bleiben wollen.«

Peter führte sie zu einem raschen Dinner aus, und um neun fuhr er zurück in die Stadt, nicht ohne Kate von unterwegs aus anzurufen. Sie sagte, daß es keine Veränderung gäbe, obwohl sie den Eindruck hätte, daß er schlechter aussähe als ein paar Stunden zuvor, doch die für ihn zuständige Schwester habe sie beruhigt, daß dies zu erwarten sei.

Um zehn Uhr war Peter wieder im Krankenhaus und blieb bis nach Mitternacht bei ihr. Anschließend fuhr er hinaus nach Greenwich, um bei den Jungen zu sein. Um acht Uhr morgens brachte er Mike mit seinem gesamten Gepäck und seiner Sportausrüstung nach Princeton. Dem Jungen wurde ein Zimmer gemeinsam mit zwei anderen zugewiesen, und zu Mittag hatte Peter alles Nötige erledigt. Er trennte sich von Mike mit einer herzlichen Umarmung, wünschte ihm alles Gute und fuhr zurück nach New York zu Kate und ihrem Vater. Vor zwei Uhr war er am Ziel und staunte nicht schlecht, was für ein Anblick sich ihm bot. Frank, der sich im Bett aufgesetzt hatte, sah noch immer geschwächt und matt und blaß aus, aber sein Haar war jetzt gekämmt, er trug einen sauberen Pyjama, und Kate fütterte ihn wie ein Baby mit Suppe. Ein gewaltiger Fortschritt.

»Tja, ich würde sagen, du hast die Kurve gekriegt«, sagte er beim Eintreten und entlockte Frank damit ein Lächeln. Aber Peter war jetzt auf der Hut, da er die Dinge nicht vergessen konnte, die Frank gesagt hatte, auch nicht den Ton, in dem er sie geäußert hatte. Aber dessen ungeachtet, nahm er ihm sein Überleben nicht übel. »Woher hast du den schicken Pyjama?« Frank sah nun wirklich nicht aus wie der Mann, der erst am Tag zuvor in seinem Büro in seinem eigenen Erbrochenen auf dem Boden gelegen hatte. Kate lächelte strahlend. Sie hatte nicht gegen Erinnerungen anzukämpfen wie er, auch mußte sie nicht jenen bösartigen Angriff verarbeiten, in dem Frank behauptet hatte, er hätte Peter gekauft und bezahlt.

»Ich ließ ihn durch einen Boten von Bergdorf kommen«, sagte sie mit erfreuter Miene. »Die Schwester sagt, daß man Daddy vielleicht morgen schon in ein Einzelzimmer verlegt, wenn sein Zustand sich weiterhin bessert.« Kate selbst war total erschöpft, dachte aber nicht daran, klein beizugeben. Ihrem Vater hätte sie ihre ganze Kraft, ihr Lebensblut gegeben, wenn es ihm geholfen hätte.

»Na, das nenne ich eine gute Nachricht«, sagte Peter und lieferte eine Schilderung von Mikes Ankunft in Princeton, die Frank sehr zu beschäftigen schien. Ein wenig später half Kate ihm, sich zu einem Schläfchen hinzulegen. Anschließend gingen sie und Peter hinaus auf den Korridor. Plötzlich wirkte sie nicht annähernd so angeregt wie vorhin, als sie ihren Vater gefüttert hatte. Peter wußte sofort, daß etwas vorgefallen sein mußte.

»Daddy hat mir von gestern erzählt«, sagte sie mit bezeichnendem Blick, als sie im Gang auf und ab gingen.

»Was heißt das?« Er selbst war müde und hatte kein Interesse, sich mit ihr auf ein Hickhack einzulassen. Ihm erschien es nur unglaublich, daß sein Schwiegervater zugegeben hatte, wie bösartig er gewesen war, oder daß er gar wiederholt haben könnte, was er zu Peter und über ihn gesagt hatte. Peter hatte nie erlebt, daß er sich entschuldigt oder gar einen Fehler zugegeben hätte, selbst wenn dieser nicht zu übersehen war.

»Du weißt, was das heißt«, sagte sie und blieb stehen, um ihn anzusehen, wobei sie sich fragte, ob sie ihn überhaupt kannte. »Er sagte, du hättest ihn wegen der Anhörungen bedroht, fast bis zur Gewalttätigkeit.«

»Er hat *was* gesagt?« Peter traute seinen Ohren nicht.

»Er sagte, noch nie hätte er dich so zu jemandem sprechen gehört. Du seiest für Vernunft nicht zugänglich gewesen. Er sagte, es sei zuviel für ihn geworden ... und ... und dann ...« Sie fing zu weinen an und konnte einen Augenblick nicht weitersprechen, sah ihn nur mit anklagendem Blick an. »Du hast meinen Vater fast getötet. Du hättest ihn getötet, wenn er nicht so stark wäre ... und so anständig ...« Sie blickte von ihm fort, nicht imstande, ihn länger anzusehen, aber Peter hörte trotzdem ganz deutlich, was sie sagte. »Ich glaube nicht, daß ich dir das jemals verzeihen kann.«

»Da geht es dir ähnlich wie mir«, sagte er und sah sie mit unverhülltem Zorn an. »Ich schlage vor, du fragst ihn, was er zu mir gesagt hat, ehe er umfiel. Ich glaube, es ging darum, daß er mich vor Jahren mit allem Drum und Dran gekauft hat und daß er mich lieber tot sehen würde, falls ich nicht zu diesen verdammten Anhörungen ginge.« Er sah mit klaren blauen Augen seine Frau an, und sie las in seinen Blicken etwas, das sie noch nie darin gesehen hatte. Und dann ging er fort, so schnell er konnte, und betrat den Lift, während sie ihm nachblickte. Sie machte keine Anstalten, ihm zu folgen, doch das kümmerte ihn jetzt nicht. Für ihn stand ohne Zweifel fest, zu wem sie hielt.

Elftes Kapitel

Frank erholte sich erstaunlich rasch von seinem Herzanfall. Noch vor Ablauf von zwei Wochen wurde er nach Hause entlassen, und Katie zog zu ihm, um in seiner Nähe zu sein. Peter war es recht, sie beide brauchten Zeit zum Nachdenken und zur Entscheidung, wie es um ihre Gefühle füreinander bestellt war. Sie hatte sich bei ihm nie für das entschuldigt, was sie im Krankenhaus zu ihm gesagt hatte, und er war nie wieder darauf zu sprechen gekommen. Und natürlich hatte Frank nie wieder erwähnt, daß er Peter »gekauft und für ihn bezahlt« hätte, so daß Peter sich schon fragte, ob er sich überhaupt noch daran erinnerte.

Wenn er ihn besuchte, was er regelmäßig tat, aus Höflichkeit und um Kate zu sehen, schaffte er es, fast herzlich zu seinem Schwiegervater zu sein, doch hatte sich das Verhältnis zwischen Peter und Frank spürbar abgekühlt. Auch Katie war auf Distanz zu Peter gegangen. Sie war auch viel zu sehr mit ihrem Vater beschäftigt, um Patrick viel Beachtung zu schenken, so daß Peter sich um ihn kümmerte und ihm täglich sein Abendessen kochte. Viel Mühe machte der Junge ohnehin nicht. Die zwei älteren waren auf der Schule, und Mike, der von Princeton begeistert war, hatte sich schon mehrfach bei ihnen gemeldet.

Genau zwei Wochen nach seinem Herzanfall brachte Frank wieder die Anhörungen aufs Tapet. Beide Männer wußten, daß sie trotz allem bei der FDA noch auf der Liste standen. Und in einigen Tagen sollten die Anhörungen stattfinden. Wenn sie nicht beabsichtigten, die vorzeitige Freigabe zu beantragen, war es an der Zeit, den Termin bei der Behörde abzusagen.

»Na?« fragte Frank ihn und lehnte sich in die Kissen zurück, die Kate eben für ihn aufgeschüttelt hatte. Er war tadellos rasiert und sauber, sein Friseur war eben dagewesen, um ihm die Haare zu schneiden. Er sah aus wie aus einer Werbung für Schlafanzüge und Luxusbettwäsche und nicht wie ein Mann, der an der Schwelle des Todes gestanden hatte, dennoch war Peter darauf bedacht, ihn nicht aufzuregen. »Wo stehen wir im Moment? Wie sieht es mit den Laborergebnissen aus?« Beide wußten, was damit gemeint war.

»Ich glaube nicht, daß wir darüber sprechen sollten.« Katie bereitete unten das Essen für ihn zu, und Peter hatte nicht die Absicht, mit ihm Streit anzufangen und dann beide Donovans gegen sich aufzubringen. Für ihn war Vicotec als Thema tabu, solange die Ärzte Frank jede Anstrengung verboten.

»Wir müssen aber darüber sprechen«, zeigte Frank sich beharrlich. »Die Anhörungen stehen kurz bevor.

Das habe ich nicht vergessen«, sagte er ganz ruhig. Und Peter hatte nicht vergessen, was er ihm in seinem Büro an den Kopf geworfen hatte. Frank ließ davon aber nichts verlauten, als er seinen Schwiegersohn ansah. Woher Kate ihren Eigensinn und ihre Beharrlichkeit mitbekommen hatte, war klar. »Gestern habe ich mit dem Büro gesprochen. Laut Aussage der Forschungsabteilung sind alle kritischen Punkte geklärt.«

»Mit einer Ausnahme«, setzte Peter hinzu.

»Mit Ausnahme eines unbedeutenden Tests, der unter außergewöhnlichen Umständen an Versuchsratten durchgeführt wurde. Ich weiß alles ganz genau. Aber der Test ist irrelevant, weil die Bedingungen, unter denen er durchgeführt wurde, bei Menschen so nie vorkommen werden.«

»Das stimmt«, gab Peter zu. Er betete darum, Katie würde nicht kommen und sie mitten in der Debatte überraschen, »aber nach den Maßstäben der FDA disqualifizieren wir uns damit. Ich finde noch immer, daß wir nicht zu den Anhörungen erscheinen sollten.« Mehr noch, sie hatten es noch nicht geschafft, die Wiederholung der in Frankreich durchgeführten Tests abzuschließen, und diese waren entscheidend. »Wir müssen Suchards Material noch einmal überprüfen. Dort liegt der eigentliche Fehler. Alles übrige war eigentlich nur Routine. Aber den Bereich, den er bearbeitet hat, müssen wir unbedingt noch einmal durchgehen.«

»Das können wir gern tun, ehe Vicotec zum klinischen Einsatz gelangt. Im Moment braucht die FDA davon aber nichts zu wissen. Wir sind allen ihren Anforderungen mit Bravour gerecht geworden. Mehr, als wir vorlegen können, verlangt die Gesundheitsbehörde nicht. Das sollte auch dir genügen«, sagte er mit Nachdruck zu Peter.

»Es würde in der Tat ausreichen, wäre Suchard nicht auf ein Problem gestoßen. Wir würden als Lügner dastehen, wenn wir diese Tatsache vor der FDA geheimhalten.«

»Ich gebe dir mein Wort«, sagte Frank, ohne auf Peters Bemerkung einzugehen, »falls etwas... irgend etwas... die leiseste Andeutung eines Problems bei den folgenden Tests auftauchen sollte, werde ich einen Rückzieher machen. Ich bin doch nicht wahnsinnig. Ich möchte keinen Schadenersatzprozeß über hundert Millionen. Ich möchte niemanden umbringen. Aber ich möchte auch nicht, daß es uns an den Kragen geht. Alles, was wir benötigen, haben wir jetzt vorliegen. Dabei sollten wir es bewenden lassen. Wirst du zu den Anhörungen gehen, wenn ich dir mein Wort gebe, daß ich bereit bin, dieser Bagatelle genauestens auf den Grund zu gehen, selbst wenn wir nach allen unseren Laborversuchen die vorzeitige Freigabe für klinische Versuche bekommen sollten? Peter, was kann das schon schaden?... Bitte...« Aber es war trotzdem falsch, und Peter wußte es. Es war verfrüht, und es war gefährlich. Bekamen sie die Freigabe, dann konnte das Präparat unverzüglich an Patienten ausprobiert werden, und er traute seinem Schwiegervater nicht über den Weg, daß er sich diese Chance entgehen lassen würde. Für Peter war es dabei nebensächlich, daß bei klinischen Versuchen extrem geringe Dosierungen von Vicotec einer kleinen Anzahl von Versuchspersonen verabreicht würden. Ihm lag daran, keinen einzigen Menschen einem ungerechtfertigten und unverantwortlichen Risiko auszusetzen. Sie waren gewarnt worden, daß Vicotec in seiner jetzigen Beschaffenheit ein gewisses Gefahrenpotential barg, und Peter war nicht gewillt, diese Warnung in den Wind zu schlagen. Andere Unternehmen, die es taten, hatten wahre Horrorgeschichten erlebt, und es gab sogar phantastisch anmutende Storys von Produkten, die abgepackt und auf Lastern verstaut auf die Freigabe durch die FDA warteten, um im Anschluß daran sofort ausgeliefert zu werden. Peter befürchtete, daß seinem Schwiegervater mit Vicotec trotz möglicher Probleme ähnliches vorschwebte. Wenn Frank nicht gewillt war, der Vernunft den Vorzug zu geben, eröffneten sich endlose Möglichkeiten für Mißbrauch. Und Mißbrauch konnte zu unnötigen Todesfällen führen. Peter konnte das nicht befürworten.

»Ich kann nicht vor der FDA erscheinen«, sagte er traurig. »Das weißt du.«

»Das tust du aus Rachsucht … weil ich mich hinreißen ließ, diese Dinge zu sagen … um Himmels willen, du weißt, daß ich es nicht so gemeint habe.« Also erinnerte er sich doch daran. Hatte er es nur gesagt, um ihn grausam zu kränken, oder weil er es glaubte? Peter würde es jetzt nie erfahren, aber er würde es so oder so nie vergessen können. Doch rachsüchtig war er deshalb nicht.

»Das hat nichts damit zu tun. Es ist eine Frage der Ethik.«

»Das ist doch Unsinn. Was willst du dann? Eine Bestechung? Eine Garantie? Du hast mein Wort, daß ich keinen Schritt weitergehe, falls es nach Abschluß aller Tests noch ein Problem geben sollte. Brauchst du mehr?«

»Ich brauche Zeit. Es ist nur eine Frage der Zeit«, erwiderte Peter, der abgespannt aussah. In den vergangenen zwei Wochen hatten die Donovans ihn seine ganze Kraft gekostet, und wenn er es recht bedachte, eigentlich auch schon lange vorher.

»Es ist eine Frage des Geldes. Und des Stolzes. Und des Ansehens. Kannst du dir die Verluste ausrechnen, falls wir die Anhörungen absagen? Es könnte sich negativ auf unsere anderen Produkte auswirken.« Es war ein endloses Hin und Her, bei dem keiner die Position des anderen verstehen konnte. Beide sahen grimmig drein, als Katie mit dem Lunch für Frank kam. Sie argwöhnte sofort, daß verbotene Diskussionen geführt worden waren.

»Ihr sprecht doch nicht etwa vom Geschäft?« fragte sie, worauf beide den Kopf schüttelten, aber Peters schuldbewußte Miene veranlaßte sie, ihn wenig später zur Rede zu stellen. »Ich hatte gedacht, du würdest es wiedergutmachen wollen«, gab sie von sich, als sie in der Küche im Haus ihres Vaters standen.

»Was sollte ich denn gutmachen?«

»Was du ihm angetan hast.« Sie war noch immer der Meinung, Peter hätte ihn beinahe getötet und wäre schuld an seinem Herzanfall, weil er ihn so aufgeregt hatte. Argumente waren zwecklos, nichts würde sie von dieser Meinung abbringen. »In gewisser Weise bist du es ihm schuldig, bei den Anhörungen zu erscheinen. Außerdem ist ein echter Schaden ausgeschlossen. Und für ihn ist es ungemein wichtig, das Gesicht zu wahren. Er hat sich für eine vorzeitige Zulassung stark gemacht und möchte nun nicht zugeben, daß er noch nicht soweit ist. Er wird Vicotec nicht an Menschen ausprobieren, falls Risiken damit verbunden sind. Das weißt du doch. Er ist weder dumm noch verrückt. Aber er ist krank, und er ist alt, und es ist sein gutes Recht, ohne Gesichtsverlust vor der Öffentlichkeit davonzukommen. Wenn dir an ihm läge, könntest du dafür sorgen… wenn dir auch nur etwas an ihm läge«, sagte sie anklagend. »Irgendwie ist es nicht zuviel verlangt. Es sei denn, er ist dir wirklich gleichgültig. Er hat mir erzählt, er hätte damals in seiner Erregung ziemlich gemeine Sachen gesagt. Aber ich bin sicher, daß es nicht so gemeint war. Die Frage ist nur«, fuhr sie mit Betonung fort, »ob du großherzig genug bist, um ihm zu vergeben, oder ob du es ihn büßen läßt, indem du ihm das einzige vorenthältst, was er von dir möchte. Du erscheinst ohnehin zum gleichen Termin vor dem Kongreß, also könntest du auch die Sache vor der FDA erledigen. Nach allem, was er für dich getan hat, bist du es ihm schuldig. Und selbst kann er die Sache nicht vertreten. Du bist der einzige, der es kann.« Sie schaffte es, daß er sich wie ein richtiger Schuft vorkam, und sie war entschlossen, ihn soweit zu bringen, daß er sich für den Herzanfall ihres Vaters verantwortlich fühlte. Wie bei ihrem Vater war es auch bei ihr zur fixen Idee geworden, daß er sich an Frank wegen der Gemeinheiten, die dieser gesagt hatte, rächen wollte.

»Kate, es hat damit nichts zu tun. Es ist sehr viel komplizierter. Es hat mit Integrität und Ethos zu tun. Nur sein Gesicht zu wahren, darf ihm nicht genügen. Was würden die Leute denken, die Regierung zum Beispiel, wenn sich herausstellen sollte, daß wir voreilig um Freigabe ansuchten? Man würde uns nie wieder trauen. Es könnte für das Unternehmen den Untergang bedeuten.« Schlimmer noch, es würde ihn persönlich zerstören, weil er damit gegen seine sämtlichen Grundsätze verstoßen hätte. Er konnte es nicht tun.

»Er sagte doch, daß er nötigenfalls einen Rückzieher machen würde. Was du ihm verschaffst, ist nur ein Aufschub und eine Anhörung vor der FDA.« Es hörte sich an, als handle es sich um eine Kleinigkeit. Sie brachte alles auch viel überzeugender vor als ihr Vater. Aus ihrem Mund hörte es sich an, als müsse er es tun, als verlange sie nur eine Bagatelle und als sei seine Weigerung ihr unbegreiflich. Und irgendwie schaffte sie es auch, sich selbst ins Spiel zu bringen, als schulde er es ihr als Liebesbeweis. »Er bittet dich doch nur um einen Kompromiß. Das ist alles. Bist du so kleinkariert, daß du darauf nicht eingehen kannst? Tue es für ihn … nur dieses eine Mal. Das ist alles. Der Mann wäre fast gestorben. Er verdient es.« Er hatte das Gefühl, die heilige Johanna stünde flaggenschwenkend vor ihm. Peter hätte den Grund nicht zu nennen gewußt, doch als er sie ansah, spürte er, wie er schwankte. Er hatte das Gefühl, sein ganzes Leben stünde auf der Kippe, und sie hätte es dort plaziert. Der Einsatz war zu hoch, als daß er ihr Widerstand hätte entgegensetzen können. »Peter?« Sie sah ihn an, plötzlich ganz verführerisch, wie sie nie gewesen war, mit Fähigkeiten und Weisheit übermenschlicher Art, und er besaß nicht mehr die Kraft, ihr zu antworten, geschweige denn, ihr zu widerstehen. Ohne es wirklich zu meinen, nickte er. Und sie verstand. Es war geschafft. Sie hatte gewonnen. Er würde sich den Anhörungen stellen.

Zwölftes Kapitel

Der Abend vor seinem Flug nach Washington war für Peter der reinste Alptraum. Er konnte noch immer nicht glauben, daß er sich von ihnen hatte breitschlagen lassen. Aber seit er zugesagt hatte, kannte Kates Dankbarkeit keine Grenzen, und ihr Vater hatte sich geradezu atemberaubend schnell erholt und war voll des wärmsten Lobes für Peter, dem zumute war, als wäre er auf einen fremden Planeten katapultiert worden, auf dem nichts real war, auf dem sein Herz zu Stein geworden war und sein Gehirn schwerelos. Er war kaum imstande, das ganze Ausmaß dessen zu erfassen, was er im Begriff stand zu tun.

Rein verstandesmäßig konnte er es vor sich rechtfertigen, so wie Frank es konnte. Vicotec war so gut wie fertig, und falls noch irgendwo Mängel steckten, konnte man sie ausmerzen, ehe das Produkt auf den Markt käme. Aber moralisch und dem Gesetz nach war es falsch, was sie taten, und das war ihnen allen bewußt. Dennoch war Peter klar, daß er jetzt keine Wahl mehr hatte. Er hatte Kate und ihrem Vater versprochen, daß er es tun würde. Die Frage war nur, wie er danach mit sich weiterleben konnte, oder würden einfach seine ethischen Grundsätze allmählich abbröckeln? Würden andere Fehltritte folgen, wenn er sich jetzt darauf einließ, weitere Verstöße gegen Prinzipien, die er immer hochgehalten hatte? Eine interessante philosophische Frage, und wenn er nicht das Gefühl gehabt hätte, es ginge um sein Leben, hätte er großes Interesse dafür aufbringen können. So aber konnte er weder essen noch schlafen. In wenigen Tagen hatte er sieben Pfund verloren und sah schrecklich aus. Am Tag vor seinem Abflug nach Washington fragte ihn seine Sekretärin, ob er krank sei. Er schüttelte nur den Kopf und redete sich damit heraus, daß er viel zu tun hätte. Da Frank ausgefallen war und noch einen Monat zu Hause bleiben wollte, lastete eine schwerere Bürde auf seinen Schultern als sonst. Und am Tag der Anhörung bei der FDA mußte er gleich am Morgen auch noch vor dem Kongreß erscheinen.

Er blieb bis spätnachmittags an seinem Schreibtisch und studierte die letzten Testergebnisse, die sehr gut ausgefallen waren, von einem kleinen Warnzeichen abgesehen, das sich nahtlos in das einfügte, was Suchard im Juni gesagt hatte. Nach Aussage des Forschungsteams handelte es sich um ein relativ kleines Problem, so daß Peter es für unnötig hielt, Frank deswegen anzurufen. Wie dieser darauf reagieren würde, wußte er ohnehin. »Laß dir deshalb bloß keine grauen Haare wachsen.

Bring die Anhörung hinter dich, alles andere findet sich später.« Trotzdem nahm Peter die Berichte nach Hause mit und las sie abends noch einmal durch. Um zwei Uhr morgens ließen sie ihm noch immer keine Ruhe. Katie schlief im Bett neben ihm, sie wohnte nicht mehr bei ihrem Vater. Sie wollte Peter sogar nach Washington begleiten und hatte sich aus diesem Anlaß ein neues Kostüm gekauft. Seitdem er eingewilligt hatte, nach Washington zu gehen, waren sie und ihr Vater überglücklich und bester Stimmung, weil er kapituliert hatte. Er hingegen hatte noch immer das Gefühl, ihm stünde ein Himmelfahrtskommando bevor, so daß Katie ihn wegen seiner Überempfindlichkeit rügte. Sie versuchte es so hinzustellen, als sei er nur nervös, weil er auch vor dem Kongreß erscheinen mußte.

Doch als er um vier Uhr morgens in seinem Arbeitszimmer in Greenwich saß und aus dem Fenster starrte, war er in Gedanken noch immer bei den letzten Berichten. Er wünschte sich, er hätte alles mit einem Fachmann besprechen können. Die Leute der Teams in Deutschland und in der Schweiz waren ihm nicht persönlich bekannt, und mit dem neuen Mann in Paris stand er nicht auf allerbestem Fuß. Frank hatte ihn offenbar nur deshalb angestellt, weil er ein gefügiger Ja-Sager war, doch war er zugleich schwer verständlich und formulierte alles so wissenschaftlich, daß Peter das Gefühl hatte, Japanisch zu hören, wenn er sprach. Da fiel ihm etwas ein, und er blätterte schnell in seinem Notizbuch auf dem Schreibtisch. Er zweifelte schon daran, ob er die Nummer zu Hause hatte, als er sie endlich fand. In Paris war es zehn Uhr morgens, mit etwas Glück würde er ihn also erreichen. Kaum hatte sich die Vermittlung gemeldet, als er ihn namentlich verlangte. Es piepste zweimal wie ein freundlicher Roboter, dann kam die vertraute Stimme durch den Hörer.

»Allô?« Es war Paul-Louis. Peter hatte ihn in seiner neuen Firma angerufen.

»Hi, Paul-Louis«, sagte Peter, der sehr matt klang. Für ihn war es vier Uhr morgens, hinter ihm lag eine endlose Nacht. Er fragte sich, ob der Franzose imstande sein würde, ihm zu einer Entscheidung zu verhelfen, mit der er einigermaßen leben konnte. Es war der einzige Grund seines Anrufs. »Hier Benedict Arnold.«

»*Qui? Allô?* Wer spricht?« fragte Suchard verwirrt, und Peter lächelte, als er antwortete.

»Das war ein Verräter, den man vor langer Zeit erschossen hat. *Salut,* Paul-Louis«, sagte er auf französisch. »Hier Peter Haskell.«

»Ach... *d'accord.*« Er begriff sofort. »Sie wollen es also tun? Man hat Sie gezwungen?« Er wußte sofort Bescheid, denn Peter klang fürchterlich.

»Ich wünschte, ich könnte sagen, daß man mich gezwungen hat«, sagte er tapfer, obwohl er tatsächlich unter Zwang handelte, doch war er zu sehr Gentleman, um es auszusprechen. »Ich habe aus einer Vielzahl von Gründen mehr oder weniger freiwillig klein beigegeben. Frank hatte vor fast drei Wochen einen beinahe tödlichen Herzanfall. Seit damals ist alles ein wenig anders.«

»Ich verstehe«, sagte Suchard ernst. »Was kann ich für Sie tun?« Er war jetzt bei der Konkurrenz beschäftigt, was seiner Sympathie für Peter aber keinen Abbruch tat. »Möchten Sie etwas von mir wissen?« fragte er ohne Umschweife.

»Ich glaube, ich möchte von Ihnen die Absolution, obwohl ich sie nicht verdiene. Ich habe eben neue Ergebnisse hereinbekommen, und ich glaube, daß sie einwandfrei sind, falls ich sie richtig deute. Wir haben zwei Elemente ausgewechselt, was nach allgemeiner Ansicht ausreichend ist. Doch liegt auch eine merkwürdige Testreihe vor, von der ich nicht sicher bin, daß ich sie verstehe, und da dachte ich mir, Sie könnten sie mir vielleicht erklären. Hier gibt es niemanden, mit dem ich offen sprechen kann. Und ich muß zweifelsfrei wissen, ob Vicotec tödliche Folgen haben könnte. Darauf läuft eigentlich alles hinaus. Ich möchte wissen, ob Sie das Präparat noch immer für gefährlich halten oder ob wir es entschärft haben. Hätten Sie Zeit, die Berichte für mich durchzusehen?« Suchard hatte keine Zeit, wollte sie sich Peter zuliebe aber nehmen. Er wies seine Sekretärin an, keine Anrufe durchzustellen, und war sofort wieder sprechbereit.

»Faxen Sie mir die Unterlagen rüber.« Peter tat es, und dann trat langes Schweigen ein, während Paul-Louis alles studierte. In der nächsten Stunde gingen sie den Forschungsbericht von vorne bis hinten und umgekehrt durch, während Peter so viele Fragen wie möglich beantwortete. Schließlich trat wieder langes Schweigen ein. Als der Franzose zum Sprechen ansetzte, spürte Peter, daß er sich zu einer Entscheidung durchgerungen hatte. »Also, es ist eine sehr subjektive Meinung. In diesem Stadium kann man eine glasklare Entscheidung nicht so ohne weiteres treffen. Natürlich sind die Ergebnisse gut. Es handelt sich um ein fabelhaftes Präparat, das die Krebstherapie entscheidend verändern wird. Aber da wären noch einige zusätzliche Punkte, die gesondert bewertet werden müßten. Und eben diese Bewertung läßt sich so schwer anstellen. Im Leben gibt es keine Sicherheit. Nichts ist ohne Risiko oder Kosten. Fragt sich nur, ob man gewillt ist, diese auf sich zu nehmen.« Diese philosophische Aussage hörte sich sehr französisch an, aber Peter verstand ihn.

»Die Frage für uns heißt, wie groß ist das Risiko.«

»Ich verstehe.« Er verstand nur zu gut. Genau das war es auch, was ihm im Juni während Peters Besuch in Paris Kopfzerbrechen bereitet hatte. »Die jüngsten Ergebnisse sind gut, das steht fraglos fest. Sie sind jetzt auf der richtigen Spur...« Er machte eine Pause, während er sich stirnrunzelnd eine Zigarette anzündete. Alle Wissenschaftler, denen Peter in Europa begegnet war, waren Raucher.

»Aber sind wir schon am Ziel?« fragte Peter zögernd, fast so, als fürchte er sich vor der Antwort.

»Nein... noch nicht...« Suchard sagte es schweren Herzens. »Möglicherweise sehr bald, wenn man in dieser Richtung weiterarbeitet. Aber Sie sind noch nicht am Ziel. Meiner Meinung nach ist Vicotec noch immer nicht ganz risikofrei, zumal in den Händen von Laien.« Und genau für diese war das Medikament bestimmt. Es war für Laien bestimmt, die es, wenn nötig, zu Hause anwenden konnten. Das bedeutete, daß die Chemotherapie zu Hause durchgeführt werden konnte und man nicht ins Krankenhaus, ja nicht einmal zu einem Arzt mußte.

»Ist es noch immer ein Killer-Präparat, Paul-Louis?« Im Juni hatte der Wissenschaftler es so genannt. Peter glaubte das Wort noch immer zu hören.

»Ich glaube schon.« Die Stimme am anderen Ende klang bedauernd, aber klar. »Sie sind noch nicht am Ziel, Peter. Lassen Sie sich Zeit. Es wird bald soweit sein.«

»Und die Anhörungen?«

»Wann sind sie angesetzt?«

Peter sah auf die Uhr. Es war fünf Uhr morgens. »In neun Stunden, um zwei Uhr nachmittags. In zwei Stunden gehe ich aus dem Haus.« Er wollte die Acht-Uhr-

Maschine nehmen und plante, um elf vor dem Kongreß zu erscheinen.

»Sie sind nicht zu beneiden, mein Freund. Ich kann dazu nur sehr wenig sagen. Wenn Sie ehrlich sein wollen, müssen Sie sagen, daß es sich um ein hervorragendes Präparat handelt, aber auch, daß es noch nicht ausgereift ist und daß daran noch gearbeitet werden muß.«

»Um das zu sagen, erscheint man nicht vor der FDA. Wir wollen aufgrund unserer Labortests um Genehmigung für vorgezogene klinische Versuche ansuchen. Frank möchte das Präparat auf den Markt bringen, sobald wir alle Stadien klinischer Versuche hinter uns haben und die FDA uns grünes Licht gibt.«

Suchard stieß einen Pfiff aus. »Das ist ja richtig beängstigend. Warum drängt er so?«

»Im Januar möchte er in den Ruhestand treten. Und er möchte noch vorher sehen, daß das Produkt seinen Weg macht. Es soll sein Abschiedsgeschenk an die Menschheit sein. Und meines auch. Statt dessen entpuppt es sich als Zeitbombe.«

»Genau das ist es auch, Peter. Das müssen Sie wissen.«

»Ich weiß es. Aber niemand möchte es hören. Er sagt, er würde das Produkt noch vor Jahresende zurückziehen, falls es für klinische Versuche noch nicht geeignet ist. Aber er besteht noch immer darauf, daß wir nach Washington gehen. Ehrlich gesagt, ist es eine lange Geschichte.« Es ging dabei um das Ego eines alten Mannes und um das kalkulierte Risiko bei einem Milliardengeschäft. Aber in diesem Fall waren Franks Kalkulationen nicht gut und basierten auf seinem Ego. Es war ein gefährlicher Schritt, der für sein ganzes Unternehmen den Untergang bedeuten konnte, doch das wollte er nicht einsehen. Merkwürdig war nur, daß Peter es um so deutlicher sehen konnte. Frank war so halsstarrig, daß es an Schwachsinn grenzte. Gut möglich, daß er schon senil wurde oder einfach machtbesessen war. Das ließ sich schwer beurteilen.

Peter bedankte sich bei Paul-Louis für dessen Hilfe, worauf der Franzose ihm viel Glück wünschte. Nachdem Peter aufgelegt hatte, machte er für sich Kaffee. Ihm blieb immer noch die Möglichkeit, sich aus der Sache zurückzuziehen, wie er das aber anstellen sollte, war ihm ein Rätsel. Er konnte bei der Anhörung auftreten und dann aus der Firma ausscheiden, doch das würde jene Kranken nicht schützen, denen er hatte helfen wollen und die er nun gezwungenermaßen in Gefahr brachte. Er traute Frank nämlich nicht zu, daß dieser von klinischen Versuchen Abstand nehmen würde, falls die Laborberichte sich in nächster Zeit nicht radikal besserten. Sein Gefühl sagte Peter, daß Frank zu sehr eine Spielernatur war. Das große Geld war in greifbarer Nähe, dagegen wog das gesundheitliche Risiko nur wenig. Die Versuchung war zu groß.

Wenig später hörte Katie ihn und kam in die Küche,

noch ehe der Wecker losschrillte. Sie traf Peter an, wie er am Küchentisch saß, den Kopf schwer in die Hände gestützt, und seine zweite Tasse Kaffee trank. So hatte sie ihn noch nie gesehen. Er sah fast noch schlimmer aus als ihr Vater unmittelbar nach dem Herzanfall.

»Weshalb machst du dir so große Sorgen?« fragte sie und legte eine Hand auf seine Schulter. Aber da sie nicht verstand oder nicht verstehen wollte, konnte man es ihr nur schwer erklären. »Es wird vorüber sein, ehe du weißt, wie dir geschieht.« Aus ihrem Mund hörte es sich an, als handle es sich um einen Besuch beim Zahnarzt und nicht um den Verstoß gegen alle seine Grundsätze. Seine Ethik, seine Integrität, seine Prinzipien standen auf dem Spiel, und sie verstand es nicht. Unglücklich blickte er zu ihr auf, während sie sich ihm gegenüber an den Tisch setzte. In ihrem rosa Nachthemd sah sie so adrett und kühl aus wie immer.

»Kate, ich tue das alles aus den falschen Gründen. Nicht weil es richtig ist oder weil wir dafür bereit wären. Ich tue es für dich und deinen Vater. Wie ein Mafia-Handlanger komme ich mir vor.«

»Abscheulich, wie du das sagst.« Sie sah ihn verärgert an. »Wie kannst du nur einen solchen Vergleich anstellen? Du fliegst nach Washington, weil du weißt, daß es das Richtige ist und du es meinem Vater schuldig bist.«

Er lehnte sich auf dem Küchenstuhl zurück und sah sie an. Dabei fragte er sich, was die Zukunft für sie beide bereithalten mochte, so rapide, wie sich bei ihnen alles entwickelte. Nicht viel vermutlich, nach allem, was er in letzter Zeit erlebt hatte. Jetzt konnte er Olivia nachfühlen, wie ihr zumute gewesen war, als sie sagte, sie hätte sich an Andy verkauft. Es war ein auf Lügen und Täuschungen aufgebautes Leben. Und in seinem Fall auf Erpressung.

»Was glaubt ihr beide eigentlich, das ich euch schulde?« fragte er seelenruhig. »Dein Vater scheint zu glauben, daß ich tief in seiner Schuld stehe. Aber soviel ich weiß, war es all die Jahre ein faires Geben und Nehmen. Ich arbeite hart für das Unternehmen und werde dafür bezahlt. Und du und ich, wir haben eine gute Ehe geführt, oder zumindest war ich dieser Meinung. Aber in letzter Zeit hat sich diese Version vom ›Schuldigsein‹ in alles eingeschlichen. Warum glaubst du und glaubt er, daß ich es euch ›schuldig‹ wäre, zu diesen Anhörungen zu gehen?«

Sie wagte sich auf dieses gefährliche Terrain sehr behutsam und in dem Wissen, daß es sich als Minenfeld entpuppen konnte. »Weil das Unternehmen zwanzig Jahre lang gut zu dir war und du es ihm vergiltst, indem du dich für ein Produkt einsetzt, das uns Milliarden einbringen kann.«

»Geht es allein darum? Um Geld?« Er sah aus, als sei ihm übel geworden. Wofür hatte er sich verkauft? Um Milliarden? Wenigstens habe ich mich nicht billig verkauft, dachte er verbittert.

»Zum Teil, Peter, so blauäugig kannst du nicht sein. Du bist an unseren Profiten beteiligt. Du weißt, um was es hier geht. Denk doch an die Kinder. Was soll aus ihnen werden? Du würdest auch ihr Leben ruinieren.« Sie sah kalt und berechnend aus und sehr hart. Trotz ihres Geredes von ihrem Vater lag ihr vor allem am Geld.

»Komisch... ich hatte diese verrückte Idee, daß es zum Wohl der Menschheit sein sollte, oder zumindest, um Leben zu retten. Ich glaube, deshalb habe ich das Projekt angefangen und es in den vergangenen Jahren so vorangetrieben. Aber trotz meines Engagements für Vicotec war ich nie gewillt, dafür zu lügen, auch damals nicht. Und jetzt bin ich noch viel weniger gewillt, ›wegen Geld‹ zu lügen.«

»Willst du kneifen?« Sie schien entsetzt. Sie wäre selbst zu den Anhörungen gegangen, wenn es möglich gewesen wäre. Aber sie war keine Firmenangestellte, und ihr Vater war noch zu krank, deshalb war es Peters Aufgabe. »An deiner Stelle würde ich es mir sehr genau überlegen, ehe ich mich drücke«, sagte sie schon beim Aufstehen. Sie blieb stehen und schaute auf ihn hinunter. »Falls du uns jetzt hängen läßt, ist es mit deiner glänzenden Zukunft bei Wilson-Donovan vorbei, wie du dir denken kannst.«

»Und was ist mit unserer Ehe?« fragte er, obwohl er wußte, daß er mit dem Feuer spielte.

»Das bleibt abzuwarten«, sagte sie leise. »Aber ich

würde dein Verhalten als Gipfel an Verrat betrachten.« Er sah ihr an, wie ernst sie es meinte. Trotzdem fühlte er sich plötzlich viel besser, nur weil er sie ansah. Sie war so frisch und klar, so wie sie immer gewesen war, obwohl er es nicht immer gesehen hatte.

»Kate, gut zu wissen, wo du in dieser Sache stehst«, gab er ruhig zurück. Ihre Blicke trafen sich über dem Tisch. Aber ehe sie antworten konnte, kam Patrick zum Frühstück herein.

»Was treibt ihr beiden denn hier in aller Herrgottsfrühe?« fragte er schlaftrunken.

»Deine Mutter und ich wollen heute nach Washington«, sagte Peter mit Nachdruck.

»Ach, das hatte ich ganz vergessen. Fährt Großvater mit?« Patrick goß sich gähnend ein Glas Milch ein.

»Nein, der Arzt meinte, es wäre zu früh«, erklärte Peter. Ein paar Minuten später rief Frank an. Er wollte Peter vor dessen Abfahrt noch erwischen, um ihn daran zu erinnern, was er vor dem Kongreß in der Frage der Preisgestaltung sagen solle. Sie hatten diese Sache in den letzten Tagen schon ausführlich diskutiert, aber Frank wollte sichergehen, daß Peter vor dem Kongreßausschuß nicht von der vorgegebenen Linie abwich.

»Wir verschenken nichts, und schon gar nicht Vicotec, wenn es auf den Markt kommt. Vergiß das nicht«, rief er Peter streng in Erinnerung. Auch in diesem Punkt waren seine Vorstellungen jenen Peters entgegengesetzt.

Kate musterte Peter genau, als er wieder an den Tisch kam.

»Alles in Ordnung?« Sie lächelte ihn an, als er nickte. Und dann gingen sie beide nach oben, um sich anzuziehen. Eine halbe Stunde später fuhren sie zum Flughafen.

Unterwegs war Peter merkwürdig ruhig und sprach sehr wenig mit Kate. Vorhin hatte er ihr einen ordentlichen Schrecken eingejagt, aber jetzt war ihr klar, daß seine Nervosität daran schuld gewesen sein mußte. Sie hatte schon befürchtet, er würde einen Rückzieher machen, nun aber war sie sicher, daß er es nicht tun würde. Peter brachte immer zu Ende, was er angefangen hatte.

Der Flug vom La Guardia zum National Airport war nur kurz, und Peter verbrachte ihn größtenteils damit, seine Unterlagen noch einmal durchzugehen, sowohl jene über die Preisentwicklung, als auch die neuesten Forschungsberichte bezüglich Vicotec. Besonders jene Teile, auf die Suchard ihn bei seinem Anruf am frühen Morgen hingewiesen hatte, studierte er noch einmal sehr sorgfältig. Das Vicotec-Material bereitete ihm größere Sorgen als sein Erscheinen vor dem Kongreß.

Kate rief während des Fluges ihren Vater an und versicherte ihm, daß alles nach Plan ginge. In Washington erwartete sie eine Limousine, die sie zum Kongreß brachte. Kaum waren sie dort angekommen, als in Peters Gemüt große Ruhe einkehrte. Er war sich mehr oder weniger im klaren, was er sagen würde, und machte sich deshalb keine großen Sorgen.

Im Personalraum wurde er von zwei Kongreßordnern erwartet und in einen Konferenzraum geführt, wo man ihm eine Tasse Kaffee anbot. Kate begleitete ihn bis dorthin, dann aber holte sie ein Page, der sie auf die Galerie führte, von der aus sie Peter beobachten konnte. Sie wünschte ihm Glück und berührte seine Hand, bevor sie ging, doch sie blieb nicht stehen, um ihm einen Kuß zu geben. Kurz darauf wurde er in den eigentlichen Kongreßsaal geführt, wo ihm erst ein wenig beklommen zumute war. Mochte er auch noch so gut vorbereitet sein, es war für ihn ein außergewöhnliches Erlebnis, vor jene Männer und Frauen zu treten, die die Geschicke des Landes lenkten, und ihnen seine Meinung vorzutragen. Es war erst das zweite Mal, daß er hier war, und beim ersten Mal hatte Frank das Reden übernommen. Diesmal war alles anders.

Peter wurde in den Zeugenstand geführt und vereidigt. Die Mitglieder des Unterausschusses saßen ihm mit Mikrophonen gegenüber, und nachdem er seinen und den Namen seiner Firma angegeben hatte, prasselten ohne weitere Einleitung die Fragen auf ihn nieder, während die Kongreßmitglieder mit Interesse zuhörten.

Man befragte ihn im besonderen über seine Meinung zu den überhöhten Preisen gewisser Präparate, und er bemühte sich, allgemein verständliche Erklärungen abzugeben, doch klangen diese selbst in seinen Ohren hohl und irgendwie nichtig. Auch die Kongreßmitglieder wußten genau, daß die Herstellerfirmen Unsummen an diesen Medikamenten verdienten. Und Wilson-Donovan hatte sich mitschuldig gemacht, obwohl die Profite dieses Unternehmens nicht so gewaltig waren wie jene anderer Firmen.

Danach ging es um Versicherungsfragen, und ganz zum Schluß erklärte eine Abgeordnete aus Idaho, sie hätte in wenigen Stunden einen Termin bei der FDA, wo sie über die vorzeitige Freigabe eines neuen Produktes entscheiden müßte. Sie bat ihn, ihnen etwas über dieses Medikament zu verraten, um sie über neue Entwicklungen auf diesem Gebiet zu informieren.

Peter lieferte eine möglichst einfache Erklärung, ohne sich auf wissenschaftliche Einzelheiten einzulassen oder die Geheimhaltung zu verletzen. Er erklärte vor dem Kongreß, daß das neue Präparat eine Revolution der Chemotherapie bedeute, weil es diese für Laien zugänglich mache und sich damit ärztliche Hilfe erübrige. Mütter könnten es ihren Kindern verabreichen, Männer ihren Frauen. Große Vorsicht vorausgesetzt, würde man es sich sogar selbst verabreichen können. Das Produkt stelle einen Wendepunkt für die gesamte Krebstherapie dar und würde es dem Mann von der Straße ermöglichen, sich oder seine Familie selbst zu behandeln, auf dem Land und in der Stadt, überall, wo Bedarf bestünde.

»Und wird der ›Mann von der Straße‹ sich das Präparat leisten können? Ich glaube, vor allem darum geht es hier.« Diese Frage stellte eine andere Abgeordnete. Peter nickte.

»Das hoffen wir sehr. Eines unserer Ziele ist es, den Preis von Vicotec möglichst niedrig zu halten und es allen zugänglich zu machen, die es brauchen.« Seine Aussage, mit ruhiger Bestimmtheit vorgebracht, rief beifälliges Nicken hervor. Er hatte dank seines Wissens und seiner Offenheit einen sehr beeindruckenden Zeugen abgegeben. Als er gleich darauf aus dem Zeugenstand entlassen wurde, schüttelten ihm sämtliche Mitglieder des Unterausschusses die Hand, bedankten sich und wünschten ihm für dieses so bedeutungsvolle Produkt Glück bei der FDA-Anhörung. Peter verließ den Raum in bester Stimmung und ließ sich in einen Konferenzraum führen. Gleich darauf kam auch Katie.

»Warum hast du das gesagt?« fragte sie ihn leise und ungehalten, während er seine Unterlagen zusammenpackte. Sie gratulierte ihm nicht und sagte auch nicht, wie gut er seine Sache gemacht hatte. Wildfremde Menschen hatten es getan. Seine Frau sah ihn dagegen mit kaum verhüllter Mißbilligung an, so daß Peter das Gefühl hatte, Frank gegenüberzustehen. »Das hat ja geklungen, als wollten wir Vicotec verschenken. Du weißt, daß dies nicht der Eindruck ist, den du auf Dads Wunsch hier schaffen solltest. Es wird ein teures Medikament. Das muß es sein, wenn wir unser Geld zurückbekommen und den Profit machen wollen, den wir uns verdient haben.« Ihre Augen sahen ihn mit berechnender Kälte an, als ihre Blicke sich trafen.

»Sprechen wir nicht davon«, sagte Peter. Er nahm seinen Aktenkoffer, bedankte sich bei seinem Begleiter und verließ, gefolgt von Katie, das Gebäude. Er hatte ihr nichts mehr zu sagen. Sie verstand nichts. Ihr ging es bei allen Präparaten, die sie erzeugten, nur um den Profit und nie ums Herz. Sie verstand nur die Worte und nicht die Bedeutung. Aber im Moment wagte sie ihn nicht zu reizen. Er hatte erfolgreich eine Hürde überwunden, die größere lag aber noch vor ihm. Als sie in den Wagen stiegen, blieb ihnen etwas mehr als eine Stunde, ehe er vor der FDA erscheinen mußte.

Kate schlug vor, irgendwohin zum Lunch zu fahren, aber Peter schüttelte nur den Kopf. Er dachte daran, was sie unmittelbar nach der Anhörung vor dem Kongreßausschuß zu ihm gesagt hatte. In ihren Augen hatte er alles vermasselt. Er hatte versagt, hatte sich nicht an die Firmenphilosophie gehalten und nicht gelobt, Vicotec und alle anderen Präparate möglichst teuer zu verkaufen, damit sie ihrem Vater mit Riesenprofiten eine Freude bereiten konnten. Er war froh, daß er gesagt hatte, was er gesagt hatte, und er würde in den nächsten Monaten wie ein Löwe darum kämpfen, den Preis von

Vicotec niedrig zu halten. Frank ahnte nicht, wie unnachgiebig Peter sein wollte.

Schließlich verspeisten sie Roastbeefsandwiches im Wagen und tranken dazu Kaffee aus Pappbechern. Peter warf Kate einen nervösen Blick zu, als der Wagen in der Fishers Lane 5600 in Rockville, Maryland, vor der Gesundheitsbehörde anhielt. Sie hatten eine halbe Stunde benötigt, um vom Capitol Hill hierherzugelangen. Als sie ankamen, sah Peter, daß es kein ansehnlicher Bau war. Aber hier wurden wichtige Dinge entschieden, und das war das einzige, woran Peter im Moment denken konnte. Vor allem an das, was heute hier passieren würde. Warum er gekommen war. Was er Frank und Katie versprochen hatte. Ihnen dieses Versprechen zu geben, war ihm nicht leichtgefallen, aber sein Erscheinen hier war noch viel schlimmer, da er vor der FDA einen Makel in der Zusammensetzung des Medikaments bewußt verheimlichen und so tun würde, als könne das Produkt einer arglosen Öffentlichkeit zugemutet werden. Er konnte nur darum beten, Frank würde seinen Teil des Handels einhalten und Vicotec nötigenfalls zurückziehen.

Als Peter den Raum betrat, in dem die Anhörung stattfand, waren seine Handflächen feucht und er zu nervös, um die Menschen wahrzunehmen, die an der Sitzung teilnahmen. Zu Katie, die vor ihm eintrat und ihren Platz einnahm, sagte er kein Wort. Tatsächlich vergaß er sie völlig. Er hatte hier eine wichtige Aufgabe zu erfüllen, er mußte Ideale opfern und Prinzipien aufgeben. Und doch würden sie Leben retten oder zumindest verlängern, wenn das Präparat wirkte. Es war für ihn noch immer ein schreckliches Dilemma... zu wissen, was er zu tun im Begriff stand, und ebenso zu wissen, wie dringend das Medikament benötigt wurde.

Vor der FDA wurde Peter nicht vereidigt, obwohl die Wahrheit hier viel schwerer wog. Als er um sich blickte, schwindelte ihm. Aber er wußte jetzt wenigstens, was er zu tun hatte. Und es würde bald vorüber sein. Er hoffte, daß der Betrug an jenen Menschen, denen er zu helfen gehofft hatte, nur wenige Minuten in Anspruch nehmen würde, wenngleich er das Gegenteil befürchtete.

Er spürte, wie seine Hände zitterten, während er darauf wartete, daß das Komitee mit der Befragung anfing. Es war das schrecklichste Erlebnis seines Lebens und ganz anders als sein Auftreten vor dem Kongreß. Verglichen mit dieser Anhörung war es harmlos und einfach gewesen. Sein Erscheinen vor der FDA war hingegen schicksalsträchtig, da so viel auf dem Spiel stand, so viel auf seinen Schultern lastete. Doch er redete sich ununterbrochen ein, daß er es nur hinter sich bringen müßte. Er durfte an niemanden denken, nicht an Kate oder Frank, auch nicht an Suchard oder die Berichte, die er gelesen hatte. Er mußte aufstehen und über Vicotec referieren. Während er an einem langen, schmalen Tisch saß und noch immer voller Nervosität wartete, wußte er, wie alles ablaufen würde.

Da mußte er plötzlich an Kate denken und an alles, was er für sie und ihren Vater geopfert hatte. Er hatte ihnen seine Integrität und seine Ideale geschenkt. Das war mehr, als er irgend jemandem ›schuldete‹, auch nicht ihr oder ihrem Vater.

Wieder verdrängte er sie aus seinem Bewußtsein und versuchte, sich zu sammeln. Da begann der Komiteevorsitzende zu sprechen. Peter spürte, wie sich in seinem Kopf alles drehte, als man ihm eine Reihe ganz spezifischer fachlicher Fragen stellte und ihn vor allem nach dem Grund seines Kommens fragte. Er erklärte klar und ausführlich und mit sicherer Stimme, daß er um die Freigabe für ein Produkt ansuchen wolle, von dem er glaube, daß es das Leben aller jener Amerikaner drastisch verändern würde, die an Krebs litten. Unter den Komiteemitgliedern entstand Bewegung, man hörte Papier rascheln, interessierte Blicke ruhten auf ihm, als er daranging, die Eigenschaften von Vicotec zu beschreiben und zu schildern, wie es von Patienten unabhängig von ihrem Wohnort angewendet werden konnte. Er berichtete im Grunde dasselbe, was er am Morgen vor dem Kongreß gesagt hatte. Der Unterschied lag jedoch darin, daß diese Leute hier sich nicht von einer oberflächlichen Medizin-Show blenden lassen würden. Sie wollten die kompliziertesten Einzelheiten wissen und verstanden sie auch. Peter war überrascht, als er nach einer Weile und einem Blick auf die Uhr merkte, daß er eine Stunde lang gesprochen hatte. Endlich stellte man ihm die letzte Frage.

»Mr. Haskell, glauben Sie tatsächlich, die Entwicklung an Vicotec sei schon so weit fortgeschritten, daß man mit Versuchen an Patienten beginnen kann, wenn auch nur in geringen Dosierungen an einer begrenzten Zahl von Versuchspersonen, die über mögliche Risiken informiert sind? Haben Sie wirklich das Gefühl, sämtliche Eigenschaften und alle möglichen Risiken richtig eingeschätzt zu haben? Können Sie uns Ihr Wort geben, Sir, daß Sie dieses Produkt ohne Einschränkung für klinische Versuche empfehlen?«

Peter vernahm die Frage deutlich in seinem Kopf, er sah das Gesicht des Mannes und wußte, was er antworten mußte. Er war gekommen, um es zu tun. Es war die Sache eines einzigen Wortes, ihnen zu versichern, daß Vicotec all das war, was er behauptet hatte, alles das, was sie erhofften. Er brauchte ihnen, den Hütern von Leben und Gesundheit der amerikanischen Öffentlichkeit, nur zu versichern, daß Vicotec keinen Schaden anrichten konnte. Aber als er seinen Blick durch den Raum wandern ließ und die Versammelten ansah, als er an die Menschen dachte, Männer und Frauen, die Vicotec erreichen würde, wußte er, daß er es nicht tun konnte. Nicht für Frank und nicht für Katie, für keinen. Aber vor allem nicht für sich. Und er wußte auch, daß er nie hätte kommen sollen. Was immer es ihn kosten würde, was immer man hinterher sagen würde, was immer ihm die Donovans wegnehmen oder antun würden, er wußte, daß er es nicht tun konnte. Er konnte diese Menschen über Vicotec nicht belügen. Das wäre nicht er. Er war sich absolut bewußt darüber, was er da tat. Er wußte mit absoluter Sicherheit, daß sein ganzes Leben in einem einzigen Moment dahin war, seine Arbeit, seine Ehe, vielleicht sogar seine Söhne oder auch nicht, wenn er Glück hatte. Sie waren so gut wie erwachsen und müßten eigentlich schon verstehen, wofür ihr Vater eintrat. Und wenn sie nicht akzeptieren und nicht verstehen konnten, daß Integrität ihren Preis hatte, dann hatte er bei ihrer Erziehung versagt. Aber was immer es ihn jetzt kostete, er war aus Fairneß der amerikanischen Öffentlichkeit gegenüber gewillt, jeden geforderten Preis zu bezahlen.

»Nein, Sir, das kann ich nicht«, sagte Peter bestimmt. »Ich kann Ihnen mein Wort noch nicht geben, hoffe aber, es in allernächster Zukunft tun zu können. Ich glaube, daß wir eines der großartigsten pharmazeutischen Produkte geschaffen haben, die es je geben wird, ein Produkt, auf das Krebspatienten weltweit dringend warten. Aber ich glaube nicht, daß wir bereits ausreichende Risikofreiheit garantieren können.«

»Dann können Sie aber nicht erwarten, daß wir zu diesem Zeitpunkt Phase Eins der klinischen Versuche bewilligen«, gab der Vorsitzende des Beratenden Komitees von sich. Er sah ein wenig verwirrt drein. Die übrigen Anwesenden reagierten mit Unwillen, da sie sich fragten, warum Peter überhaupt gekommen war. Diese Behörde war kein Forum, vor dem man für unfertige Produkte Werbung betreiben konnte. Aber sie konnten ihm ihre Bewunderung für seine Aufrichtigkeit nicht versagen, obwohl niemand ahnte, daß diese je zur Debatte gestanden hatte. Nur ein einziges Gesicht im Raum war verzerrt vor Wut. Und zu Hause würde es ein zweites geben, wenn Kate ihrem Vater eröffnen würde, daß Peter sie betrogen hatte.

»Mr. Haskell, möchten Sie einen Termin für eine neuerliche Anhörung? Es wäre vielleicht günstiger, als jetzt noch Zeit zu verschwenden.« Das Komitee hatte noch einen vollen Terminkalender vor sich. Peter war an diesem Nachmittag der erste, einige andere sollten folgen.

»Ja, ich möchte einen neuen Termin, Sir. Ich halte ein halbes Jahr für eine realistische Zeitspanne.« Zwar waren sechs Monate knapp bemessen, und sie würden sich beeilen müssen, aber nach allem, was Paul-Louis gesagt hatte, war Peter zuversichtlich, daß es zu schaffen war.

»Danke für Ihr Kommen.« Damit war er entlassen, und alles war vorüber. Auf unsicheren Beinen verließ er den Raum. Doch sein Rücken war gerade, er hielt den Kopf aufrecht und fühlte sich wie ein anständiger

Mensch. Es war das einzige, was ihm geblieben war, wie er wußte. Von weitem sah er, daß Kate auf ihn wartete, und ging auf sie zu. Daß sie ihm verzeihen würde, war für ihn unvorstellbar. Er sah Tränen auf ihren Wangen, als er näher kam, ob Tränen des Zorns oder der Enttäuschung, konnte er nicht unterscheiden, vermutlich beides. Doch er hatte keinen Trost für sie parat.

»Tut mir leid, Kate. So hatte ich es nicht geplant. Mir war vorher nicht klar, wie mir zumute sein würde, wenn ich vor ihnen stehen würde und sie anlügen müßte. Die Runde dort drinnen war recht eindrucksvoll. Ich brachte es nicht fertig.«

»Ich habe es nie von dir verlangt«, log sie. »Ich wollte nur, daß du meinen Vater nicht hintergehst.« Und dann sah sie ihn traurig an. Sie wußte, daß es aus war. Für beide. Er war nicht mehr willens, ihretwegen Kompromisse zu machen, aufzugeben, woran er glaubte. Bis zu diesem letzten Moment war ihm nie klar gewesen, wie weit er gegangen war. »Ist dir klar, was du eben dort drinnen getan hast?« sagte sie unwirsch, bereit, ihren Vater bis zum Tod zu verteidigen, nicht aber ihren Mann.

»Ich kann es mir denken.« Sie hatte ihm bereits am Morgen zu Hause am Küchentisch klargemacht, wo sie stand. Aber er gab jetzt nicht nach. Auf sonderbare Weise war es das, was er wollte. Freiheit.

»Du bist ein ehrlicher Mensch«, sagte sie und sah ihn

an. Aber aus ihrem Mund klang es wie eine Anschuldigung. »Aber kein sehr kluger.«

Er nickte, und sie drehte sich um und ging, ohne sich noch einmal nach ihm umzudrehen. Er folgte ihr nicht. Es war schon seit langem aus, ohne daß es einer der beiden gemerkt hätte. Beinahe stellte er sich die Frage, ob sie jemals mit ihm verheiratet gewesen war oder vielleicht nur mit ihrem Vater.

Als er das Gebäude der FDA in Rockville verließ, hatte er viel Stoff zum Nachdenken. Kate war eben in der Limousine verschwunden und hatte ihn in Maryland gestrandet zurückgelassen, eine halbe Autostunde von Washington entfernt. Es kümmerte ihn nicht. Ganz und gar nicht. Es war einer der wichtigsten Tage in seinem Leben, und er hatte das Gefühl, als könne er fliegen. Er war auf die Probe gestellt worden und hatte das Gefühl, sie mit Bravour bestanden zu haben ... Geben Sie uns Ihr Wort, Sir ... Nein. Er konnte es noch immer nicht fassen, daß er es getan hatte, und er wußte nicht, warum ihm wegen Kate nicht jämmerlicher zumute war. Aber so war es eben. Er hatte gerade seine Frau verloren, seinen Job, sein Heim. Am Morgen war er als Präsident eines multinationalen Konzerns vor den Kongreß getreten und anschließend vor die FDA, und nun stand er mit leeren Händen da, arbeitslos und allein. Außer seiner Integrität und dem Wissen, daß er sich nicht verkauft hatte, war ihm nichts geblieben. Aber er hatte es getan!

Als er vor sich hinlächelnd dastand und den Blick zum Septemberhimmel richtete, hörte er dicht hinter sich eine Stimme, vertraut und doch fremd und ein wenig heiser. Sie schien aus einer anderen Zeit und von einem anderen Ort zu stammen. Erstaunt drehte er sich um und sah Olivia hinter sich stehen.

»Was machst du denn hier?« fragte er und wünschte sich sehnlichst, seine Arme um sie zu legen, hatte aber Angst, es zu tun. »Ich dachte, du wärst in Frankreich und würdest schreiben.« Sein Blick sog sie auf wie Wein, während sie mit einem kleinen Lächeln zu ihm aufblickte. Ihre Hose und ihr Pullover waren schwarz, über ihrer Schulter hing eine rote Jacke. Sie sah aus wie aus einer Werbung für ein sehr französisches Produkt, und er konnte an nichts anderes denken als an die Nacht, als er ihr von der Place Vendôme aus gefolgt war, und an das, was in den fünf Tagen in Paris geschehen war, fünf Tage, die ihrer beider Leben für immer verändert hatten. Sie sah jetzt noch schöner aus, und bei ihrem Anblick wurde ihm klar, wie sehr er sie vermißt hatte.

»Das da drinnen war sehr gut«, sagte sie, und ihr Lächeln wurde breiter. Sie war sichtlich stolz auf ihn. Seine Frage ließ sie unbeantwortet. Sie war gekommen, um ihm, wenn auch unsichtbar, bei den Anhörungen beizustehen. Wann diese stattfinden sollten, hatte sie in Europa aus der *Herald Tribune* erfahren. Ohne genau zu wissen, warum, hatte es sie gedrängt, in seiner Nähe zu sein. Vicotec bedeutete ihm sehr viel und hatte ihm große Sorgen bereitet. Sie wollte einfach bei ihm sein, wollte dasein. Von ihrem Bruder wußte sie, wo die Anhörungen stattfinden würden. Er hatte auch dafür gesorgt, daß sie zugegen sein konnte. Sie war nun froh, daß sie ihrem Instinkt gefolgt war. Von Edwin hatte sie auch vom Termin vor dem Kongreßausschuß erfahren, so daß sie auch bei dieser Anhörung anwesend sein konnte und ganz ruhig neben ihrem Bruder gesessen hatte. Obwohl dieser sich über ihr unerwartetes Interesse für die pharmazeutische Industrie wunderte, hatte er ihr keine Fragen gestellt.

»Du bist mutiger, als du glaubst«, erinnerte Olivia Peter. Sie blickte ihn an, und er zog sie langsam an sich und fragte sich, wie er die letzten dreieinhalb Monate ohne sie überlebt hatte. Er konnte sich nicht vorstellen, sie jemals wieder zu verlassen, keinen einzigen Moment.

»Nein, du bist mutig«, sagte er leise. Aus seinen Augen sprach rückhaltlose Bewunderung. Sie hatte alles aufgegeben, war auf und davon und hatte sich auf keine Kompromisse mehr eingelassen. Plötzlich ging ihm auf, daß er dasselbe getan hatte. Er hatte seine Frau aufgegeben, seinen Beruf, alles, woran er geglaubt hatte. Beide waren sie jetzt frei. Gewiß, der Preis war hoch, aber es hatte sich gelohnt. »Was machst du heute nachmittag?« fragte er mit einem Grinsen. Ihm fielen tausend Dinge ein, das Washington Monument... das Lincoln Memorial … ein Spaziergang am Potomac … ein Hotelzimmer irgendwo, oder einfach dastehen, sie immer ansehen – oder eine Maschine zurück nach Paris.

»Ich habe nichts vor«, sagte sie lächelnd. »Ich bin gekommen, um dich zu sehen«, fuhr sie leise fort. Sie hatte nur erwartet, ihn von weitem zu sehen, nicht aber, mit ihm sprechen zu können. »Morgen in der Früh fliege ich zurück.« Nicht einmal ihren Eltern hatte sie verraten, daß sie hierher kommen wollte, nur ihrem Bruder, und der hatte versprochen, es ihnen nicht zu sagen. Sie hatte sich nur einen kurzen Blick auf Peter erhofft, für eine Minute oder zwei, auch wenn er es nie erfahren würde.

»Darf ich dich auf eine Tasse Kaffee einladen?« fragte er, und beide lächelten in Erinnerung an die Place de la Concorde und jenen ersten Abend auf dem Montmartre, als er ihre Hand genommen hatte. Und dann schritten sie die Stufen hinunter in die Freiheit.

DANIELLE STEEL
bei Blanvalet

Nichts ist stärker als die Liebe
Roman. 380 Seiten

Am 14. April 1912 stößt die Titanic auf einen Eisberg und sinkt. Die junge Edwina Winfield und ihre Geschwister gehören zu den Überlebenden – für ihre Eltern und ihren Verlobten war kein Platz in den Rettungsbooten. Die folgenden Jahre sind für Edwina geprägt von Fürsorge und Aufopferung für die jüngeren Geschwister. An Glück und Liebe glaubt sie nicht mehr. Bis sie eines Tages Patrick kennenlernt, der ihr beweist: Nichts ist stärker als die Liebe …

»Ein großer, ergreifender Schicksalsroman!«
(HÖR ZU)

DANIELLE STEEL
bei Blanvalet

Gesegnete Umstände
Roman. 420 Seiten

Die bewegende Geschichte dreier Paare, die eines verbindet: der Wunsch nach einem Kind. Aber bis ihr Traum von einer großen Familie erfüllt wird, müssen sie alle schmerzliche Krisen überwinden und zu einem neuen Selbstverständnis finden. Unnachahmlich Danielle Steel: Fesselnd, aber nie oberflächlich, werden in einem farbigen Kaleidoskop an Empfindungen und Bildern brennende Fragen unserer Zeit aufgegriffen.

»Frauenschicksale – kaum eine andere Autorin weiß sie so packend zu erzählen wie Danielle Steel!«
(Zeitung am Sonntag)